베를린 최후의 티거,
나의 마지막 기록

베를린 최후의 티거, 나의 마지막 기록

발행일	2020년 8월 18일		
지은이	세이류		
펴낸이	손형국		
펴낸곳	(주)북랩		
편집인	선일영	편집	윤성아, 최예은, 최승헌, 이예지, 최예원
디자인	이현수, 한수희, 김민하, 김윤주, 허지혜	제작	박기성, 황동현, 구성우, 권태련
마케팅	김회란, 박진관, 장은별		
출판등록	2004. 12. 1(제2012-000051호)		
주소	서울특별시 금천구 가산디지털 1로 168, 우림라이온스밸리 B동 B113~114호, C동 B101호		
홈페이지	www.book.co.kr		
전화번호	(02)2026-5777	팩스	(02)2026-5747

ISBN 979-11-6539-362-5 03810 (종이책)   979-11-6539-363-2 05810 (전자책)

이 도서의 국립중앙도서관 출판예정도서목록(CIP)은 서지정보유통지원시스템 홈페이지(http://seoji.nl.go.kr)와
국가자료공동목록시스템(http://www.nl.go.kr/kolisnet)에서 이용하실 수 있습니다.
(CIP제어번호: CIP2020034145)

베를린 최후의 티거, 나의 마지막 기록

세이류 장편소설

북랩 book Lab

일러두기

---

1. 이 글은 2007년 8월 대공세부터 다음 해인 2008년 6월 30일까지 독일 제3 제국이 완전히 무너지는 패망의 그날까지를 다룬 최후의 기록이며, 작중에서 2차 대전의 완전한 종식을 알리는 내용이다. 작중에 등장하는 독일군과 연합국의 주요 등장인물들은 모두 가상의 인물이다.

2. 주인공의 탑승 전차인 323호 티거 전차는 실제 역사에서 베를린 최후의 공세 때 베를린의 마지막을 수호했던 전차이며, 의사당의 서쪽 방면에 배치한 유일한 전차였다. 작중에서 역시 이와 비슷한 구도로 전개하며 그에 따른 진실과 허구의 경계를 명확히 하지 못한다.

3. 작중에서 소련군이 베를린에 진입하면서 사로잡은 독일의 포로들을 무차별적으로 살해하는 장면은 제네바 협약에 가입하지 않았던 당시 소련의 국제적인 현실과 소련이 독일에 대해 가진 반감에 따른 실제로 있었던 일이었음을 알린다.

인간은 누구나 자신이 원하는 것을 가지고 원하는 것을 얻고자 한다.
하지만 대다수의 인간들은 그 원하는 것을 얻지 못한다. 하지만 슐츠
중령은 그토록 원하던 것을 얻었다.

그것은 바로 진정한 해방이었고 자유였다. 마지막 그 순간, 슐츠 중령은 한 마리 새를 보았다. 그 새는 한동안 주변을 배회하다가 이내 하늘 높이 날아올라 사라졌다.

목차

1부	연합군 진격 저지 계획	11
2부	레마겐 다리 공방전	55
3부	괴로운 퇴각전	109
4부	버닝 리버 작전	213
5부	스피릿 파이어	259
6부	엑스칼리버	297
7부	베를린 최후의 공방전-작전명 최후의 도박	343
8부	최후의 공세-작전명 브란덴부르크	351
9부	패망의 역사-제3 제국의 최후	371
	작가 후기	377

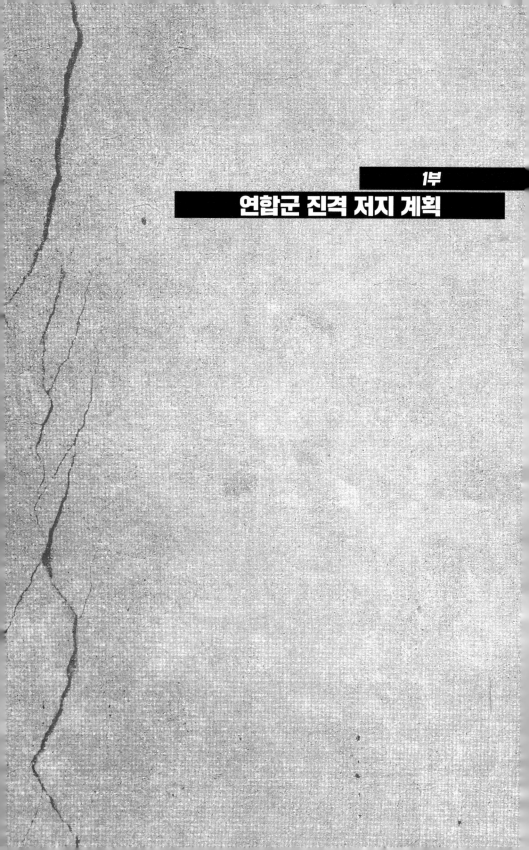

1부
연합군 진격 저지 계획

2004년부터 보이기 시작한 패색.

하지만 독일은, 나의 조국은 지금까지 버텨왔고 지금까지 연합군을 상대로 싸우고 있다. 이미 백러시아를 비롯한 우크라이나 일대는 완전히 소련군에 의해 해방된 상황, 그리고 서부 전선에서도 역시 영국을 비롯한 미국과 프랑스의 세력에 의해 힘의 균형이 무너진 지 오래다.

이미 일본 제국 역시 3년 전에 패망했다. 이제 남은 것은 우리뿐.

그나마 살아남은 추축국 세력 역시 현재는 독일 본토로 마지막까지 들어와 싸운 헝가리와 핀란드가 유일했고 나머지 추축국들은 일찌감치 독일을 배신했다. 전황이 불리해지자 대다수가 연합군 편에 섰고 핀란드와 헝가리, 단 두 나라만이 유일하게 마지막까지 우리 독일 제3 제국의 편에 섰다.

내 이름은 마리우스 폰 빅터 제라르 슐츠, 현 독일 제3 제국의 국방군 제508보충연대의 제16사단인 칼 마르크 사단 소속의 중전차 티거 I의 전차장이다. 내 전차의 단차 식별번호는 붉은색으로 323호, 현재 남은 승무원 수는 나를 포함해 겨우 3명뿐이다.

포수와 탄약수가 없이 버틴 나날들이 무려 188일. 약 188일 만에 마침내 나의 티거 전차는 부대의 사단 예하 보급창으로부터 새로운 탄약수와 포수를 지원받았다. 하지만 문제는 그게 다가 아니었다.

이듬해인 2007년 7월의 전격전이 실패한 후, 그다음 달인 2007년 8월의 대공세를 준비하는 과정에서 나의 전차가 포함된 508보충연대의 3대대는 인근의 808기갑척탄병[1] 사단의 킹 타이거 연대와 함께 합세해 아르덴느 산림 일대로 이동하여 몰려오는 소련군의 공세를 막으라는 명령을 받았고, 나는 상부의 이 같은 명령에 따르기 위해 아군과 함께 아르덴느 산림으로 통하는 주요 길목을 탈환하는 작전인 8월 야경전에 참전했다.

그리고 마침내 전투 당일 아침. 적이, 연합군이 대규모로 야경전이 벌어지는 구역인 생 팔로 일대로 들어오기 시작했다. 벌써부터 나의 전차에 탑승하고 있는 인원들은 겁에 질려 있었고, 이 상황에서 도망칠 수 있다면 나는 어떻게 해서든 그렇게 하고 싶

---

1) **기갑척탄병**: 2차 대전 때 독일의 보병들이 장갑을 두른 차량을 타고 다니면서 적을 공격하던 부대를 지칭하던 용어

었다. 베를린 최후의 날, 그날까지 11개월 335일 남았다.

　이 최후의 기록은 여기서부터 시작한다.

＊　＊　＊

2007년 8월 16일 오전 8시.

　티거 323호 차량을 포함한 독일 야전군 제508보충연대의 가용 가능한 전차의 수량은 겨우 22대뿐이었다. 하지만 수량의 많고 적음을 떠나서 당장 가용 가능한 전 병력과 함께 장비들을 동원하라는 상부의 명령이 타전됨과 동시에 독일군 수뇌부는 가용 가능한 병력과 전차란 전차는 모조리 한곳으로 끌어모으기 시작했다. 그렇게 해서 모인 병력이 바로 508보충연대였다.

　여러 보충 부대 중에서도 그나마 정수대로 갖춘 몇 개 안 되는 부대였지만 그나마 최근의 7월 공세의 실패로 인해 상당수의 병력과 장비를 손실한 터라 남은 가용 가능 전차의 수량은 턱없이 모자랐고 병력 또한 정수에 훨씬 미치지 못하는 수준으로 아르덴느 산림 일대로의 길을 트기 위해 곧바로 8월 대공세를 준비했다.

　8월 17일 오후 1시경. 본격적으로 이날 시작될 8월 야경전에 대비하여 훈련 명목의 설 영 부대로 위장한 508보충연대는 곧바로 기동하여 생 로렌 지방으로 이동했고 그곳에서 본격적인 전투를 재개하게 된다.

ㅋㄹㄹㄹㄹㄹㄹㄹㄹㄹㄹㄹㄹㄹㄹㄹㄹㄹ

무거운 궤도 소리와 함께 수십 대의 독일 전차들이 진흙밭 사이를 가로질러 프랑스 동부의 생 로렌 지방으로 기동하고 있었다. 이들은 인근의 바르생쥐 일대에서 끌어모은 부대였고 그곳에서 창설했으며 전차 또한 일부가 훈련용으로 사용하던 구형으로 신형 전차는 극히 일부에 불과한 3선급 부대였지만 이미 인근에 주둔한 아군의 808기갑척탄병 사단과 합류하기 위해 멀리 남프랑스의 바렌 지방에서부터 병력을 더 차출하여 정수를 최대한 맞춘 후 기동한 부대였다.

가동 가능한 전차는 겨우 22대였지만 그중에서 그나마 강력한 능력을 갖춘 신형 킹 타이거는 단 3대뿐이었고 나머지는 판터가 2대에 4호 H가 10대에 돌격포 5대 및 2대의 티거 I이 전부였다.
강력한 장갑을 지닌 킹 타이거가 겨우 3대밖에 존재하지 않는 상황인지라 대대장인 막스 프뢰겔 대령은 왠지 모르게 기분이 굉장히 복잡했다. 당장 연합군과 몰려오는 소련군을 상대하려면 적어도 킹 타이거 같은 중전차가 200대 이상은 필요했지만 현재 패색이 짙어진 만큼 독일의 현 수뇌부나 병기국은 더 이상의 전차 제조가 어려운 실정이었다.

2000년부터 자원 부족 문제가 불거지기 시작했지만 실질적인 고갈 문제는 2003년 동계 전선부터 문제시되었고 결국 2005년부터 완전히 자원 확충이 어려워지자 그나마 제조되어 전선에 투입한 전차들 중에서 일부 고장 나거나 파괴되어 후방으로 돌려진 차량을 공장에서 재활용하여 투입하는 방식으로 돌려막기를 해왔지만 그마저도 한계에 다다르자 병기국은 최후의 수단으로 박물관에 보관되어 오던 1차 대전 당시의 장갑차와 전차들까지 재기동시켜 전선 곳곳에 투입했다.

현재 일부 전선에서는 극히 일부의 1차 대전 때 쓰던 전차인 마크 4형으로 무장한 부대가 주둔하면서 대기 중이었고 그 수량이 많지 않은 만큼 어쩌면 프랑스 전선 역시 끝장났다는 것을 직감할 수 있었다.

"선두 정지!"

맨 앞에서 달리던 독일군의 장갑차인 하노마그에서 독일군 장교인 윌 로렌스턴 소위가 손을 들어 정지 신호를 보내자 뒤따르던 차량이 일제히 제자리에 멈춰 섰다.

"아무래도 거의 다 온 것 같은데, 아군은 어디 있지? 통신부장! 808사단의 위치를 파악해 보도록 현재 어느 위치에 있는지."

로렌스턴 소위의 말에 통신부장인 한스 고어 상사가 무전기를 들어 808사단에 무전을 넣었다.

"808사단! 여기는 제508보충연대다. 현 위치가 어디인지 타전 바람!"

[치지직- 치직- 여기는 제808척탄병 사단이다… 현재 고뉴빌 가도 남단에서 연합군의 전차대와 교전 중이다! 속히 지원 바란다!]

"소위님! 아무래도 아군이 인근에서 연합군과 교전 중인 듯합니다."

고어 상사의 말에 로렌스턴 소위가 고개를 끄덕이고는 곧바로 하노마그에서 뛰어내려 진흙밭을 가로질러 대대장인 막스 프뢰겔 대령이 있는 지프 방향으로 뛰어갔다.

"무슨 일인가?"

프뢰겔 대령이 갑자기 달려오는 그를 향해 묻자 로렌스턴 소위가 심각한 표정으로 말했다.

"아군과 합류하기로 예정된 808사단이 현재 인근의 고뉴빌 가도에서 연합군과 교전 중이라고 합니다. 어차피 합류하려면 그쪽 방향으로 움직여야 할 듯합니다."

"흠, 그렇다면 할 수 없지. 전 병력을 고뉴빌 가도 방향으로 돌리게. 거기까지 얼마나 걸리겠나?"

"못해도 1시간은 걸릴 듯합니다. 앞으로 동쪽으로 2㎞는 더 가야 하는 관계로…."

"좋아. 그럼 기동을 재개하도록 하지."

프뢰겔 대령의 짧은 한마디에 로렌스턴 소위가 곧바로 자신의 하노마그 장갑차로 달려갔다. 프뢰겔 대령은 착잡한 심정으로 멀리 지평선을 바라보며 길게 한숨을 쉬었다.

2006년 12월의 대공세가 실패한 직후, 소련군의 대대적인 반격에 의해 우크라이나와 백러시아가 소련에 의해 탈환되고 극동권에서도 독일군을 비롯한 추축국이 완전히 축출되면서 독일 본토에서는 소련과 연합국의 본토 침공전에 대비하여 SS 제3기갑군을 포함한 대다수의 가용 가능한 전력들을 끌어모아 프랑스 전선 일대의 방어로 돌렸고 극히 일부 전선에서 패전한 것을 제외하고는 아직까진 큰 손실은 없는 실정이었다.

하지만 한순간에 내륙권으로 통하는 주요 길목이 차단당하면서 아르덴느 산림 일대의 아군이 고립되었고 그를 구조하는 한편 아르덴느 산림 일대에서 최후로 진격을 저지하려는 작전을 세운 것이 바로 8월 야경전이었다. 이미 소련군이 산림 일대 코앞까지 진격한 상황. 상황이 심상치 않게 돌아가는 만큼 지금의 상황에서는 그저 살기 위해 싸우든지, 아니면 도망치든지, 그게 아니면 항복하든지 셋 중 하나뿐이었다.

대다수의 독일군이 조국을 위해 싸우는 편을 택했고 결과적으로 연합군이 베를린까지 진입하는 것을 무려 4달 동안 지연시켰으니 이 정도면 말 다한 셈이었다.

508보충연대의 후미에 있던 티거 323호 전차 포탑 위에 전차장인 슐츠 소령이 모습을 드러냈다.

"어떻습니까, 소령님? 그 위에서 보시는 전장의 색깔은?"

티거 안에서 운전을 담당하는 조종수인 한스 부르크하이어 중위가 물었다. 슐츠 소령이 쌍안경을 내리며 말했다.

"아무것도. 보이는 거라고는 그저 진흙밭뿐이로군."

"곧 고지에 다다를 겁니다."

조종수인 한스 중위가 낮은 목소리로 중얼거리자 무전수인 칼 휘버 상사가 전방 기관총을 정비하며 말했다.

"도대체 저희 전차는 탄약수와 포수가 언제쯤 온답니까? 빨리 와 줘야 하는데 말이죠."

"오늘로 187일째로군. 포수와 탄약수도 없이 싸우며 버텨온 게."

낮게 한숨을 쉰 슐츠 소령의 말에 티거를 조종 중이던 한스 중위가 관측창을 주시하며 대꾸했다.

"그러게 말입니다. 내일 즈음이면 충원이 될는지…"

"충원되어야 해. 그래야 우리가 살 수 있다."

짧게 한마디 한 슐츠 소령이 고개를 돌려 솜 방향으로 향하는 푯말을 바라보았다. 이곳에서 솜 일대까지는 겨우 6㎞, 하루면 충분히 도착할 수 있는 거리였다

"전차 정지! 전방에 연합군의 전차 부대다! 전투 준비하라!"

바로 그때 선두에서 정지 신호가 보였다. 조종수인 한스 중위는 티거를 멈춰 세우며 중얼거렸다.

"여기저기서 잘도 나타나는군. 저 연합군 놈들…"

"1발 장전하라! 탄종 철갑탄!"

슐츠 소령의 말에 무전수인 휘버 상사가 포탑 쪽으로 나오며 적재된 88밀리 포탄을 꺼내어 포미에 장전했다.

철컹! 철커덕!

"장전 완료!"

"고각 조절! 목표 거리 약 1,000m 4시 방향부터다! 서둘러라!"

슐츠 소령의 말에 휘버 상사가 서둘러 주포의 앙각을 조절했다.
그리고는 포대경을 통해서 적의 상황을 살폈다.

"흠… 적과의 거리가 점점 가까워지고 있습니다."

"상관없다! 포이어!"

슐츠 소령의 짧은 한마디에 포수석에 앉은 휘버 상사가 포의 발
사 페달을 밟았고 티거에 장착된 거대한 두께의 88밀리 주포에서
강렬한 굉음과 함께 4시 방향을 향해 철갑탄이 발사되었다.

쿠쿠쿵! 콰아앙!

발사된 88밀리 철갑탄은 4시 방향에서 이쪽을 향해 포격 중이
던 미군의 구축전차인 M-10 울버린을 직격했고, 울버린은 포탑이
차체와 분리되면서 파괴되어 화염에 휩싸였다.

"명중!"

"좋아, 다음! 그 옆의 잭슨 구축전차다! 장전한 후 사격 개시하

도록!"

　제808전차교도사단[2]이 이미 일대까지 후퇴한 상황. 여기서 더 이상 뒤로 물러설 경우, 독일군은 갈 곳이 없었다.

　"포이어!"

　투쿠웅- 철컹!

　흰 연기를 뿜으며 배출되는 두 번째 88밀리 포탄의 탄피. 날아간 포탄은 바로 옆에서 사격 중이던 미군의 구축전차인 잭슨 M36을 직격했고 잭슨 구축전차 역시 파괴되며 침묵하자, 주변에 산개하던 미군 전차들이 일제히 정면으로 치고 나오기 시작했다.

　"망할 미국 놈들, 이런 식으로 치고 나오는 건가?"

　짧게 중얼거리며 슐츠 소령이 곧바로 차탄 장전을 지시했다.

　"차탄 장전! 장전 후 대기하라!"

　슐츠 소령이 자세히 보니 미군의 전차 거의 절반 이상이 구축전차들이었고 대다수의 주력이 M4 셔먼이었다. 후방에는 자주포의 역할을 하는 하프트랙들이 산개했고 보병들이 측면의 경사진 능

---

2)　**전차교도사단**: 전력의 부족으로 인하여 독일군이 전국 각지의 전차 학교에서 모아 편성한 사단급 부대를 지칭한다.

선을 따라서 이쪽을 향해 돌격해 왔다.

"소령님! 808전차교도사단(제808부대전차학교지원사단)이 저쪽에서 합류하고 있습니다!"

조종수인 한스 중위의 말에 슐츠 소령이 포탑 위에서 쌍안경으로 11시 방향을 바라보고는 외쳤다.

"전방 12시 방향! 거리 800m 미군의 M4! 포이어!"

투쿠웅!

연속적으로 이어지는 포성들 수십 대의 미군 전차들이 일방적으로 공격을 먼저 끊었지만 막상 격파당하는 숫자가 점점 늘어나자 미군도 안 되겠다 싶었는지 전투 개시 후 30분 만에 후퇴하기 시작했다.

미군이 후퇴하자 뒤늦게 합류한 808전차교도사단(제808부대전차학교지원사단)은 이곳 플레뷔르 일대에서 방어선을 구축했고 나 슐츠가 속한 508보충연대는 후방 경계와 함께 아군의 전방위적인 교두보를 어떻게 확보하면 좋을지 대대적인 군사 회의를 시작했다.

가장 먼저 아군이 교두보를 확보하기 위해서 필요한 것은 바로 전략 자원들이었고 자원이 부족한 지금 독일군의 각 부대들이 어떻게든 최대한 전투를 수행하여 남아 있는 전력만으로 싸울 수밖에 없는 상황이었다. 가뜩이나 탄약과 병력 및 장비의 수가 부족한 부대들은 대부분이 치열하게 싸우다가 산화하거나 일찌감치 항복하는 것밖에는 할 수 있는 일이 없었다. 더군다나 대다수의 전차들이 탑승원의 정수에도 훨씬 못 미치는 인원만을 수용하고 있어 하루라도 빨리 정수를 채우는 것이 시급했다.

"예외는 없군. 상황이 점점 악화되어 가고 있어."

독일군 참모인 에른스트 콜베른 대위가 낮은 어조로 중얼거렸다.

이윽고 밤이 되자 작전을 구상한 SS 808전투교도사단(독일 친위대 소속 제808 전투방위수행목적의 전차학교지원사단)은 가장 먼저 일부 병력을 우회시켜 아르덴느 방면으로 향하는 길을 뚫기로 했고 그나마 정수를 갖춘 킹 타이거 2개 중대급을 내가 속한 508보충연대의 티거 2대 및 판터 2대와 돌격포 2대까지 총 6대가 합세하여 이동하기로 했다. 그날 밤 10시경, 우리 부대는 이동을 재개했고 출발한 지 불과 45분 만에 생 팔로 일대에 들어섰다.

크르르르르르르르르르르르르르르!

"본부! 현재 생 팔로 일대에 접어들었다! 주변에 적은 보이지 않는다. 이상! 전진을 계속하겠다."

본부와의 무전을 종료한 후 슐츠 소령은 해치를 열고 전차의 포탑 밖으로 모습을 드러냈다. 주변은 어두웠고 고요한 적막만이 맴돌았다. 너무 어두워서 아무것도 식별되지 않자 슐츠 소령은 야간 투시 장비를 이용해 멀리 지평선 방향을 살폈다.

서치라이트의 불빛에 의존한 채 야간 기동을 재개했던 508보충연대와 808전투교도사단의 독일 전차들은 30분 뒤 미군의 대규모 전차 부대와 맞닥뜨리게 된다.

투쿠우웅!

"뭐지, 이 소리는? 설마?"

투콰아앙

바로 인근에 떨어지는 포탄 한 발. 그제야 독일군 전차대는 인근에 적이 있다는 것을 파악한 후 일제히 산개하기 시작했고 전위 부를 맡은 슐츠 소령의 323호 티거는 야간 투시경을 통해 전방의 지평선과 산림 초목이 우거진 방면을 확인할 수가 있었다.

멀리 초목이 우거진 지평선 방향에서 하나둘 모습을 드러내는 미군의 전차들 그 숫자가 기하급수적으로 늘어나기 시작하자 슐츠 소령은 전차를 제자리에 정지시켰고 거리는 약 2,000m, 1,200m 거리에 들어와야 사정거리가 되는 티거의 특성상 우선 위력 정찰로 적을 위협하기로 하고 슐츠 소령은 무전수인 휘버 상사에게 주포의 격발을 명령했다.

콰콰앙! 투쿵!
퍼엉 펑 펑

날아간 포탄들은 전부 미군의 사정거리 밖에 떨어졌고 미군 전차들은 그에 개의치 않고 그대로 밀고 들어오기 시작했다.

"음… 야간 투시경으로 본 결과, 적 전차 중에 프랑스제 전차도 섞여 있다. 우린 프랑스 전차들부터 잡는다."

"거리가 어떻게 됩니까? 저는 포대경으로 봐도 너무 어두워서 안 보입니다만."

포수 역할을 대행하는 휘버 상사가 포대경으로 상황을 살피며 묻자 슐츠 소령이 야간 투시경으로 거리와 규모를 파악한 후 말했다.

"거리 약 1,200m, 전차의 종류는 소무아 20대에 호치키스 10

대 및 7TP 6대다."

"폴란드의 전차도 섞였군."

짧게 중얼거린 휘버 상사가 주포의 격발 페달을 밟았다. 거리 1,000m 목표는 7시 방향의 폴란드 전차인 7TP였다.

콰아아앙!

BAHUOOOOM!

"빗나갔다! 재조준!"

슐츠 소령의 말에 휘버 상사가 곧바로 차탄을 장전했고 다시 격발했다.

BUNCH!

"또 빗나갔군…. 반격 당하겠어."

"크윽! 야간이라 조준이 어렵군."

말 그대로 야경전, 야간에 교전하는 전투를 말한다. 하지만 이 당시까지만 해도 아군의 독일 전차들은 대다수가 야간 포대경조차 달려 있지 않았고 그나마 몇몇 차량은 큐폴라에 야간 장비가 달렸으나 포수용 장비는 달려 있지 않은 경우가 대부분이었고 야간 전투에는 사실 적합하지 않았다. 반면 미군이나 영국의 전차들은 모든 차량에 야간 투시 장비를 갖추었고 어두운 상황에서도 정확하게 아군의 전차들을 공격했다.

"아군의 전차 중에서 양쪽 모두에 야간 장비를 갖춘 차량은 3호 돌격포뿐이다! 우선 적으로 인근의 돌격포부터 시원하도록 한다!"

"알겠습니다! 바로 옆에서 지금 돌격포가 포격 중 지원하겠습니다."

조종수인 한스 중위가 곧바로 티거 전차를 측면으로 기동시키자 슐츠 소령은 야간 투시경으로 정면에서 돌격해 오는 미군의 M4 셔먼 전차들을 확인했다.

"거리 약 700m 전방의 M4 셔먼, 포이어!"

투쿠우웅! 콰앙!

탄피가 포미에서 배출됨과 동시에 들려오는 짧은 명중음.

BAKOOOM!

"명중입니다!"

"드디어 한 발 명중이로군."

"적의 전차가 너무 가까워졌다! 중간에 적과 섞이면 상당히 큰 난전이 될 거다!"

슐츠 소령의 말에 휘버 상사가 포탄을 재장전한 후 포대경으로 전방을 주시했다. 미군의 구축전차들과 일반 전차들이 수십 대 넘게 이미 300m까지 진입한 상황이었고 거리가 너무 가까웠다.

"맙소사! 너무 가깝습니다!"

"어떡할까요, 소령님?"

조종수인 한스 중위의 말에 슐츠 소령은 애가 탔다. 당장 포탄도 부족한 마당에 적과 뒤섞여 버릴 경우 상당한 야간 난전이 될 수도 있는 상황이라 곤란했다. 티거를 제대로 운용하기 위해서는 최소한 3명, 많게는 5명이 필요하다. 하지만 겨우 3명만이 탑승한 323호 티거 전차는 포수와 탄약수도 없이 지금까지 버텨 왔고 늘 그래 왔듯이 슐츠 소령은 어떻게든지 야경전에서 살아남기 위해 티거 전차를 움직여야 했다.

퍼어엉!

GAWUOOOOM!

측면의 호치키스 경전차에서 격발한 37밀리 포탄이 티거의 측면을 때리자 굉음과 함께 진동이 울렸다.

"거리 300m 목표 8시 방향! 호치키스 경전차다! 포이어!"

GWAOOOOOO!

투콰아앙! 퍼엉!

비교적 가까운 지근거리라 호치키스 경전차는 티거의 88밀리 포탄에 맞아 큰 구멍이 뚫린 채 파괴되었고 주변에서 날아오는 포탄의 궤적과 명중으로 인한 폭발로 주변이 비교적 밝아져 비로소 어둠 속에서 주변을 식별할 수 있었다.

"이제야 주변이 좀 보이는군. 너무 어두워서 분간이 안 돼."

포수 대행인 휘버 상사가 포탄을 재장전 후 바로 옆으로 포탑을 선회하여 돌격포의 안전을 확인했다.

"다행이로군. 돌격포가 아직 살아 있어서."

"서둘러라! 전방에 또 1대가 오고 있다! 거리 700m 목표 잭슨 M36, 포이어!"

슐츠 소령의 외침에 티거의 주포인 88밀리가 다시 불을 뿜었고 포탄은 전방에서 이쪽을 향해 접근하던 미군의 구축전차인 M36

잭슨에 그대로 명중되어 폭발했다. 이윽고 화염에 휩싸인 미군의 전차들 사이로 거대한 무엇인가가 천천히 이쪽 방향을 향해 다가 오는 것이 보였다.

"소령님! 정면에 미군의 신형으로 추정되는 전차가 이쪽을 향해 오고 있습니다!"

조종수인 한스 중위가 다급히 외치자 슐츠 소령이 쌍안경으로 멀리서 가까이 접근 하고 있는 실루엣을 살펴보았다.

슈우우우우우우!

크르르르르르르르르르르! 끼리릭!

궤도 소리. 저것은 분명히 전차다. 하지만 저렇게 거대한 덩치 를 가진 미군의 전차는 없었기에 슐츠 소령은 그것이 미군의 신형 임을 알아채고는 포수 대행인 휘버 상사에게 소리쳤다.

"전방 거리 1,200m 목표 12시 방향! 철갑탄 장전하라!"

철컹! 끼리릭- 철커덕!

낮은 기계음과 함께 포미로 포탄 한 발을 장전한 휘버 상사가 포대경을 통해 전방에서 접근 중인 미군의 신형을 살펴보았다. 이윽고 1,000m까지 근접했을 때 뭉게뭉게 피어오르던 연기가 약간 걷히자 미군의 신형 전차가 서서히 모습을 드러냈다.

T28, 일명 '슈퍼 거북이'라고 불리는 미군의 신형 초중형전차인 2 연장 궤도로 유명한 중전차. 후에 개량되어 T98이 되는 전차로 미군의 전차 중에서 최강의 화력과 무게를 자랑하는 초중형 전차였다.

"망할…"

"마, 맙소사! 뭐야, 저 전차는?"

포수 대행인 휘버 상사가 멍하게 전면을 바라보며 중얼거리자 슐츠 소령은 순간 정신이 아득해졌다. 미군이 저런 괴물을 끌고 올 것이라고는 생각지 못했기 때문에 지금 상황에서는 어떻게든지 저 괴물을 파괴하고 전선을 연장해야만 했다. 하지만 그것은 불가능한 것이었다.

애초에 미군은 독일의 킹 타이거의 공격에도 버틸 수 있는 슈퍼 전차 개발을 양산할 계획이었고 그 일환으로 탄생한 전차가 바로 T28이었다. 전면 장갑만 305밀리, 그야말로 괴물급이었고 이는 독일군의 초중전차인 마우스보다도 더 두꺼운 수준이었다.

12인치 두께의 무식한 초중장갑으로 둘러싸인 T28을 상대로 독일군은 아무런 공격도 할 수 없었다. 전선에 투입된 T28은 1대가 아니었기 때문이었는데 총 5대가 1개 중대로 구성되어 전진을 개시한 상황이었고 킹 타이거 몇 대가 아무리 포격을 해 봐도 전면의 장갑을 뚫을 수가 없었기 때문에 결국 전투를 포기한 킹 타이거들은 좌우로 산개하며 전선을 이탈하기 시작했다.

"맙소사! 저 망할 미국 놈들이 저런 괴물을 끌고 오다니…."

독일군의 사령관인 프뢰겔 대령이 짧게 신음하자 그 순간 미군의 신형 중전차인 T28이 주포인 105밀리 포를 곡사 탄도로 전환해 일제히 사격을 개시했다.

퍼어엉! 펑!

105밀리의 강력한 포성과 함께 곡사 탄도를 그리며 날아간 포탄들은 모두 후방에 산개 중이던 독일군 지휘부를 덮쳤고 짧은 파열음과 함께 강렬한 폭발이 일며 막사를 비롯한 모든 건물이 일순간에 분쇄되었다.

T28 초중전차의 지휘 차량은 다른 차량과 달리 115밀리로 무장했다. 이는 확실히 강력한 화력을 가졌고 지휘 차량을 제외한 모든 차량이 일제 사격을 감행한 것은 선제 화력 전술로 독일군

을 분쇄시키겠다는 미군의 전투 의지였다.

"망할 놈들!"

"소령님! 이제 어떻게 합니까?"

조종수인 한스 중위가 묻자 슐츠 소령은 낮은 신음을 흘리더니 말했다.

"뒤로 후퇴한다! 지금의 우리가 가진 무기로는 저 무식한 전차를 못 뚫는다. 후퇴하여 다음을 기약할 수밖에…."

"하지만 후퇴하면 아르덴느를 수복할 수가 없습니다, 소령님."

"나도 안다! 하지만… 지금 무턱대고 저 전차와 전면전을 벌였다간 다 죽는다!"

"방법이 없겠습니까? 저 전차를 돌파할 만한 방법이…."

조종수인 한스 중위의 물음에 슐츠 소령은 고개를 저었다.

당장 300밀리가 넘는 장갑을 지닌 초중전차는 미군의 저 전차가 유일하다. 아군의 마우스조차 최대 두께가 240밀리. 그 이상의 초중전차는 오늘 처음 보았을 뿐만 아니라 상대한 적이 없었기 때문에 슐츠 소령은 어떻게 해야 할지 난감했다.

"후퇴하죠, 그럼."

"엥? 후퇴라뇨? 한스 중위님!"

휘버 상사가 다급히 그의 말을 가로막자 한스 중위가 말했다.

"어차피 저 전차는 우리 무기로는 절대 못 뚫네, 뚫을 수 있을 것 같으면 킹 타이거들이 저렇게 도망가지도 않았겠지. 이길 수 없을 바엔 차라리 후퇴하는 편이 더 낫다고 보네."

"하지만… 아직 아르덴느 산림 일대에는 아군의 부대가 고립되어 있습니다! 그들을 구조해야 하지 않겠습니까?"

"그렇다고 무턱대고 저 전차를 돌파하려고 했다가는 아무리 중장갑의 티거라 할지라도 그냥 저 전차에 박살 날 수가 있네. 잘 생각하게나."

한스 중위의 현실적인 말에 휘버 상사는 그만 할 말을 잃었다.

"어찌 되었든 우선 후퇴하는 것이 답이군요, 소령님"

한스 중위가 슐츠 소령을 향해 묻자 슐츠 소령이 고개를 끄덕였다.

"우선 후퇴해 전선을 이탈한다! 후방으로 우회하여 아르덴느 산림으로 들어갈 것이다"

"그럴 줄 알았습니다. 그럼 후퇴하죠."

조종수인 한스 중위가 변속기를 조작하자 티거 323호가 급속 후진하여 전선 이탈을 시작했다.

"나머지 전차들 역시 전선을 이탈하는군…."

전선을 이탈하는 와중에서도 슐츠 소령은 주변의 아군 상황을 돌아보았다. 이미 전선 일대는 미군이 제보권을 가져간 상황. 상황이 이럴진대 독일군의 최정예라고 알려진 808사단은 오죽할까.

"소령님! 좌현 200m 전방에 길이 열려 있습니다. 그쪽으로 우회하는 것이 나을 듯합니다."

한스 중위가 보고하자 슐츠 소령이 고개를 끄덕이며 말했다.

"할 수 없지. 좌측의 열린 방향으로 빠져나간다! 빠져나가서 우회하여 아르덴느 산림으로 돌파한다!"

2차 대전의 막바지, 2007년 8월 16일 오후 12시 50분경.

프랑스의 생 팔로 일대에서 벌어진 이날의 전투는 미국이 다소 양산이 늦어졌지만 이미 2000년도에 개발을 완료한 초중전차인 T28을 처음으로 실전에 배치한 전투였고, 총 양산된 20대 분량 중에서 단 5대만이 전선에 등장하여 독일군을 패닉에 빠뜨렸다.

정면 장갑 300밀리라는 엄청난 두께의 장갑으로 둘러싸인 이 전차를 후에 독일군은 '슈퍼 거북이'라고 불렀고 향후 영국군의 토터스 초중전차와 합류한 T28 초중전차들은 베를린의 동부 권역을 담당해 소방수로 활약하게 된다.

슐츠 소령의 티거 323호는 전선을 이탈, 곧바로 우회 돌파하여 아르덴느 전선으로 향하게 된다. 중간의 길목마다 보이는 소규모 분산 부대를 차례대로 격파하면서 슐츠 소령은 마침내 다음날인 오후 1시경이 되어서야 아르덴느에 도착하게 된다. 이미 아르덴느 일대는 프랑스 해방군이 주둔하고 있었고 이 중 1개 연대급이 산림 일대로 들어가는 길목을 방어 중이었다.

소련군이 산림을 돌파할 때까지 남은 시간은 불과 만 하루뿐, 시간이 없었다. 때문에 슐츠 소령은 어떻게든지 산림으로 들어가는 입구를 돌파하기 위해서 인근의 아군과 합류하기로 하고 무전수인 휘버 상사에게 인근의 아군에게 무전을 타전하도록 지시했다.

휘버 상사가 무전을 타전하는 동안 갑자기 들려오는 짧은 포성. 슐츠 소령은 해치 밖으로 모습을 드러내 아르덴느 산림 일대를 쌍안경으로 살폈다.

"전투가 시작되었군. 연합군이 산림 일대의 아군에게 공격을 개시했다."

그의 말에 조종수인 한스 중위가 조종수용 해치를 열고 밖으로 나오며 말했다.

"드디어 길고 길던 세계 대전이 종식되나 보군요. 그것도 우리의 패배로 말이지요."

"아쉬워할 것 없다. 어차피 전쟁이라는 것은 어느 쪽이 이길지 모른다. 완벽하지 않고 또 불확실하니 말이야."

"긴 전쟁 속에서 저는 그저 한 가지만을 꿈꿨습니다. 고향으로 빨리 돌아가서 평범하게 정비공으로 사는 것 말입니다."

한스 중위의 말에 슐츠 소령이 멀리 지평선을 바라보며 대답했다.

"꿈은 언젠가는 반드시 이루어지기 마련이지. 자네나 나나 마찬가지일세. 이 전장에서 살아남는다면 말이야."

"소령님! 방금 인근의 아군인 18사단과 통신했는데 일대에서 약 300m 떨어진 곳에서 대기 중이라고 합니다."

"300m…. 방향은 어느 쪽인가?"

슐츠 소령이 묻자 휘버 상사가 나침반을 바라보더니 대답했다.

"이곳에서 북쪽 방향입니다."

"가자! 북쪽 방향이라면 거리도 얼마 되지 않으니 충분하다!"

슐츠 소령의 말에 조종수인 한스 중위가 해치를 닫고 안으로 들어가 티거에 시동을 걸었다.

오후 1시 40분경 마침내 아르덴느 산림 일대로 진입한 프랑스 해방전선군은 일대에 포진하고 있던 독일군과 교전에 들어갔고 독일군은 많은 사상자를 내며 점점 협곡으로 밀려났다. 그리고 마침내 아르덴느 산림으로 들어선 티거 323호와 SS 제18사단은 험준한 숲길을 따라서 아군이 있는 협곡 일대로 향하고 그곳에서 고립되어 있던 SS 제7사단과 합류하게 된다.

"소령님! 보십시오! 저쪽 협곡 일대에 아군의 7사단이 있습니다."

한스 중위의 말에 슐츠 소령이 해치를 열고 밖으로 나와 쌍안경으로 협곡 일대를 살폈다.

"망할 놈들…"

짧게 중얼거리며 슐츠 소령은 고개를 돌려 뒤따라오는 아군을 바라보았다.

아군의 SS 18사단은 2선급 부대 수준이었지만 그래도 없는 것보단 나은 실정이었고 프랑스 해방군의 무장 또한 거의 2선급에 준하기 때문에 전투력 면에서는 거의 차이가 없었다. 문제는 연합군의 프랑스 해방 작전이 과연 어느 정도의 장기전이 될지는 예측할 수가 없었기 때문에 슐츠 소령은 어딘지 모르게 마음 한쪽이 심하게 불안해졌다.

"큰일이군 이런 식으로 프랑스 본토를 빼앗길 순 없지."

한스 중위가 중얼거리며 티거 전차를 한쪽 언덕 기슭에 정지하자 슐츠 소령이 다시 쌍안경을 들어 적의 상황을 살폈다.

자유 프랑스군의 선봉은 현재 전 프랑스 포병대 장군인 루이드 생로지앵 육군 소장이 지휘하고 있다. 포병대 장군 출신이기 때문에 보유하고 있는 무장도 기갑군이 대부분이지만 마치 포병대를 운용하듯이 기갑군을 운용하는 모습이 상당히 특이하여 붙여진 그의 별명이 '전차 포술장'이었다.

현재 자유 프랑스군의 보유 전차가 대전 초반에 운용하던 프랑스군의 전차가 대부분이다 보니, 어떻게 보면 전력 면에서는 약해 보일 수도 있겠지만 사실 자유 프랑스군의 제7군은 항공기갑지원부대인 아파치 헬기 편대를 보유하고 있었다. 사실 아파치 같은 항공에서의 기갑병기 파괴용 무기들은 등장한 지 겨우 17년밖에 되지 않았고 그나마 보유한 국가는 영국과 미국 그리고 자유 프랑스군을 포함한 극히 일부의 연합국뿐이었다.

"소령님! 저기 아파치 편대입니다!"

"역시… 근처에 있었던 건가?"

한스 중위의 말에 슐츠 소령은 아무 말 없이 그저 묵묵히 편대가 이동하는 모습을 바라만 보고 있었다. 사실상 아파치 편대를 기갑 무기가 잡기란 거의 불가능했다. 아파치 편대가 상공에 뜨면 적 기갑군의 거의 절반 이상이 격파당했고 때문에 현재 독일 병기국에서는 부족한 자원의 열세에도 불구하고 최소한의 아파치 편대를 보유하기 위해서 남아 있는 자원으로 아파치를 개발하려 하고 있었을 만큼 현대의 전쟁에서는 상공에서의 항공군의 지원을 통한 합동 전술이 대단히 중요해진 상황이었다.

"대공 사격이라도 해야 하는 것 아닙니까? 이러다가는 전투하기도 전에 전부 격파당할지도 모르는데…"

휘버 상사가 낮게 한마디 하자 한스 중위가 관측창으로 바깥 상황을 살피더니 말했다.

"아무래도 프랑스 해방군이 뭔가 계획을 세운 모양이군."

"계획적인 전략이다! 해방군은 가장 먼저 항공 공습을 통해서 아군의 대공 포대부터 부술 계획인 거야!"

슐츠 소령의 말에 한스 중위가 살짝 인상을 찌푸리더니 이내 입맛을 다셨다.

아군의 대공 포대는 아르덴느 산림 곳곳에 요새처럼 이어져 있다. 그 수가 30개 이상을 넘을 만큼 대공 포대의 숫자가 좀 많았는데 일대의 아군 기지와 포대를 아파치의 공습으로 격파하면 나머지 전력은 자유 프랑스군이 그대로 기갑군과 보병들을 돌입시킬 계획인 것이었다.

"큰일이군요. 대공포만으로는 저 아파치를 잡기 힘들 텐데…"

휘버 상사의 말에 슐츠 소령은 어떻게든 적의 아파치 헬기를 무력화할 방법을 머릿속으로 생각했다.

아파치 헬기가 상공에서 맴돌며 공격을 가하면 지상의 대공포나 전차만으로는 잡기가 힘들다. 결국 기습적인 매복 사격이 필요하다는 말인데 아군의 판져 슈렉만으로 잡는 방법도 있었다. 하지만 판져 슈렉은 어디까지나 대전차용 로켓포, 상공의 대공 사격용으로는 부적합한 무기였고 그나마 적의 헬기가 400m 이상 근접했을 때나 유효했다.

DOM! DOM! DOM!

"시작되었군, 포화 사격이."
바로 그때 대공용 기관포의 포성이 산림 일대에 울려 퍼지자 슐츠 소령은 자유 프랑스군의 아파치들이 아군의 대공포를 향해 탑재된 유탄과 기관총을 사격하는 것을 바라보았다.

투아! 투아! 투아!
보코코코코코코코코코코
투아앙
파콰아앙

이윽고 독일군의 대공 포대가 아파치에서 발사한 유탄포에 명중되어 파괴되었고 아파치의 동체 하단에 장착된 20밀리 기관포는 지상의 독일군을 섬멸하는 데 사용되었다.여기저기서 독일군 병사들이 파괴되어 연기를 뿜는 포대를 벗어나 도주하기 시작하자 아파치에서는 그걸 놓치지 않고 기관포와 미사일을 쏘았고 그걸 신호로 자유 프랑스군의 보병들과 기갑군이 밀고 들어가기 시작했다.

"승리가 눈앞에 있다! 패주하는 적을 쫓아라!"

프랑스군의 기갑 중대장인 루진 까르망 대위가 소리치자 프랑스군의 전차인 르노 R35들이 소뮤아 전차들과 함께 언덕을 오르면서 주포를 사격했고 독일군 제7사단은 별다른 반격도 못 하고 이곳저곳에서 프랑스군에게 격파되었다.

"어떻게 합니까, 소령님? 이대로 진격할까요?"

한스 중위가 뮫자 해치 위에서 전투 상황을 지켜보던 슐츠 소령이 잠시 생각하더니 고개를 돌려 주변을 둘러보았다.

현재 독일군은 국가 총동원령에 따라 최전선은 14세 이상의 어린 소년들로만 구성된 부대가 대부분이었다. SS 18사단 역시 마찬가지였고 대부분이 히틀러 유겐트인 만큼 슐츠 소령은 차마 이들을 저 지옥 같은 전투 속으로 들여놓고 싶지 않았다. 하지만 이곳에서 제7사단을 손실한다면 향후 본토 방어전에서 심각한 타격을 입을 수가 있는 관계로 슐츠 소령은 잠시 망설였다.

"길게 생각할 것 없습니다, 소령님. 속히 결정을 내리셔야 합니다!"

한스 중위의 외침에 슐츠 소령은 두 눈을 감은 채 고심하다가 조용히 눈을 뜨고 말했다.

"할 수 없군. 그 방법뿐이라면…. 전 병력을 돌입시킨다! 가서 적의 측면과 배후를 노려라!"

"오케이! 그렇게 합죠."

한스 중위가 즉시 시동을 걸자 티거 323호가 무거운 소음을 내며 천천히 앞으로 기동했고 뒤에서 대기하던 18사단 역시 부대를 전진하기 시작했다.

"우라! 우라! 우라!"

"잠깐만! 이 소리는… 러시아어다! 소련군이 들어오는 모양이군."

슐츠 소령이 멀리서 희미하게 들려오는 소리에 귀를 기울이자, 한스 중위가 상당히 긴장한 표정으로 조종간을 조작했다.

2007년 8월 18일 오후 2시경, 마침내 아르덴느 산림 일대로 소련군의 우크라이나 해방군과 함께 중앙방면군이 돌입하기 시작했고 곳곳에서 포성과 함께 총성이 끊임없이 울려 퍼지면서 난전이 이어졌다. 이 중에는 자유 폴란드 인민 방위군도 섞여 있었고 아르덴느 산림 전선 바로 뒤에서는 영국군이 이쪽을 향해 진격해 오고 있었다.

"사면초가로군! 이러면 곤란한데…."

휘버 상사가 포탄을 장전하며 말하자 슐츠 소령이 경직된 표정으로 쌍안경을 들어 멀리 산등성이를 바라보고 있었다. 산등성이 방향에서 수십 개의 붉은 깃발이 보이더니 이내 대규모의 전차들과 함께 소련의 보병들이 모습을 나타냈다. 그 숫자는 수백, 아니 수천에 달했다.

"소련군의 돌입이 시작됐다. 이제부터는 시간과의 싸움이다. 어떻게든 아군의 7사단을 후방의 본토 방향으로 소개해야 한다."

슐츠 소령의 말에 한스 중위가 고개를 끄덕였고 휘버 상사가 잔뜩 긴장한 채 주포의 포대경으로 전장을 응시했다. 이미 소련군 3개 사단 이상이 능선을 타고 넘어왔고 이들은 자유 프랑스군과 함께 독일군을 닥치는 대로 공격하기 시작했다.

"맙소사!"

"자, 시작하지. 휘버 상사! 전방 거리 1,000m 3시 방향 소련군의 T-34, 포이어!"

슐츠 소령의 명령에 휘버 상사가 주포의 격발 페달을 밟았고 티거의 88밀리 주포가 불을 뿜자 3시 방향에서 포격 중이던 소련군의 T-34 전차가 명중되어 검은 연기를 뿜었다.

"명중!"

"다음! 차탄 장전! 거리는 동일, 목표 5시 방향의 돌격포, 포이
어!"

이후 연속된 사격, 포격을 정확하게 소련군의 전차들을 격파시
켰고 그제야 자신들이 다른 방향에서 공격받는다는 것을 눈치
챈 소련군이 포구를 돌려 슐츠 소령이 있는 방향을 향하자 슐츠
소령이 소리쳤다.

"반전하라!"

크르르르륵- 키리리리리리리-

조종수인 한스 중위가 재빨리 스로틀을 틀자 323호 티거가 급
선회하면서 차체를 선회했다.

"포신을 뒤로 돌려! 반전하면서 사격 후 곧바로 아군의 교두보
쪽으로 올라간다!"

슐츠 소령의 말에 포수 대행인 휘버 상사가 주포신을 후방으로
선회했다.

콰아앙!

카캉! 티이잉!

이윽고 소련군의 KV에서 발사한 포탄이 티거의 선회한 포탑 정면에 명중했지만 휘버 상사는 그에 아랑곳하지 않고 그대로 주포를 격발했다.

퍼어엉!

파콰아앙

"망할!"

"일단 최대한 상황을 살피면서 기동한다! 적의 수가 너무 많으니 최대한 조심해야 한다."

"알고 있습니다."

휘버 상사가 차탄을 장전한 후 대꾸하자 슐츠 소령은 차장용 페리 스코프를 통해서 전방의 상황을 살펴보았다. 이미 아르덴느 산림 대부분이 소련군에 의해 점령된 상황. 슐츠 소령은 이 이상 어떻게 해야 할지 감이 잡히지 않았다.

"할 수 없습니다! 우선 남은 병력만이라도 뒤로 소개해야 합니다! 속히 후퇴하는 것이!"

　바로 그때 인근의 427호 티거 전차에서 차장인 슐레히만 아르셀뒤거 중위가 소리치자 제18사단의 사단장인 아놀드 제르휴거 상급 대장이 하노마그 장갑차 위에서 말했다.

　"그건 안 될 말일세! 아직 7사단을 구조하지 못했고 게다가 적을 코앞에 두고 도주하다니, 그건 절대 있을 수 없네."

　"아니 그럼 전부 다 죽자는 말입니까? 히틀러의 무모한 명령을 또 따라야 하는 것입니까?"

　"이 작자가! 말조심하게! 아무리 그래도 우리의 원수이고, 총통일세!"

　제르휴거 상급 대장의 말에 아르셀뒤거 중위가 눈살을 찌푸리더니 그를 향해 매섭게 쏘아붙이며 말했다.

　"그렇게 지키고 싶으시거든 혼자서 지키십시오. 저희는 이 길로 후방으로 후퇴하겠습니다! 총통의 명령에 따라 개죽음을 당할 순 없습니다."

　"뭐라? 이 작자가…"

　상급 대장 제르휴거가 결국 허리에서 루거 권총을 뽑아 들며 소리치자 아르셀뒤거 중위가 지지 않고 안쪽에서 MP40 서브 머신 건을 집어 들어 장전했다.

"이 길로 후퇴만 해 보게! 내 그 길로 자네를 즉결 처분할 테니!"

제르휴거 상급 대장의 협박성 말투에 아르셀뒤거 중위가 서브머신 건을 겨눈 채 한동안 첨예하게 대치했고 그런 모습을 보며 슐츠 소령은 사람이란 존재가 극한까지 몰리게 되면 저런 선택까지 불사하는구나 하고 속으로 생각했다.

전쟁의 막바지, 2차 대전은 사실상 연합군의 승리로 끝날 것이다. 하지만 그 전에 슐츠 소령은 해야만 하는 일이 있었다. 바로 수도인 본토의 베를린 최후의 그 순간에 자신의 티거 전차가 마지막까지 그곳을 방어하는 것, 그것뿐이었다. 자신에게 남은 것은 이제 그것뿐이다. 그런 전훈이라도 역사에 새기고 싶은 그였고 비록 패배의 역사라고 할지라도 먼 훗날 후손들에게 전쟁이란 것이 얼마나 비참하고 참혹한 것인가를 알려주고 싶었다.

군인으로서 마지막 그 순간까지 조국을 수호하고 싶었던 슐츠 소령은 전쟁의 막바지인 현재, 이미 자신의 조국인 독일 제3 제국이 전쟁에서 패했다는 것을 알면서도 아직까진 희망의 끈을 놓고 싶지가 않았고 그걸 알기 때문에 나머지 두 사람 또한 슐츠 소령을 뒤에서 끌어주고 있었다.

"서둘러라! 독일 놈들을 프랑스 땅에서 몰아내자!"

프랑스군 보병 대장인 슈미엥 아틀러츠 소령의 외침과 함께 프랑스 해방군의 공격이 더욱 거세졌다. 상황이 이렇게 나빠진 이상 이제 슐츠 소령이 할 수 있는 것은 아무것도 없었다.

"전황을 타개하기에는 이미 너무 멀리 와 버렸군…."

"어떻게 할까요, 소령님?"

포수 대행인 휘버 상사의 말에 한스 중위가 전방의 상황을 확인하고는 다급히 외쳤다.

"소령님! 전방에 소련군의 신형인 스탈린 5호입니다!"

결국에는 올 것이 왔다….

슐츠 소령은 이미 마음의 정리를 모두 끝냈다. 남은 것은 그의 선택뿐.

"후퇴하라…."

"넷? 방금 뭐라고 하셨습니까?"

한스 중위가 놀란 눈빛으로 되묻자 슐츠 소령이 떨리는 목소리로 말했다.

"신속 후퇴하여 다리가 있는 곳까지 이동한다. 나머지 전차들도 신속히 후퇴할 수 있도록 조치하라."

"알겠습니다."

무전수인 후버 상사가 재빨리 무전수의 자리로 내려가서 근방의 전 아군에게 타전하기 시작하자 한스 중위가 조용히 한숨을 쉬며 티거를 급후진했다.

그동안에도 근방에서는 여전히 제르휴거 상급 대장과 티거의 전차장인 아르셸뒤거 중위가 서로 대치 중이었고 결국 이 두 사람의 다툼은 이후 후방으로 후퇴한 이후에도 계속된다.

"영국군이 이미 후방을 차단하고 있을 것이다. 나머지 병력은 신속히 우회하여 이곳을 빠져나간다."

슐츠 소령의 말에 살아남은 7사단의 병력 일부와 18사단 및 508 보충연대의 전차대는 급히 산림을 우회했고 결국 5시간 만에 전투는 종료, 아르덴느 산림은 해방군과 연합군에 의해 탈환된다.

도주를 시작한 독일군 18사단과 7사단 이하의 부대들은 이후 서쪽으로 계속해서 이동했고 그곳에서 베를린으로 통하는 직통 다리인 레마겐의 루덴도르프교가 있는 곳까지 이동하여 SS 제3 사단과 합류, 다리 방어전에 나서게 된다.

한편 연합군의 공습과 내륙 침공이 기정사실화된 독일 본토의 수도 베를린에서는 제2사단과 제9사단 및 12, 13, 16사단 이하 국가 비상령에 따라 국토 곳곳에서 모집한 국민 돌격대 등의 병력이 상주하면서 본토 방어전을 준비하고 있었다.

본토의 수비에 나선 부대는 샤를마뉴 사단과 노틀란트 사단 등 상당한 전력으로 약 76만 명이 대기했고 전차는 1519대, 항공기

약 2224기로 무장했지만 그나마 가동 중인 전차들은 대부분이 훈련용 전차와 구형이었고 그중에는 1차 대전 때 운용하던 A7V와 마크 전차도 포함되어 있었다. 병력 역시 마찬가지. 대다수가 훈련이 제대로 안 된 노인들과 어린 소년들이었고 국방군은 사실상 거의 없는 실정이었다.

이 시기, 독일의 총통인 아돌프 히틀러는 향년 115세. 힘러 또한 거의 110살 가까이 되어 사실상 더 이상의 전쟁 지속은 어려웠고 긴 장기전 동안 계속해서 과학의 힘을 빌려 수명을 연장해 온 히틀러는 결국 이날 오후 11시경, 자신의 지하호에서 권총으로 자결했고 히틀러는 자신의 자택에서 자결, 이로써 2차 대전의 광기를, 독일 제3 제국을 이끌어오던 세기의 독재자들은 역사 속으로 사라졌고 이들의 자결 소식은 베를린 방어 사령관인 고트프리트 베른하우저 중장에 의해 비밀에 부쳐졌고 두 사람의 시신은 지하호에서 임시로나마 안식에 들어가게 된다.

"베른하우저 중장 각하! 여기 이것은 총통 각하께서 마지막에 남기신 전언이자 유지입니다."

지하호를 봉쇄하는 작업을 종료한 직후 베를린 방어 사령관인 베른하우저에게 히틀러의 부관이었던 아이작 코밀 대령이 내민 한 장의 테이프는 이후 전쟁을 완전히 종식하는 데에 큰 일조를

하게 된다.

테이프의 내용은 단 한 줄, 그것도 아주 간략한 내용이었다.

나의 사후, 모든 전권을 베른하우저에게 일임하며 이후의
모든 계획과 행동은 그의 판단에 따른다.

2부
레마겐 다리 공방전

**후퇴를 개시한 지도 벌써 4개월 남짓 지났
다.** 그 사이 우리 독일의 전선은 상당 부분이 연합군에 의
해 점령되었고 이제 본토만이 살아남았다. 상황이 이럴 진
데 SS 친위대는 전황을 타개하려는 노력 대신 살기 위해 도
망가려는 병사들을 잡아 죽이 는 것에 더 힘을 쏟고 있다.
나는 저들과 다르다. 나는… 티거 323호의 전차장이다! 전
차장으로서 나는 당연히 내가 할 일을 할 것이다. 저들과 달
리 나는 전쟁 범죄를 저지르지도 않았고 또한 양심에 따라
행동해 왔음을 확인한다.

이 글은 독일이 패망한 직후 슐츠 소령이 마지막으로 남긴 최후
의 병의 기록이다. 이 기록을 끝으로 더 이상 그는 펜을 들 수가
없었다. 그의 티거 323호 차량은 함락된 베를린의 의사당 인근에
서 멈춰있었고 그의 시신은 바로 인근 100m 떨어진 곳에서 발견

되었다.

　자신의 가장 친한 전우였던 한스 중위의 시신 앞에서 발견된 그는 마지막 순간까지 도 굳게 믿어왔다. 자신의 조국은 자신을 버릴지언정 자기 자신은 절대로 조국을 버려서는 안된다고…. 어쩌면 그는 마지막 그 순간까지도 제3 제국을 지키고 싶었을 것이고 또한 자신의 조국인 독일을 살리고 싶었을지도 모른다. 그는 그렇게 군인으로서 편안한 최후를 맞았고 안식에 들어갔다. 그리고 독일의 패망 직후 수도 방위 사령관이었던 베른하우저는 연합군이 의사당과 모든 관저를 점령하자 항복을 선언한 직후 스스로 권총 자결함으로써 2차 대전의 길고 길었던 역사에 마지막 종지부를 찍게 된다.

* * *

투르르르르르르르르르르르르르르르-

"야경전 12월 작전이 곧 발동될 것이다! 모두 대기하면서 명령이 있을 때까지 제자리를 고수하도록!"

　2007년 12월 7일 오전 10시경부터 발효된 12월 야경전 작전.

이 작전은 12월 안에 독일 국내로 통하는 모든 방면을 통틀어 연합군의 진격을 늦추는 작전이었다.

 이 작전을 위해서 독일군은 최후의 수단으로 열차포인 구스타브까지 투입했고 800밀리 구경의 거대한 포를 갖춘 열차포인 구스타브를 포함한 랑어 구스타브와 도라 구스타브까지 3대가 작전반경 수변에 투입, 원래 6대 이상이 제조될 예정이었지만 다른 초병기 개발에 밀려 결국 3대만이 전선에 남았고 그나마 개발 중이던 또 1대는 병기국 지하에 그대로 버려진 채 남았다.

 이런 열악한 상황에서 슐츠 소령은 자신의 티거 전차에 필요한 탄약수와 포수를 지원해 달라는 건의를 했고 그날 오후 늦게서야 2명의 신임 포수와 탄약수가 그의 전차인 323호 티거에 배속되었다.

 두 사람 모두 아직 16살의 어린 소년들이었고 제대로 된 훈련은 거의 받지 못했지만, 그마저도 구하기 힘든 실정인지라 슐츠 소령은 어쩔 수 없이 두 사람의 전속을 받아들였다.

 에밀과 라켄, 이 두 소년은 각각 티거의 탄약수와 포수였고 에밀은 탄약수를 라켄은 포수를 맡아 티거에 탑승하게 되었고 이로써 슐츠 소령의 티거 323호는 비로소 제대로 된 정수의 인원을 가지게 되었다.

이웃한 동맹국인 핀란드군과 헝가리군 역시 일대에 들어선 상황, 그 외의 동맹군 들은 일찌감치 연합국에 항복해 버렸고 이제 남은 것은 아무것도 없었다.

"어떻게 됐습니까? 소령님? 이제 탄약도 거의 없다시피 한데, 이 길로 다시 전선에 나서는 겁니까?"

"이미 갈 길은 정해졌다, 휘버 상사. 우리 티거 전차는 이 길로 다리 방어전에 나선다. 그걸 위해서 새로운 탄약수와 포수가 배정되었으니까."

슐츠 소령의 말에 조종수인 한스 중위가 담배를 피워 물며 말했다.

"하여간…. 요즘 시대에 이런 식의 장기전은 별 효과가 없는데 말입니다."

"전쟁이란 다 그런 것이다, 한스 중위. 충분한 물자와 항공 지원 없이 하는 전쟁은 이제 아무런 의미가 없게 되었다. 예전의 상황과는 많이 달라졌어."

슐츠 소령의 말에 한스 중위가 대꾸했다.

"참 숭고한 정신이 필요하겠군요. 이렇게 된 이상 전쟁에서 이기는 것은 불가능하고 결국엔 남은 것은 마지막까지 싸우는 것뿐이군요."

"모두들 잘 새겨둬라. 전장에서 살아남으려면 누구보다 강해야 하고 또 누구보다 영악해야 한다. 이것만이 전부이고 전쟁에서 살아남을 수가 있는 유일한 길이다."

슐츠 소령의 말에 두 소년과 한스 중위가 고개를 끄덕였다.

곧 12월 야경전이 발동될 것이다. 그 전에 슐츠 소령은 어떻게든 아르덴느 산림 일대로 다시 한번 더 돌파하기 위해 혼자만의 착실한 계획을 세웠고 그 계획은 이후에 1월 13일 2008년의 새해 첫 전투에서 빛을 발하게 된다.

"그나저나 이제 어쩝니까? 이대로 전투에 다시 들어간다고 한들 티거 전차 몇 대로는 승산이 없는데…."

한스 중위의 말에 슐츠 소령이 포탑 위로 올라오면서 말했다.

"방법이야 어떻게든 생길 것이다. 우린 우리대로 이 전투에서 살아남으면 그만이야."

"흠, 그것 참 아이러니하군…. 상황이 이럴진대 수뇌부에서는 계속해서 싸우는 길을 택하다니."

짧게 중얼거린 한스 중위가 조종수용 해치를 열고 안으로 들어가자 슐츠 소령이 포탑 위에서 외쳤다.

"판져 마르쉬(전차 진격)!"

틱- 틱- 지이잉- 그르릉! 그릉! 투르르르르르르르르르르르르르르르르르
르르-

 이내 323호 티거 전차가 천천히 앞으로 기동을 시작하자 때마침 인근을 지나가던 친위대 장교가 그를 향해 경례했다. 그런 그의 경례를 받아주며 슐츠 소령은 마음속으로 생각했다. 이 전쟁의 시작은 화려했지만, 끝은 결국 비참할 것이라고 말이다.

 12월 야경전, 그 서막은 구스타브 열차포가 연합군이 진격해오는 방향을 향해서 일제 사격을 개시하는 것으로 시작되었다. 그것도 오후 10시경, 한밤중에 포격을 개시한 것이었다. 갑작스러운 야간 포격에 연합군의 차량 부대들은 날아오는 800밀리 대구경탄에 직격을 맞아 분쇄되었고 항공군 또한 최후의 독일 항공군인 루프트 바페 제4경 기동 편대에 의해 분쇄되기 시작했다.

 열차포인 구스타프의 남아 있는 예비 탄약 수는 겨우 347발. 이 정도의 탄약이라면 최소한 연합군의 진격을 나흘간은 막아낼 수 있는 양이었고 최소한 한 달 이상은 연합군의 진격을 늦추기 위해 발동한 작전이었기 때문에 독일 수뇌부에서는 이 야경전을 대단히 중요하게 생각하고 있었다.

 그만큼 다음 해로 넘어가는 이 시점을 중요한 시기로 인식했고 연합군 또한 최소한 다음 해 2월까지는 베를린으로 통하는 모든 길목을 점령하는 것으로 작전을 세워 둔 상황이었기 때문에 양측에서는 어떻게든지 각자의 이상에 따라 싸울 수밖에 없었다. 그런 그들에게 이 레마겐 다리는 그야말로 최후의 교두보였고 어떻게든지 서로 뺏고 빼앗기는 상황이 되어야만 했다.

2007년 12월 8일 오전 11시경.

투르르르르르르르르르르르-

"전차 정지! 이곳부터 시작이다!"

슐츠 소령의 신호에 정지한 323호 티거 전차는 정면의 다리 초입으로 향하는 길목 중간을 향해 포신을 돌렸고 포신은 정면을 향했다. 다리의 중간에 배치된 티거 323호를 포함한 독일군 전차들은 총 19대, 야크트 티거 2대와 야크트 판터 4대, 자이언트 티거 1대에 판터 1대 및 판처 IV호 10대였다. 이 중에서 티거 3형인 자이언트 티거는 불과 1대뿐이었고 그나마 5대 이상을 보유한 인근의 브란덴부르크 사단은 열차포 주변을 방어 중인 상황이었다.

"이런 편제로 제대로 싸울 수나 있을까요?"

티거 323호에 새로 배속된 2명의 소년 중 1명인 에밀이 떨리는 목소리로 묻자 또 다른 소년인 라켄이 말했다.

"싸우는 거야! 그저 조국을 위해! 저 정도의 적을 두려워해선 안 된다고!"

"맞는 말이긴 한데… 너무 현실적이로군."

한스 중위가 중얼거리자 슐츠 소령이 포탑 위에서 쌍안경으로 멀리 다리 건너편을 바라보았다. 이미 다리 건너편에는 영국과 미국의 전차대가 돌입하기 시작했고 연합군의 보병 들이 일제히 다리 아래쪽을 통해 도하를 시도하고 있었다.

"망할 놈들… 도하까지 시도하고 있다!"

"도하 부대는 어떻게 밑에서 대기 중인 부대가 해결할 것입니다. 문제는 정면의 부대인데…"

한스 중위가 말끝을 흐리자 휘버 상사가 성호를 그으며 말했다.

"제발… 아무 일도 없기를…"

"간다! 적이 접근하고 있다. 포격 준비!"

슐츠 소령의 말에 탄약수인 에밀이 88밀리 포탄을 포미에 장전 했다.

"거리 약 1,200m 목표 12시 방향이다! 거리가 1,000m로 근접 하면 포격한다!"

정면으로 들어오는 연합군의 부대는 바로 미국의 명장인 브레들리 쇼가 이끄는 제7 기갑 연대였고 영국 측은 하워드 웨일리암즈 대령이 이끄는 제6 용기병 대대였다. 말은 그렇게 하면서도 슐츠 소령 역시 속으로는 몹시 두려웠다.

과거 조지 패튼의 영향을 받아 미군 부대 중에서 용맹하기로 소문난 7연대는 현재 로서는 독일군이 상대하기에는 벅찬 상대였고 좁은 다리 위에서 싸워야 하는 만큼 독일군 입장에서는 대단히 전력 면에서 열세였고 불리했다.

"역시…. 거리 1,000m, 포이어!"

쿠쿠웅! 콰아앙!
파콰아앙!

"정면에 독일군이다! 사격 개시!"

미군 장교의 외침에 셔먼 전차들이 일제히 앞으로 나오며 주포인 105밀리 장포신 포를 사격했다.

퍼엉! 펑! 펑!
파콰아앙

"쏴라!"

미군의 전차들 사이로 영국의 전차인 크롬웰이 치고 나오기 시작하자 바로 측면에서 야크트 판터와 야크트 티거가 측면 사격을 개시했고 자이언트 티거가 선두로 나오며 포격을 개시했다.

"선두 전차부터 잡아라!"

연합군 진영 쪽에서 누군가 외치자 크롬웰 전차들이 일제히 정면의 자이언트 티거를 향해 포격을 개시했다.

콰콩! 콩!

퍼엉!

투콰앙

포탄들은 전부 자이언트 티거에 명중했지만 76밀리 포로는 정면 장갑이 280밀리인 자이언트 티거를 뚫지 못했고 곧 이어진 자이언트 티거의 포격에 크롬웰 전차들은 대응할 새도 없이 먹혀버렸다.

"좋아. 이런 식으로만 가준다면 충분히 승산이 있다!"

"거리 800m 목표 전방의 크롬웰! 포이어!"

한스 중위의 외침에 포수인 라켄이 페달을 밟았고 전방에서 이쪽으로 포탑을 돌리던 영국군의 크롬웰은 포탄에 명중되어 격파되었다.

"이봐, 한스 중위… 월권이로군…."

슐츠 소령의 말에 한스 중위가 약간 긴장한 표정으로 말했다.

"그러게 말입니다. 제가 너무 오버한 것 같군요."

"뭐 상관없다. 어차피 소련군이나 몰려오는 연합군을 막는 것이 우선이니."

예상외로 관대한 슐츠 소령의 태도에 한스 중위가 장난스럽게 대꾸했다.

"흠? 너무 쉽게 넘어가시는 것 아닙니까? 전 그게 더 무서운데…."

"무서운 것도 무서운 것 나름이지."

그렇게 대꾸한 슐츠 소령이 차장용 잠망경으로 전방을 주시했다. 이미 다리의 초입은 연합군의 전차들이 거의 장악한 상황이었고 상당수의 연합군 보병들이 강을 건너려고 시도하고 있었다.

"제길! 구스타브는 뭐 하는 거야?"

슐츠 소령이 낮게 불평하자 옆에서 포를 조작하던 포수인 라켄이 다시 주포 페달을 밟았다. 포탄은 전방에서 공격해 오던 영국군의 발렌타인에 명중했고 발렌타인 전차는 그대로 다운, 검은 연기를 뿜었다.

"너무 많습니다! 제길…."

라켄이 소리치자 무전수인 휘버 상사가 말했다.

"소령님! 현재 아군의 구스타브 연대가 교신이 끊겼습니다! 아무래도 공격당한 듯합니다."

"이럴 수가…. 그 부대가 공격받았다고 한다면 이 다리도 끝장이라는 건데."

한스 중위가 한탄하자 슐츠 소령이 차분하게 해치를 열고 바깥으로 모습을 드러냈다.

"흠… 그쪽 방면에서는 아직 연기가 안 보이는데?"

쌍안경으로 구스타프 연대가 위치한 방향을 살펴본 슐츠 소령이 해치 안쪽으로 다시 들어와서는 조종수인 한스 중위를 향해 말했다.

"한스 중위, 아무래도 좀 더 후퇴해야 할 듯하다! 이미 아군의 전차들이 대부분 전멸당했어."

"옛? 벌써 말입니까?"

무전수인 휘버 상사가 믿기 힘든 표정으로 되묻자 슐츠 소령이 고개를 저으며 말했다.

"이곳도 이제 끝이다. 이곳마저 뚫리면 연합군이 베를린으로 들어서는 것이 가능해지는 만큼 우선 뒤로 후퇴해 아군과 함께 안쪽 교두보를 사수하는 것이 더 낫다."

"하지만! 아직 전투가 한창인데…!"

라켄이 잔뜩 흥분한 채 말하자 조종수인 한스 중위가 잠시 뭔가를 생각하더니 말했다.

"그럼 소령님, 이제 이 일대는 포기해야 하는 겁니까?"

그의 물음에 슐츠 소령이 고개를 끄덕였다.

"어쩔 수 없다. 이곳 일대는 이미 끝났다. 이런 곳에서 죽을 바에는 차라리 베를린 시내에서 싸우다가 죽는 게 더 나을 것이다"

"할 수 없군요. 그러면 후퇴하겠습니다."

한스 중위가 티거 323호에 시동을 걸자 슐츠 소령은 다시금 포탑 밖으로 몸을 내민 후 멀리 구스타프 연대가 있는 방향을 바라보았다. 구스타프 연대가 만일 후방으로 이동한 것이 아니라면 분명 지금쯤 계속해서 아군을 지원 사격해 주는 것이 맞다. 하지만 연대가 있는 방향에서는 어떤 포성도 들리지 않았다.

"연대가 설마 도망간 것은 아니겠지…?"

그렇게 중얼거리며 슐츠 소령은 주변을 잠시 둘러보았다.

이미 주변의 아군 전차들은 전부 격파당하거나 후퇴하고 있었고 전장에 남은 것은 323호 티거뿐이었다

"긴급 후퇴한다! 아군이 대기 중인 방면으로 이동하라!"

＊　＊　＊

레마겐 교두보와 수도인 베를린 사이에 위치한 작은 국경 도시인 헬렌도른. 이미 일대에는 제500 전투방위사단과 제133 국가전시교도사단 등이 집결하고 있었고 상당수의 독일군 병력이 이 일대에 포진하고 있었다. 작전명 12월 야경전, 야경전은 이제부터가 본격적인 시작이었다.

12월 9일부터 본격적으로 개시된 독일군의 대대적인 반격 계획은 레마겐 인근의 잔존 병력을 포함해 그 수가 20만 명이었고 그마저도 상당수가 제대로 훈련받지 못한 인원들이 다수였다. 하지만 현 상황이 상황인지라 독일 국방부와 병기국은 초중전차인 라테 20대와 마우스 8대를 이 일대에 배치해 주었고 그나마 초중전차 덕분에 어느 정도 연합군 보다 우위를 점한 현장의 독일군은 곧바로 반격을 위해 새로 개발한 V2 로켓을 10기 정도 배치하고 대기했다.

우우우우웅! 투아아아아앙!

상공에서 어지럽게 비행하는 연합군의 야보(강습 폭격기)들. 이미 제공권까지 빼앗긴 일대의 독일군은 상공의 적과도 싸워야 했고 덕분에 대공포 전차들이 상당수가 이 일대에 포진해 대기하고 있었다.

"망할 연합군 놈들, 우릴 말려 죽이려고 작정했군."

한스 중위가 티거 323호 포탑 위에 걸터앉아서 담배를 피우며 중얼거리자 무전수인 휘버 상사가 저쪽에서 티거에 주유할 연료통을 지고 걸어오면서 말했다.

"망할, 이러다가는 전부 다 죽게 생겼군. 이럴 때에 차라리 마우스 같은 초중전차에 배속을 새로 시켜주면 좋겠어."

"이봐, 휘버 상사! 연료의 양은 얼마나 되려나?"

한스 중위가 포탑 위에서 내려오며 묻자 휘버 상사가 연료통을 바닥에 내려놓으며 말했다.

"얼마 안 됩니다. 양이 너무 적어요. 가득 채워봐야 겨우 160리터 정도…?"

"흠… 심각하군. 연료도 부족하니 말이야."

통상적으로 티거 1대에 들어가는 연료의 양은 630리터인데, 이는 45년 이후로 약간 더 개량을 가한 티거에 해당하는 이야기였다. 160리터는 너무나도 부족한 연료였고 1개 휘발유 통으로 통상 20리터가 채워지니 160리터라고 한다면 470리터나 부족한 양이었고 630리터의 기름을 가득 채우려면 한 드럼통 반 이상의 연료를 넣어야 하는데 독일군은 이마저도 턱없이 부족해 연료도 제대로 공급하지 못하고 있는 실정이었다.

하물며 초중전차인 라테는 1,000톤의 덩치를 가져 통상적으로 한번 주유하면 최고 1,500리터 이상의 연료가 필요했고 마우스는 예비 연료통 안의 연료를 포함하면 최고 746리터가 필요한데 세계 대전 말기에 독일군의 고질적인 자원 부족 문제를 본다면 현재 전선에서 가동 중인 라테나 마우스 같은 초중전차들의 연료 문제는 더 심각했다.

"연료나 채우도록 하지요. 보급창에서도 줄 수 있는 양이 이 정도뿐이랍니다."

"나머지는 마우스 같은 초중전차에게 돌아가려나?"

짧게 중얼거리며 한스 중위가 휘버 상사가 건넨 연료 팩을 건네받고는 티거의 후방 엔진룸 위에서 주유를 위해 주유구를 열었다. 티거 전차가 아무리 무적을 자랑하는 중전차라고 해도 20배 넘는 적 전차를 상대로는 무리다.

연료의 부족과 함께 고질적으로 겪는 티거 중전차의 기동성 결핍 문제는 여전히 해결되지 못했고 기동성이 안 좋은 만큼 연료의 소모도 심했다. 이런 고질적인 문제 탓에 티거에 들어가는 연료의 양은 대단히 전선에서 중요했고 통상적으로 1㎞ 주행하는데에 드는 티거의 연료량이 막대한 만큼 현 상황에서는 다른 무엇보다 연료의 주기적인 공급이 더 중요했다.

"주유를 한다고 해도 너무 적군…."

한스 중위가 빈 주유통을 바라보며 중얼거리자 휘버 상사가 통을 받으면서 말했다.

"양이 적긴 적지요. 연료 공급도 날이 갈수록 짜지니, 원"

"모두 공급은 완료했나?"

때마침 차장인 슐츠 소령이 저쪽에서 걸어오며 묻자 휘버 상사가 빈 통을 들어 올리며 말했다.

"안 그래도 얼마 안 되는 연료 주입하고 있었습니다. 소령님, 연대 본부에서는 뭐라고 합니까?"

"음… 지금 전황이 더 악화가 되고 있다, 제군들. 현재 레마겐 철교를 지난 연합군이 철교가 철수하면서 폭파했어도 어떻게 도하한 모양이다. 지금 코앞까지 진격한 모양인데 수뇌부에서는 초중전차들로 방패를 만들려 하고 있어. 우리는 후방과 측면에서의 지원 사격을 하게 하고. 문제는 지금 연합군 중에서도 특히 소련군의 진격 속도가 만만치 않다는 것인데, 이 속도로 미뤄보면 소련군이 이곳 일대까지 도달하는 데에는 불과 하루면 충분하다는 예상이 나온다."

"맙소사! 그렇다면 속히 소련군의 공격에도 대비해야 하는 것 아닙니까?"

한스 중위의 말에 슐츠 소령이 깊게 한숨을 쉬면서 말했다.

"안 그래도 그 문제로 연대 사령관과 다투고 오는 길이다. 연대의 사령관은 인근의 분산된 SS 기갑군만으로도 충분히 대응이 가능하다고 하는데, 그건 절대로 불가능한 일이다. 지금의 우리 전력으로는 파죽지세로 몰려오는 소련군을 절대로 못 막는다."

"그럼 남은 것은 한가지뿐이군요. 즉시 베를린 교외까지 철수하는 것."

한스 중위의 말에 슐츠 소령이 고개를 끄덕였다.

"어차피 연료의 양도 얼마 안 됩니다. 오래 못 버틸 겁니다. 그럴 바엔 차라리 교외 일대에서, 분전하는 것이 더 낫습니다"

"그렇긴 하다만, 연대 본부에서 그걸 승인할 리가 없지."

슐츠 소령의 말에 휘버 상사가 말했다.

"소령님, 아무래도 저희 조국은 끝인 것 같군요…"

그의 말에 슐츠 소령이 잿빛 하늘을 올려다보며 말했다.

"그래…. 어쩌면 이 모든 것은 이미 예정된 미래였을지도 모르겠군…"

"소령님!"

바로 그때 저쪽에서 탄약수인 라켄이 달려오면서 슐츠 소령을 불렀고, 슐츠 소령이 그가 오는 방향으로 돌아섰다.

"무슨 일이냐?"

"소령님! 방금 전에 들은 얘기인데 지금 아군의 구스타프 연대가 적의 후방 공습을 받아 열차포가 손실되었다고 합니다! 게다가 아군의 병력 일부가 도주하기 시작하여 전투가 불가능하다고…"

"크윽…. 결국 우려했던 일이 일어나는군."

한스 중위가 낮게 통탄해하자 슐츠 소령이 신음을 흘리며 말했다.

"강해져야 한다. 이럴수록 우린 뭉쳐야 한다. 그것만이 살길이다. 모두 명심하라!"

"전원 전투태세를 갖추어라! 연합군이 몰려온다!"

때마침 관측 사관이 소리치자 슐츠 소령이 먼저 티거 323호에 올라타면서 말했다.

"내가 가는 이 길이 곧 정의다. 곧 이 길만이 모든 것이다…"

"전원 탑승!"

"기동합니다."

철커덕! 부릉- 투다다다다다다다다다다-

이내 약한 엔진 시동음과 함께 티거 전차에 시동이 걸리자 한스 중위는 곧바로 전차를 전진시켰고 이들이 탑승한 323호 티거는 곧바로 아군이 대기 중인 시의 교외로 향했다. 이미 교외에는 마우스 초중전차 4대가 대기 중이었고 나머지 4대는 시내에 주둔, 대다수가 이미 전투 준비를 완료하고 대기 중이었다.

"병력 대기 중! 현재 시 교외 일대에만 10만 명이 대기 중이고 전차는 127대가 대기 중이다!"

이마저도 겨우겨우 끌어모은 수량이라는 것을 슐츠 소령은 알고 있었다. 현재 독일의 상황이 더 이상의 전차와 인력 조달을 하지 못할 만큼 비참해졌다는 것을 그는 이제 와서 깨닫고 있었다. 당장 독일군의 가동 전차 수량만 해도 턱없이 적은 수량이었고 어떻게 생각해도 이 부분은 어떻게 할 수가 없는 부분이었다.

"소령님! 저쪽 능선에서 연합군의 전차들이 보입니다!"

포수인 라켄의 말에 포탑 위에서 쌍안경으로 주변을 둘러보던 슐츠 소령은 전방의 12시 방향과 2시 방향의 두 방향에서 수십 대의 연합군 전차들이 흙먼지를 일으키며 이쪽을 향해 오는 것을 보고 쌍안경을 내렸다. 그리고 해치를 닫고 안으로 들어왔다. 슐츠 소령은 지금 마음속으로 굉장히 복잡한 심정이었다.

연합군의 전차는 아군의 거의 5배 사실상 이 전투는 무의미했다. 하지만 그래도 포기하지 않는 것은 함께 싸워 온 아군이, 동료가, 전우가 그 자리를 지키고 있기 때문이었다.

"제군들, 적이 가까이 온다! 전투 준비!"

슐츠 소령의 말에 티거 전차 안에 탑승한 전원이 일제히 전투태세를 갖추었다.

"적 전차와의 거리 약 5,000m, 거리가 1,000m 이내로 들어오면 일제 포격한다! 어차피 마우스 초중전차가 전면에서 방패막이 될 테니, 우리는 그 뒤에서 지원만 해 주면 된다."

슐츠 소령의 말에 조종수인 한스 중위가 전방 관측창으로 정면에서 연합군이 몰려오는 것을 바라보며 중얼거렸다.

"맙소사…. 적의 숫자가 너무 많군, 부디 이번에도 살아남기를…."

"온다! 포탄 1발 장전!"

슐츠 소령의 말에 탄약수인 에밀이 88밀리 포탄을 포미에 장전해 넣었다. 거리는 이제 3,000m, 적의 매우 빠른 진격 속도에 슐츠 소령은 약간 당황했지만 침착하게 다음 명령을 하달했다.

"라켄, 주포 사격 준비! 적과의 거리가 좁혀들면 그때 사격한다!"

"알겠습니다."

거리 2,000m, 서서히 좁혀오는 거리에 슐츠 소령은 자신도 모르게 두 주먹을 불끈 쥐었다. 연합군의 전차들이 빠른 속도로 포위망을 좁혀오는 모습은 흡사 날개 잃은 새를 수십 마리의 뱀들이 잡아먹기 위해 모여드는 형상이었다.

"거리 1,400m!"

라켄의 외침에 슐츠 소령은 긴장한 표정으로 소리쳤다.

"거리 약 1,200m, 지금이다! 포이어!"

투쿠쿵! 콰아앙!

티거의 두껍고 큰 주포의 머즐 브레이크에서 강력한 화염과 함께 포성이 울렸고 88밀리 포탄이 전방 12시 방향에서 진격 중이던 미군의 구축전차인 M10 울버린에 명중했다.

쿠콰콰앙! 퍼어엉!

"명중!"

"지금이다! 포격 개시!"

그리고 그 포격을 시작으로 독일군의 초중전차인 마우스에서도 128밀리 주포를 사격하기 시작했고 포격을 피하며 미국과 영국의 전차들이 제자리에 정지한 채 포격을 시작했다.

"적의 사격이 시작되었군."

슐츠 소령이 낮게 중얼거리자 한스 중위가 담배를 피워 물며 말했다.

"맙소사! 이럴 줄 알았으면 그냥 고향에서 평범하게 숨어 있을 걸 그랬군."

"숨어 있기엔 너무 아깝지 안 그런가?"

슐츠 소령의 말에 한스 중위가 살짝 미소 짓더니 관측창으로 전방의 상황을 주시했다. 확실히 현 상황에서는 독일군이 불리했다. 현재 미국이 이 전선 일대로 T28 초중전차를 끌고 온 상황에서 과연 마우스 초중전차와 대등한 전투가 가능할지가 관건이었다.

"전방에 미국의 신형입니다!"

포수인 라켄의 말에 슐츠 소령이 차장용 잠망경으로 전방을 주시했다. 전방에서는 일전에 생 팔로 일대에서 싸운 적이 있는 미국의 초중전차인 T28 슈퍼 헤비 전차 3대가 진격해 오고 있었고 그런 슈퍼 전차를 향해 독일군의 초중전차인 마우스들이 일제 포격을 개시하고 있었다.

쿠쿵! 콰아아앙!
BAKUUUUUM! BAOOOOM!

128밀리 포탄이 한꺼번에 1대의 T28 슈퍼 탱크에 명중했으나 T28은 전혀 격파되지 않았고 오히려 주포인 105밀리 포를 쏘며 저항했다. 물론 105밀리 포탄으로는 마우스를 관통할 수 없다는 것은 당연한 것이었고 양측은 그렇게 40분 넘게 지속적으로 서로 포격하면서 대치했다. 양측 모두 격파가 사실상 불가능한 전차를 보유한 터라 쉽게 돌파되거나 돌파하지 못했고 결국 2시간 넘는 전투 끝에 일시적으로 연합군은 후퇴했다.

"연합군이 물러났군…."

슐츠 소령이 길게 한숨을 쉬자 한스 중위가 그제야 안도의 한숨을 쉬었다.

"일단은 물러갔다지만 언제 다시 공격을 재개할는지…."

"12월 야경전은 아직 끝난 게 아니다, 제군들. 이제부터가 시작이다."

슐츠 소령의 말에 무전수인 휘버 상사가 전투가 중지된 상태로 해치를 열고 밖으로 모습을 드러냈다.

"휴… 이것도 힘들군."

"휘버 상사! 괜찮나?"

슐츠 소령의 물음에 휘버 상사가 고개를 끄덕였다.

"걱정 마십시오, 소령님. 저는 아직 충분히 쓸 만합니다."

"하긴… 그렇게나 전장에서 고생했으니 당연히 몸이 고생하는 것은 당연하지."

"그보다 소령님, 이제 어떻게 해야…."

타아앙!

퍼어억!

"어라?"

바로 그때.

어디선가 총성이 울렸고 총탄은 휘버 상사의 몸을 관통했다.

"휘버 상사!"

슐츠 소령이 재빨리 자세를 낮추며 포탑 밖으로 달려 나가 그를 부축했다. 휘버 상사가 자신의 가슴에서 흘러나오는 붉은 선혈을 바라보며 말했다.

"이런 젠장맞을… 결국, 내 인생도 여기까지인가 보군."

"아니, 그런 말 하지 마라! 넌 아직 살 수 있어!"

슐츠 소령이 소리치자 한스 중위 역시 밖으로 모습을 드러내며 말했다.

"이 친구야… 그러게 왜 벌써부터 나와 가지고는…"

"쿨럭… 그게 할 소립니까, 중위님…?"

"안 되겠어, 의무병이 필요해!"

슐츠 소령이 다급히 의무병을 불러오기 위해 전차에서 내려가려는 순간 휘버 상사가 그의 옷깃을 잡으며 말했다.

"아닙니다… 쿨럭… 이제 다 끝났는걸요…. 암울한 현실이지만 그래도 지금까지 소령님과 함께 전장을 누빌 수 있어서 좋았습니다…"

"휘버 상사…"

"소령님… 제가 일전에 말씀드렸지요? 인생은 어디서 오고 어떻게 끝나는가를…. 이제 저는 때가 된 겁니다. 그러니…"

휘버 상사가 점점 호흡이 거칠어지자 슐츠 소령이 그의 곁으로 앉아 말했다.

"휘버 상사…. 귀관은 충분히 훌륭했고 또한 훌륭한 군인이다! 그러니 이제 그만 이 길을 놓을 때도 되었지…"

"이 길의 끝이… 비록 슬프고 암울할지라도… 우리의 길은 끝나지 않았으니… 우리는…"

그 말을 끝으로 휘버 상사는 더 이상 아무 말도 하지 못했고 슐츠 소령은 한동안 그의 시신 앞에서 고개를 숙인 채 눈을 감았다.

휘버 상사를 저격한 것은 인근 200m 근방까지 올라온 미군 정찰 부대였다. 얼마 안 가서 이 부대는 결국 독일군 보병들에게 제압당하지만 그만큼 부대의 보안이 예전에 비해 많이 약해졌음을 반증하는 부분이었다.

"제군들… 휘버 상사가 전사했다. 나는 이제부터 적들에게 더 이상의 자비를 베풀지 않을 것이다."

슐츠 소령의 말에 한스 중위가 담배를 피워 물며 말을 꺼냈다.

"소령님, 휘버 상사는…"

"알고 있다! 그는… 이 지옥 같은 전장 속에서 충분히 지옥을 보았다. 이제 더 이상 보지 않아도 되겠지"

"당연한 말씀입니다, 소령님…"

한스 중위가 피우던 담배를 티거의 조종석 벽면에 비벼 끄며 말하자 슐츠 소령은 잠시 동안 조용히 휘버 상사의 다음 생을 위해 기도했다.

휘버 상사의 시신은 이미 독일군에 의해 옮겨진 상황, 게다가 이곳은 전장이었다. 사적인 이유를 갖다 댈 수는 없다.

"그만 이동하지, 한스 중위. 너무 오래 끌었다."

"알겠습니다. 자 모두 자리에서 일어나도록! 다시 기동을 시작한다!"

그렇게 소리치며 한스 중위는 티거 323호에 시동을 걸었다. 어쩌면 지금 슐츠 소령보다 그가 더 휘버 상사에 대한 연민이 깊을지도 모를 일이다.

* * *

12월 야경 작전이 개시된 지도 이제 만 10일이 지났다. 그 사이 달라진 것은 아무것도 없었다. 그저 묵묵히 제자리에서 싸우는 것밖에는 전혀 달라진 것이 없다. 아군의 열차포는 이제 도라 단 1대만이 남은 상황이었고 그마저도 지금 후방으로 돌려져 있었다. 이제 전선에서 가용 가능한 전차들은 겨우 120대 남짓 극히 일부만이 살아남았다.

2007년 12월 20일 오후 3시경.

연합군은 마침내 인근의 폴른 교각을 지나 베를린 코앞까지 진출했고 소련군 역시 주코프 원수가 이끄는 중앙방면군이 인근의 레마겐 일대까지 진격해 온 상황이었다.

이런 상황에 본토의 독일 수뇌부는 어떻게든 베를린으로 연합군이 들어오는 것을 최대한 저지하기 위해 가용 가능한 선력들을 몽땅 투입 시켰고 남은 전 병력의 50% 이상이 베를린 초입에 주둔했다.

그리고 이 시기 소련군의 원수인 게오르기 주코프가 신묘한 전략을 구상했다.

투ㄹㄹㄹㄹㄹㄹㄹㄹㄹㄹㄹㄹㄹㄹ-

"소령님."

"음, 보고 있다. 아무래도 적은 강 건너편에서 대기 중인 모양이로군."

323호 티거 전차가 도착한 이곳은 인근의 다리인 웨스노펜 철교, 독일군이 연합군을 상대하기 위해서 이 다리 일대에 상당수의 마우스 초중전차들을 배치한 상황이었고 반대로 연합군은 소련군이 기슭에 자리 잡아 전투 배치를 완료한 상황이었다.

소련군의 중앙방면군의 지휘관은 게오르기 주코프 원수였고 당대의 명장이던 그가 지휘하는 이 부대는 그야말로 사기가 많이 올라 언제든지 독일군과 정면 대결을 할 수 있는 상황이었다.

이런 와중에 연합군은 사실상 베를린으로 향하는 선봉의 권한을 소련군에게 위임했고 주코프 원수는 이 권한을 받자마자 즉시 중앙방면군을 이끌고 독일 국내로 향하는 몇 안 되는 다리 거점인 웨스노펜 철교를 공격하는 구상을 한 상황이었다.

웨스노펜 철교 일대에는 칼린 제블워커 장군이 지휘하는 SS 제9사단이 주둔했고 곧 1시간 뒤 소련군과 이 철교 일대에서 맞붙게 된다.

"전차 정지! 아무래도 소련군과 싸우게 될 듯하다."

슐츠 소령의 말에 포수인 라켄이 포대경으로 전방을 살핀 후 말했다.

"아무래도 소련이 대규모로 강 건너에 포진한 듯합니다."

"소령님, 그냥 이대로 가면 되는 겁니까?"

한스 중위가 묻자 슐츠 소령은 전장 지도를 꺼내어 살펴보았다.

이들이 있는 웨스노펜 철교 일대에서 동쪽으로 약 1㎞ 떨어진 곳에는 이미 소련군과 영국군이 상주하는 상황이었고 서쪽으로

3㎞ 지점에는 슐레펜 일대로 독일군 루프트 바페가 대기 중이었다. 그나마 전선에 남은 루프트 바페도 사정은 마찬가지. 남은 항공기라고는 주변에서 긁어모은 연습용 항공기들과 몇 대도 채 되지 않는 강습기뿐이었다.

"이대로만 쭉 이어지면 상관없다, 어차피 소련군은 이곳 일대를 점령하는 대로 곧바로 본토의 베를린으로 진격하기 위한 전초 기지를 세울 거다. 그 전에 우리가 막아야 한다."

"소령님! 전방에서 소련군 측의 사자가 오고 있습니다!"

포수인 라켄의 보고에 포탑 위에서 쌍안경으로 전방을 주시하던 슐츠 소령이 전차에서 뛰어내렸다.

전방 100m까지 접근한 소련 측 사자들은 단 10명, 이들은 소련의 원수인 게오르기 주코프가 직접 쓴 친서를 가지고 독일군을 찾아왔고 슐츠 소령은 그런 그들을 상대로 앞으로 나섰다.

"소련군인가? 이쪽 전선엔 무슨 일인가?"

슐츠 소령이 소련어로 묻자 소련 측의 사자 중에서 상급 장교인 블라디미르 코틴 소령이 앞으로 나서며 말했다.

"우리는 연방의 자랑스러운 원수 동지인 주코프 각하의 명령에 따라 너희들에게 친서를 전달하러 왔다! 속히 너희들의 지휘관에게 안내하라."

"안내하겠다. 날 따라와라."

슐츠 소령이 앞장서자 무장한 소련의 병사들과 장교들이 그의 뒤를 따랐다.

그들이 만난 장소에서 독일군의 현장 지휘부까지는 불과 500m 남짓. 무장한 소련의 사자들을 데리고 본부에 도착한 슐츠 소령은 가장 먼저 막사를 열고 들어가서 현장 지휘관인 바이크 슈바이 도렌 상급 대장에게 소련 측에서 사자를 보내 왔음을 보고했다.

"그래? 속히 안으로 들어오라고 하라."

슐츠 소령의 말을 전해 들은 도렌 상급 대장이 안으로 그들을 들일 것을 명령하자 슐츠 소령이 바깥에서 대기 중이던 소련의 장교들에게 들어오도록 했다.

"어서들 오시오. 독일 본토에 들어오신 것을 환영하오."

"거두절미하고 말하겠소. 우리는 사신의 자격으로 온 것이오. 여기 우리 원수이신 주코프 각하께서 귀관들에게 전하는 친서요. 내용을 읽어보고 한번 생각해 보길 바라겠소."

소련군의 상급 장교인 블라디미르 코틴 소령이 친서를 내밀자 도렌 상급 대장이 그걸 받아들고는 펼쳐서 읽어 내려갔다.

독일어에도 능한 주코프 원수가 직접 쓴 친서에는 금일 오후 3

시 40분을 기해 본 군이 베를린으로 입성하기 전 전 독일군에 대한 모든 전투 행위와 함께 공격을 중지할 테니 그만 항복하라는 내용이 적혀 있었다. 도렌 상급 대장은 그 친서를 읽어 본 후 잠깐은 망설였다. 이미 패색이 짙어진 데다가 더 이상의 전투가 무의미하다는 것을 그 역시 잘 알고 있었고 더 이상의 희생을 내지 않기 위해서라도 항복하는 것이 바람직하다는 섯을 잘 알기 때문이었다. 도렌 상급 대장은 잠깐 생각하다가 대답했다.

"결국 항복하라는 소리로군 그래. 우리가 항복하면 정말 공격과 적대 행위를 중지하겠다는 것이오?"

"글의 내용 그대로요. 우리 원수께서는 결코 빈말을 하지 않으시는 분이오. 그러니 우릴 믿고 그만 항복하시오."

소련군 장교인 코틴 소령의 말에 상급 대장인 도렌이 곁에 서 있던 슐츠 소령에게 물었다.

"이보게, 슐츠 소령. 어떤가? 어차피 우리는 이 전쟁에서 패했네. 이제 그만할 때도 되었지."

"저는 아무래도 상관없습니다, 상급 대장 각하. 우선은 항복하는 조건이 확실하니 저들을 믿어보는 것이 나을 듯합니다."

슐츠 소령의 말에 도렌 상급 대장이 고개를 끄덕이고는 말했다.

"지금 이 시간부로 더 이상의 적대 행위는 없을 것이오, 그대들은 돌아가서 주코프 원수에게 전하시오. 항복하겠다고."

도렌 상급 대장의 말에 소련군 장교인 코틴 소령이 즉각 대답했다.

"현명한 선택이오. 그리 전하겠소. 앞으로 1시간 후에 전 병력을 무장 해제한 후 기다려 주시오."

그렇게 대답한 후 코틴 소령은 같이 온 소련의 병사들과 함께 막사를 나갔고 도렌 상급 대장은 그제야 자리에 털썩 주저앉으며 말했다.

"휴… 이것이 과연 잘한 것인가 모르겠군."

"괜찮을 것입니다, 각하! 이미 우린 전쟁에서 졌습니다. 인정하는 만큼 우리에게도 곧 희망이 보일 것입니다."

슐츠 소령의 대답에 도렌 상급 대장은 초조한 표정으로 담배를 피워 물었다. 전선은 이미 끝났다. 이미 조국인 독일은 전쟁에서 패했고, 때문에 더 이상 싸워야 할 이유도 없다.

특히나 슐츠 소령에게 있어서 이 전쟁은 참으로 길고 길었다. 이제 이 무거운 짐을 내려놓을 때가 된 것이다

"소관은 그럼 이만 가 보겠습니다."

슐츠 소령이 도렌 상급 대장에게 경례한 후 막사를 빠져나와 티거 323호가 있는 곳으로 발걸음을 옮겼다.

이제 마음 놓고 고향으로 돌아갈 수가 있게 되었다. 때문에 슐츠 소령의 발걸음은 평소보다는 가벼웠고 따라서 더는 싸울 필요가 없다는 생각에 슐츠 소령은 내심 안도의 한숨을 쉬었다.

"자, 이제 남은 것은 해산하는 것뿐인가?"

그렇게 중얼거리면서 자신의 티거 323호가 있는 곳에 도착한 슐츠 소령은 다음 순간 놀라운 광경을 목격했다. 상공에서 수십 발의 로켓탄들이 독일군 진영을 향해서 날아오는 광경이었다. 바로 소련군의 다연장 로켓포인 카튜샤의 로켓탄들이었다.

"맙소사. 설마…"

쿠와아아아아 쿠콰아아앙

독일군 진영에 떨어진 로켓탄들은 거대한 폭발을 일으켰고 독일군들이 곳곳에서 로켓탄에 의해 분쇄되었다.

"으아아아악!"

"카튜샤다! 피해라!"

이곳저곳에서 들려오는 독일군의 비명 소리 그리고 로켓탄의 폭발음. 슐츠 소령은 정신이 아득해졌다.

"소령님!"

바로 그때 323호 티거에서 조종수인 한스 중위가 달려 나오며 소리쳤다. 슐츠 소령은 그저 망연자실하게 로켓탄이 터지는 독일군의 진영을 바라볼 뿐이었다.

"소령님! 이게 도대체 무슨 일이랍니까?"

"이럴 수가…. 소련군이 이런 식으로 우릴 속일 줄이야…"

주코프 원수가 생각한 신묘한 방책, 그건 바로 독일군을 안심시키고 공격하는 방법이었다. 먼저 사자를 보내어 거짓된 서신으로 공격을 중지할 것이라는 안심 메시지를 보낸 후 안심한 틈을 타 공격하는 방법, 실로 대단한 전략이었다.

병력이 이미 무장 해제한 틈을 타서 공격하는 방법은 신속한 전투가 가능한 방법이었고 이미 이 시점에서 독일군은 대다수가 무장을 해제하고 있었다.

"우라우라!"

바로 그때 가까운 곳에서 소련어로 함성이 들려오더니 이내 전방 300m부터 소련군 보병들과 소련제 전차인 T-34/85들이 기습적으로 공격해 오기 시작했고 슐츠 소령은 재빨리 티거 323호에 탑승해 소리쳤다.

"한스 중위! 시동 걸어라! 후퇴한다!"

"알겠습니다!"

한스 중위가 재빨리 엔진에 시동을 건 후 티거 전차를 급속 후진시켰다.

키기기기기기긱! 투르르륵!

"망할 소련 놈들."

라켄이 짧게 중얼거리자 슐츠 소령이 차장용 잠망경으로 전방을 주시했다. 소련군의 숫자는 점차 늘어나서 수백을 넘어섰고 전차들 또한 상당한 숫자가 눈에 띄었다.

"어디로 갈까요, 소령님?"

한스 중위가 묻자 슐츠 소령은 무겁게 입을 열었다.

"슐레펜으로 간다!"

"알겠습니다."

이날의 전투는 소련군에 의한 독일군의 일방적인 패배만이 있었고 상당수의 독일군이 소련군에게 포로로 잡힌다. 그리고 소련군은 포로들을 가혹하게 대한다. 막상 주코프 원수는 관대하게 대하라는 명령을 내렸지만 정작 현장의 소련군들은 그렇지 못했다. 이들은 군의 원수인 주코프의 명령에도 아랑곳하지 않고, 이후 슐레펜 인근에서 포로들을 무차별적으로 학살하기 시작한다.

그리고 그 시신들을 불에 태우기까지 했다.

2007년 12월 24일 오후 2시경, 슐레펜 근교.

슐츠 소령은 슐레펜 일대의 얕은 고지 위에서 멀리 소련군이 있는 방향을 쌍안경으로 살펴보고 있었다. 소련군이 독일군 포로들을 무차별적으로 살해하는 모습을 목격한 그는 충격과 경악을 금치 못했고 소련군의 잔혹성에 결국 눈을 돌리고 만다.

타타타타타타타타타타타타타타타타타!

소련군 진영에서 들려오는 총성, 소련군이 포로들을 살해하는 소리였다.

얼마 안 가 소련군 진영에서는 큰 불길이 치솟았고 그것은 당연하게도 소련군이 살해한 포로의 시신을 불태우는 모습이었다.

"맙소사…."

"소령님! 루프트 바페가 출격했습니다."

한스 중위의 보고에 슐츠 소령은 독일군 공군이 출격하는 것을 바라보았다. 12월 야경전도 여기까지인 듯하다.

"다음 해로 넘어가게 생겼군."

짧게 중얼거리며 슐츠 소령이 고개를 저었다.

이 전쟁은 과연 어디까지 파국으로 치달을 것인가? 과연 어디까지 가야만 완전한 끝에 서는 것일까? 전쟁의 시작은 화려했지만 결국 그 끝은 이리도 썩고 비참한 것인데⋯. 60년 동안 끌어온 2차 대전의 끝은 결국 전쟁을 일으킨 독일의 패배였고 그 끝은 결코 편한 길이 아니었음을 슐츠 소령은 마음속 깊이 깨닫고 있었다.

"소령님! 아군 본부로부터 무전이 왔습니다! 속히 후방의 도르프겐 일대로 이동하라는 명령입니다. 그곳에서 다음 해 전선을 준비하겠다고 합니다."

포수인 라켄의 보고에 슐츠 소령은 고개를 끄덕인 후 소련군이 있는 방향을 바라보았다.

"음? 저건 뭐지?"

소련군이 이동하는 방향을 바라본 슐츠 소령이 쌍안경을 들어 1,200m 일대를 살펴보자 그곳에는 놀랍게도 아군의 마우스 초중전차들이 이쪽을 향해 이동해 오고 있었다. 그것도 소련군의 휘장을 단 채.

"이런 맙소사! 아군의 마우스다! 소련이 노획한 모양이로군⋯."

"소련이 노획한 거라면 얘기 끝난 겁니다. 소령님, 우린 더 이상

저들을 상대로 이길 수 없습니다."

한스 중위의 말에 슐츠 소령이 복잡한 표정으로 한숨을 쉬었다.

소련이 노획한 마우스 초중전차는 총 4대. 전부 소련군의 식별 휘장과 흰 띠가 칠해졌고 선두에서 이쪽으로 오고 있었다. 주코프가 이끄는 소련군 중앙방면군은 그 편제에서 독일의 노획한 초중전차만을 전담하는 초병기 전담 대대를 두었고 이 부대에서 노획한 초병기들을 관리한다. 아군의 V2 미사일뿐만 아니라 상당수에 해당하는 무기들 또한 소련군이 노획했다. 심지어 아군의 티거나 판터로 무장한 독립 전차 연대까지 있을 정도였고 연합국이 공여해 준 랜드리스 차량으로 구성된 독립된 부대도 보유했다.

그 숫자만 60만 명이 넘었고 전차 또한 아군의 8배가 넘었다. 중앙방면군의 숫자가 이런데 스텝방면군이나 우크라이나방면군은 과연 얼마나 되는 것일까?

"소령님! 속히 움직여야 합니다!"

한스 중위의 말에 슐츠 소령이 고개를 끄덕인 후 차량을 후진시켰다.

이제 베를린까지 남은 것은 인근의 도르프겐 일대와 함께 루스 일대 및 크라프바겐 일대뿐. 같은 시기, 독일 국방 관리부의 보고에 따르면 이미 아군의 루프트 바페는 전멸, 육지에서는 나날이 적의 공습과 폭격으로 제대로 싸워보지 못한 채 전멸했다는 기사가 뜨고 있었다. 그만큼 연합군의 우위가 독일군보다 월등했고 국방 보고가 누락되거나 조작되는 것도 힘들 만큼 상황이 매우 나빠졌다는 의미였다.

퍼엉! 펑! 펑!

상공에서 터지는 교란탄. 이미 제공권도 빼앗긴 상황에 독일군이 할 수 있는 일은 아무것도 없었다.

"이럴 바엔 차라리 본토에서 조용히 숨어 사는 편이 낫겠군."

"소령님! 전방에 아군의 호송 차량입니다!"

한스 중위의 말에 슐츠 소령이 포탑 밖으로 모습을 드러내며 물었다.

"이보게들! 무슨 일인가? 왜 전장 한가운데에 친위대의 호송 차량이 와 있는 거지?"

그의 물음에 호송 차량을 담당한 SS 친위대 장교인 에릭 버즈하임 대위가 대답했다.

"지금 아군 사령부의 명령도 없이 적에게 항복한 현장 지휘관들을 체포하러 왔습니다! 티거 323호 차량은 즉시 작전을 위해 이동해 주시기 바랍니다."

그의 말에 슐츠 소령은 순간 얼굴에 당혹감이 비쳤다. 소련에서 보낸 사신들을 안내한 것은 바로 자신이었고 항복을 선언한 그 자리에 마지막까지 있었던 것도 자신이었다.

"알겠네. 수고들 하게."

짧게 대꾸한 슐츠 소령이 이내 해치를 닫고 안으로 들어오자 한스 중위가 물었다.

"뭡니까? 왜 친위대의 호송 차량이 여기까지 온 겁니까?"

"아무래도… 며칠 전에 소련군에게 항복을 선언한 군 고위 장교들을 체포하려는 것 같다. 나도 그 자리에 있었으니 누군가 증언하면 나 역시 전선에서 후방으로 호송될 수도 있다"

"그건 안 될 말입니다! 누가 감히 소령님을 데려간단 말입니까?"

한스 중위의 말에 슐츠 소령이 쓴웃음을 지었다.

상황이 점점 갈수록 안 좋아지고 있다. 전선은 이미 밀릴 대로 밀린 상황이었고 독일군은 전선 곳곳에서 패주하고 있다. 더 이상 전황이 악화가 되기 전에 하루라도 빨리 독일이 연합군에 항복해야 한다.

하지만 친위대를 비롯한 군 수뇌부는 여전히 전황을 어떻게든 뒤집으려고 하고 있었고 특히 친위대는 살기 위해 도망가는 사람들을 체포해 죽이고 있었다. 군인이건 민간인이건 가리지 않는다.

"확실히… 친위대에 들어가지 않길 잘한 것 같군."

낮게 중얼거리며 슐츠 소령은 차장석에 깊숙하게 몸을 눕혔다.

크르르르르르르르르르르르르-

그렇게 한참을 달려 323호 티거가 도착한 곳은 도르프겐 일대. 이미 이곳은 병력의 대부분이 도주했고 그나마 가동 중인 전차의 수량은 4호 전차 몇 대와 돌격포들 몇 대뿐이었다. 그것도 완전 구형들로 대다수가 훈련용으로 돌려진 차량들이었고, 몇 대는 1차 대전 때 운용하던 마크 전차와 A7V도 보였다.

현재 전선에서 가동 중인 박물관에서 끌고 온 A7V와 마크 전차들은 그 수량이 겨우 합쳐서 30대 남짓이었고 그나마 전선에서 쓰기 위해서 포탑도 떼어진 채 전시되어 있던 몇 대는 포탑을 새로 달아 배치했다. 때문에 원래 57밀리 포를 장비하는 A7V가 좀더 대구경의 76밀리 단포신 포를 장비했으며 마크 전차가 6파운드 포에서 장포신의 88밀리 곡사포로 무장하기도 했다.

문제는 1차 대전 때 운용하던 구형에다가 현재 운용하는 대구경 포를 얹은 탓에 성능이 현저히 떨어졌다는 것이다. 오히려 포의 사격 시에 반동을 못 이겨 궤도가 빠지거나 주저앉는 경우도 있었고 적에게 격파되는 것보다 비전투 손실이 더 많았다.

베를린 일대에 배치된 마크 전차는 6대였고 A7V는 겨우 3대뿐이었다. 이 중에서 멀쩡하게 마지막까지 싸운 차량은 A7V 단 1대뿐이었다. 그나마 전쟁이 끝난 후 온전하게 멀쩡한 모습으로 남은 단 1대의 A7V는 1차 대전 당시 476호 차량으로 정식 명칭은 니벨룽겐이었다. 이 차량은 베를린 시가지 서쪽 방향의 정의의 문 인근에서 버려진 채로 남겨졌는데 아마도 승무원들이 차량을 싸우기도 전에 버린 것으로 추정된다.

"소령님, 다 왔습니다."

한스 중위의 말에 슐츠 소령은 착잡한 마음으로 전차의 해치를 열고 밖으로 나왔다. 지금쯤이면 친위대에 의해 현장의 사령부는 전부 체포되었을 것이다. 자신을 제외한 모두가 체포되었을 거라는 생각에 슐츠 소령은 마음 한구석이 무거웠다.

"소령님, 이제는 더 이상 후퇴할 곳도 없습니다."

한스 중위의 말에 슐츠 소령이 고개를 끄덕였다. 그런데 문제는 일대를 방어해야 할 독일군 병사들이 하나도 보이지 않았다. 전부 도망이라도 간 것일까? 남은 것이라고는 전차 몇 대와 노동자들 몇 명뿐이었다.

"맙소사…. 다들 어디로 간 거지?"

"전부 도망간 모양입니다, 소령님."

한스 중위가 조종수 해치를 열고 나오며 말하자 슐츠 소령이 주위를 잠깐 둘러보았다. 확실히 이미 전선 일대의 모든 독일군들은 도망간 것이 확실해 보였다.

단 1대, 저쪽에서 이쪽을 향해 천천히 기동하고 있는 1차 대전의 유물인 A7V 1대가 아직 희망이 남아 있음을 보여주고 있었다.

A7V 446호, 드라칸(용). 현장에서 주포를 57밀리에서 75밀리 단포신 포로 교체한 차량으로 원래 박물관에 있었을 땐 주포를 따로 떼어 놓았었다고 한다. 막상 전쟁이 말기가 되어 패전이 임박하자 독일 수뇌부는 급하게 투입하느라 원래의 주포를 달지 못했고 대신 현재 쓰이는 판터 전용의 75밀리 주포를 짧게 잘라 탑재했다.

이렇게 전선에서 개조된 마크 전차와 A7V는 30대 중에서 무려 12대였고 그중에서 이곳에 1대의 A7V가 배치되어 운용되고 있었다. 원래 현장에서 작전 지휘 차량으로 쓰기 위해 배치한 것이었지만 현장의 독일군이 전부 도망가 버려 지금은 노동자 4명과 끝까지 전선에 남은 독일군 장교 몇 명만으로 운용되고 있었다. 총 18명이 타는 A7V였지만 지금은 겨우 9명만이 탑승한 상태였고 그나마 아직까진 실전에서 적과 마주치지 않았기 때문에 비교적 온전한 편이었다.

크르르르르르르륵-

"제자리 정지!"

슐츠 소령의 티거 323호 바로 300m 전방에서 멈춰선 A7V에서 독일군 장교인 에른하르트 폰 로트 중위가 A7V의 차체 측면에 있는 대형 문을 열고 밖으로 나오자 슐츠 소령이 차에서 뛰어내려 A7V를 향해 달려갔다.

"이럴 수가…. 전황이 많이 안 좋더니만, 결국 다 도망간 것인가?"

슐츠 소령의 물음에 로트 중위가 초췌한 얼굴로 대답했다.

"이미 고위 장교들을 포함, 다수의 병력이 도주했고 당장 운용할 전차는 승무원이 없어 운용하지 못하고 있습니다. 현재 가동 가능한 차량은 이 A7V뿐입니다."

"결국… 패망의 징조가 가까워 오는 것인가?"

짧게 중얼거린 슐츠 소령이 고개를 들어 A7V를 바라보았다.

1차 대전의 유물인 이 전차로는 절대로 전황을 타개할 수는 없다. 전력은 되겠지만 당장 기존의 포를 대구경으로 바꾼 것이 오히려 독인 만큼 슐츠 소령은 차라리 지금이라도 할 수 있다면 포를 기존의 57밀리로 바꾸고 싶은 심정이었다.

"현재 전선 일대에 소개한 마크와 A7V들은 전부 같은 박물관에서 끌고 온 것인가?"

슐츠 소령의 물음에 로트 중위가 대답했다.

"아닙니다. 총 2곳의 박물관에서 차출한 것으로 알고 있습니다만."

"아무래도 귀하의 전차는 두 번째 박물관에서 가져왔겠군."

슐츠 소령의 짧은 이 한마디에 로트 중위가 두 눈이 휘둥그레져서는 대답했다.

"그걸 어떻게 아십니까? 맞습니다. 두 번째 박물관에서 끌고 왔습니다."

"흠… 그냥 때려 맞췄을 뿐인데, 잘 맞았군 그래."

슐츠 소령의 말에 로트 중위가 손으로 A7V를 만지며 말했다.

"이 A7V는 1차 대전 때 저의 증조부께서 직접 탑승하셨던 차량입니다. 제식명은 드라칸, 차량 번호는 446호죠."

"증조부께서 타셨던 차량에 배속되다니, 자네 참 운이 좋군."

슐츠 소령의 말에 로트 중위가 손으로 A7V의 차체를 두드리면서 대답했다.

"아닙니다. 배속된 것은 아니고 모두 도망가는 바람에 원래 보직에서 이 보직으로 갈아탔을 뿐입니다."

"원래 자네의 보직은 뭔가?"

슐츠 소령이 묻자 로트 중위가 손을 들어 건너편에 위치한 대공포 쪽을 가리켰다.

"원래 저는 대공포 연대의 중대장입니다. 지금은 임시로나마 A7V의 중대장을 맡고 있죠."

"대공포 소속이었군. 헌데 왜 이 전차에 타게 된 건가?"

"저의 증조부가 타셨던 차량이기도 하고, 원래 전차장이 되고 싶었습니다. 그래서 이쪽으로 옮긴 겁니다."

"그렇군. 대공포 연대라면 헤르만 괴링의 대공 포대인가, 아니면 국방군 소속인가?"

"원래는 괴링의 부대 소속입니다만, 왜 그러십니까?"

"아닐세. 그냥 궁금해서 말이지 과연 이 전쟁에서 얼마나 많은 피를 더 흘려야지만 끝날지 말이야."

말끝을 흐리며 슐츠 소령이 잠시 먼 산을 바라보자 로트 중위가 말했다.

"소령님, 저는 이곳에서 죽을 각오가 되어 있습니다. 비록 작지만 조국을 위해 싸우다가 죽을 계획입니다."

"좋은 자세로군. 하지만 너무 무리하진 말게나. 이미 조국은 패망의 길을 걷고 있으니까…"

짧게 대꾸한 슐츠 소령이 뒤쪽에서 한스 중위가 달려오는 것을 보고는 몸을 돌려 뒤쪽을 향했다.

"무슨 일인가, 한스 중위?"

"소령님! 큰일 났습니다! 현재 소련군이 이곳 외곽까지 밀고 들어왔습니다. 속히 후퇴하시는 것이…"

"소련군이 이미 인근까지 도착했다는 것은 이제 베를린으로의 연합군 진입이 가까워졌다는 소리겠지."

"퇴각해야 합니다. 소령님! 병력도 없는 이곳에서는 막는 것 자체가 불가능합니다."

"알고 있다. 그보다 자네 이름이 뭔가?"

슐츠 소령이 A7V의 전차장인 로트 중위를 향해 묻자 로트 중위가 대답했다.

"에른하르트 폰 로트 중위입니다. 소속은 헤르만 괴링 대공포 사단 소속 제16사단 5중대 소속입니다."

"좋아. 로트 중위, 지금부터 내가 하는 말 잘 듣게. 소련군이 코앞까지 왔네. 어찌할 텐가? 여기서 싸울 텐가, 아니면 우리와 함께 아군이 있는 곳까지 이동하겠나?"

슐츠 소령의 물음에 로트 중위가 대답했다.

"저는… 소령님과 함께 아군이 있는 곳까지 이동하겠습니다."

"좋아. 자, 가도록 하지. 한스 중위! 차에 엔진을 시동 걸어두게. 곧 출발할 테니."

슐츠 소령의 명령에 한스 중위가 곧바로 경례하며 말했다.

"물론입죠, 소령님! 곧 준비하겠습니다."

2007년 12월 24일 오후 6시경.

마침내 12월 야경전은 끝이 났다. 공세는 결국 다수의 병력의 도주로 인한 비전투 손실과 전차 부족으로 인해 실패했고 실질적인 야경전의 끝은 12월 26일이었다. 이틀을 더 시간을 벌었지만 남은 것은 독일군의 심각한 손실이었고 이후 1월 야경전에서는 대대적인 반격을 하지 못한 채 그저 그런 계획만으로 싸우게 된다. 그리고 이 시기 슐츠 소령은 일대에서 합류한 로트 중위의 A7V 전차, 446호 드라칸과 함께 이후의 전선에서 버닝 리버 작전 때까지 버티게 된다.

한편 연합군 수뇌부에서는 본격적인 베를린 공격에 앞서 또 다른 전력으로 당대의 절대적인 무관인 무적 4인방 중 한 사람인 폴란드군 장군, 밀워스토레브야 페라레야트 뜨란스키 육군 중장을 투입하기로 결의하고 다음 해인 1월 야경전부터 본격적으로 뜨란스키 중장이 이끄는 폴란드 해방군과 일부 영국 및 미국 연합군을 투입하게 된다.

한편 슐츠 소령은 아군의 기지가 있는 메른 일대까지 후퇴한 직후 그곳에서 1월 야경전을 준비하게 되고 다음 해 1월 12일부터 본격적인 재전투에 들어간다. 물론 1월 야경전에 로트 중위의 A7V가 함께 싸우는 것은 자명한 사실이었다. 이것도 결국 독일의 패망이 임박한 지금의 현실에 고립된 조국을 위해 분전하려는 몇 안 되는 병력의 노력 덕분에 이룰 수 있는 일이었고 그나마 이후의 스피릿 파이어 작전까지는 이것이 주효했다.

하지만 스피릿 파이어 작전 이후 급속도로 병력을 손실한 독일군은 더 이상 연합군을 상대할 수가 없었고 이후 연합군은 또 다른 작전인 엑스칼리버 작전을 통해서 베를린 진입에 성공하게 된다. 그것이 자의 반이든 타의 반이든 결국 독일이 패망하는 것은 자명한 사실이었고 오히려 패망을 조금 늦췄을 뿐 별다른 전쟁에

서의 큰 기여는 하지 못했다는 것이 독일에 있어서는 큰 전화위
복이었다.

3부

괴로운 퇴각전

벌써 해를 넘겨 2008년이 되었다.

짧지만 결코 긴 시간도 아닌 전장에서의 하루는 그렇게 또 시작된다. 독일군은 메른 일대까지 밀렸고 이곳에서 다시 한번 야경전을 준비하고 있었다.

로트 중위의 A7V 446호 차량은 기계적인 고장으로 현재 수리 중에 있었고 주포의 지나친 중량 탓에 무게 중심이 앞으로 쏠리는 바람에 주행 계통이 고장 나버려 수리하는 데만 7일이 넘게 걸렸다. 지금은 다시 주행이 가능하지만 언제 또 고장을 일으킬지 모르는 상황이었고, 1차 대전의 유물이 언제까지 이 전선에서 버틸 수 있을지는 알 수가 없었다.

메른 근교에서 독일군은 반격을 준비하기에 앞서 남은 30만의 병력을 10만씩 3개로 나누었다. 10만은 후방을, 나머지 20만 중에서 절반은 전방을, 또 반은 측방을 5만씩 나누어서 지원하기로 했다. 부대 내의 가동 전차 수량은 총 300대. 그렇게 반격을 위한 계획이 차근차근 진행되어 가고 있었다.

1월 13일, 마침내 야경전 당일이 되자 아군의 사령관인 제라르 폰 유리우스 소장은 전차 100대로 먼저 진격해 오는 소련군을 저지하기 위하여 야간 기습전을 전개하기로 했다. 그날 저녁 10시경부터 소련군의 진영을 향해 긴 꼬리를 물며 독일군 전차대가 기동했다.

투르르르르르르르르르-

"소령님."

"알고 있다. 전방이 너무 어두워서 실루엣만 보이는군."

기동 중인 323호 티거 전차의 포탑 위에서 슐츠 소령이 미간을 찌푸리며 말하자 안쪽에서 포수인 라켄이 어딘지 모르게 흥분한 표정으로 포대경을 통해 전방을 주시했고 탄약수인 에밀은 그 옆에서 포탄의 상태를 점검하고 있었다.

"휴… 이 짓도 이제 못 해먹겠군."

한스 중위가 담배를 비벼 끄며 투덜거리자 슐츠 소령이 안쪽을 향해 외쳤다.

"전차 정지! 대기하라!"

"오케이! 알겠습니다요."

곧 티거 전차가 정지하자 바로 뒤를 따르던 A7V 역시 정지했고 모든 독일군 차량이 일제히 제자리에 멈춰 섰다.

"무슨 일입니까?"

"로트 중위, 지금 우리는 소련군의 본부 근처까지 왔다. 곧 대규모의 난전이 벌어질 거다. 미리 준비해 두도록."

슐츠 소령의 말에 한스 중위가 연신 투덜거리면서 말했다.

"이것 참, 연료가 또 부족해지는군! 이대로 가면 얼마 못 버틸 텐데."

"한스 중위! 연료가 얼마나 남았나?"

"얼마 없습니다요. 남은 양은 겨우 292리터인데 이 정도 가지고는 부족합니다."

"연료의 보급이 필요하군. 로트 중위! 귀관의 A7V는 연료가 얼마나 남았나?"

슐츠 소령이 묻자 로트 중위가 안쪽의 연료 계기판을 살피더니 말했다.

"저희도 얼마 없습니다. 많이 남아 봐야 겨우 5리터 중에서 3리터 정도입니다"

확실히 400마력의 엔진 두 개를 탑재한 A7V는 연료의 양이 5

리터 정도 들어가지만 기동성이 그리 좋은 전차는 아니었기에 연료의 소모는 고질적인 문제 중 하나였고 차후 개량도 이루어지지 않아 더 이상의 연비 효율을 높이는 것은 불가능했다.

부대 안에서 운용하는 유일한 A7V였기 때문에 부대에서는 마크 전차와 함께 중요한 전력으로 간주되었고, 때문에 로트 중위의 A7V 차량은 단포신이지만 그나마 강력한 76밀리 포를 현장에서 새로운 판터 2형에 장비되는 신형 76밀리 포를 얹어 교체했다. 문제는 사격 시의 반동을 구형 차체인 A7V가 버티지 못해 3발 이상만 쏴도 차가 퍼져 버린다는 점을 제외하면 그다지 문제 될 것은 없었고 새로운 포탑을 단 마크 전차 역시 88밀리 장포신 곡사포로 무장해 사정은 마찬가지였다.

1차 대전 때 운용하던 차량인 데다 노후되었고 구형인지라 A7V나 마크 전차는 원래의 포가보다 대형화된 현대의 화포들의 위력과 반동을 이기지 못했다. A7V는 최소 3회에서 4회, 마크 전차는 최소 2회 이상 사격 시 차의 주행 서스펜션 등이 반동을 못 이겨 퍼지거나 휘어져 버렸다.

몇 대의 마크 전차에는 신형 판터 전차인 2형의 포탑인 슈말투름(좁은 포탑이라는 의미)을 장비한 포탑 사양의 마크도 있었다. 기존의 마크에 포탑을 얹어 개조한 것인데 이 또한 주행 계통에 문제를 일으켰고 포탑을 장비함으로써 기존의 중량인 28톤보다 무거워진 33톤이 되었고 더불어 무겁고 큰 포가를 가진 88밀리 곡사포를 양쪽에 장비한 덕분에 중량은 더 늘어 총 중량은 43톤에 이르렀다. 거기다가 변속기와 엔진은 개량이 없이 1차 대전 당시의 그대로 장비되었으니 6기통 16리터 가솔린 엔진으로는 출력이 현저히 딸려 기동 중에도 몇 대가 출력의 한계로 인해 고장을 일으켰고 그나마 부대 안에서 가동 중이던 5대의 마크 전차 중에서 포탑이 있는 마크 전차의 가동 수량은 3대 중에 겨우 1대였고 가동 차량 수량은 단 2대였다. 나머지 차량은 주행 중 고장으로 후방으로 돌려졌고 수리 중에 있다.

"소령님! 전방에 소련의 스탈린 전차대 발견!"

포수인 라켄의 보고에 슐츠 소령이 쌍안경으로 전방을 주시했다.

전방 500m 12시 방향, 소련군의 제2연대 제8근 위 전차 여단 소속의 스탈린 2호 전차 8대가 이쪽 방향을 향해 오고 있었고 그 외에 T-34 전차도 수십 대가 주변에 대기 중이었다.

"자주포도 보이는 것 같습니다."

라켄의 보고에 슐츠 소령은 낮게 신음하며 한스 중위를 향해 말했다.

"한스 중위, 아무래도 전면으로 돌파는 무리일 거 같군."

"아무래도 그렇겠지요? 티거 전차의 가동 수량도 부족한 마당에 구형까지 내세워서 싸우고 있는 실정이니까요."

"문제는 뒤에서 대기 중인 아군의 마크 전차와 A7V다. 합쳐서 겨우 3대, 그 외에는 고작 4호 전차들과 몇 대의 판터뿐, 그리고 돌격포들뿐이다. 상황이 이런데 여전히 수뇌부는 전쟁을 지속하고 있어."

"소령님! 적 전차에서 우릴 발견했습니다!"

투쿠웅! 콰콰쾅!

곧 날아드는 122밀리 고폭탄. 스탈린 전차에서 먼저 독일군을 발견하고는 포격을 개시한 것이다.

"적이 먼저 우릴 발견했다! 불가능하겠지만 먼저 A7V를 전면으로 내세워서 포격할 수밖에."

슐츠 소령이 뒤에 대기 중이던 로트 중위의 A7V를 향해 소리쳤다.

"이보게, 로트 중위! 자네의 차량이 선행해야겠네. 앞으로 치고 나오면서 포격하게."

"알겠습니다."

로트 중위의 대답과 함께 그의 A7V가 천천히 앞으로 치고 나오면서 단포신의 76밀리 포를 사격했다.

퍼어엉!
카캉! 티이잉!

"도탄! 아무래도 단포신 포로는 무리일 듯합니다!"
한스 중위의 말에 슐츠 소령은 속이 타들어갔다.
당장 가용 가능한 전차들은 겨우 위력이 약한 전차들이었고 그나마 위력을 갖춘 본인의 323호 티거는 현재 연료와 포탄도 부족하여 전투에 지장이 있다.
때마침 나머지 마크 전차 2대가 앞으로 나오기 시작하자 슐츠 소령의 323호 티거는 약간 뒤로 물렀다.
76밀리 포를 탑재한 슈말투름 포탑을 장비한 마크 IV가 부포를 사격하자 스탈린 전차들은 그 포탄을 튕겨내면서 계속해서 전진했고 결국 마크 전차에서는 88밀리 주포를 사격했다. 그것도 연속 2발을.

투웅! 철컹!

결국 우려했던 일이 일어나고 말았다. 연속된 88밀리 포의 사격 탓에 마크 전차의 서스펜션을 고정하고 있던 리벳과 주행 시스템이 반동을 이기지 못해 튕겨 나왔고 결국 마크 전차 1대가 그 자리에서 비전투 손실로 인해 퍼져 버렸다.

기동이 불가능해진 마크 전차를 향해 스탈린 전차가 122밀리 주포를 사격했고 마크 전차는 연속 3발의 122밀리 포탄을 명중당한 후 격파되어 산산이 부서져 화염이 치솟았고 검은 연기가 하늘 높이 올랐다.

"망할…."

"남은 마크 전차는?"

"역시 격파되고 있습니다!"

라켄의 보고에 슐츠 소령은 더욱 마음이 초조해졌다.

당장 가용 가능한 마크 전차는 이제 남아 있지 않다. 남은 전력은 겨우 로트 중위의 A7V 1대뿐.

"무전 장비로 로트 중위에게 무전을 보내라! 현재 A7V 역시 무전 장비가 탑재되었으니 속히 무전하여 뒤로 빠지라고 전해라!"

슐츠 소령의 외침에 한스 중위가 무전기를 들어 타전을 시작했다.

당장 가용 가능한 전차도 부족한 상황에서 A7V마저 잃게 되면 독일군에게는 큰 타격이 되기 때문에 슐츠 소령은 우선 전 병력을 후퇴시키기로 했다.

　　"전 병력을 후퇴시켜야 한다! 교전은 불가능, 전군 후퇴하도록 지시하라!"

　　[무슨 말인가? 후퇴는 없다, 소령! 우리는 이곳에서 싸울 것이다.]

　　바로 그때 단말 무전기를 통해서 후방의 아군 사령부로부터 무전이 오자 슐츠 소령 이 무전기를 들고 말했다.

　　"후퇴해야 합니다. 이곳에서 A7V마저 잃게 되면 향후 전투에서 큰 걸림돌이 될 겁니다. 현재의 아군은 전투 자체가 불가능합니다. 그러니 후퇴해 주십시오."

　　[그럴 순 없다, 소령. 우린 최후까지 이곳에서 야경전을 수행할 것이다.]

　　현장 사령관의 말에 슐츠 소령은 그만 할 말을 잃었다.

　　당장 전투 수행도 벅찬데 그나마 아군 진영에서 쓸 만한 전차인 A7V마저 잃게 되면 아군은 더 이상의 전선 확보가 불가능해진다.

소련군의 전력은 못 해도 1개 연대급 이상이었고 상당수가 중전차로 구성된 만큼 현재의 아군 전력으로는 뚫기가 불가능하다. 때문에 슐츠 소령은 차라리 이런 식으로 싸울 바엔 베를린 안으로 들어가서 싸우는 편이 더 낫다고 생각하고 있었다.

"그럼 우리라도 후퇴하겠습니다! 더 이상의 전투 손실은 불가피합니다."

슐츠 소령이 무전기에 대고 말하자 무전기 너머에서 다급한 목소리가 흘러 나왔다.

[있을 수 없다! 후퇴를 불허한다! 후퇴하는 즉시 친위대에 넘길 것이다.]

"맙소사. 친위대에 넘긴다니…"

한스 중위가 망연자실한 표정으로 중얼거리자 슐츠 소령이 미간을 찌푸리며 말했다.

"한번 마음대로 해 보십시오. 저희는 어떻게 하든 후퇴할 것입니다."

그렇게 말한 후 그는 무전을 종료했고 곧바로 한스 중위를 향해 말했다.

"한스 중위! 후퇴하라! 우린 이곳을 벗어나 베를린으로 향한다!"

"알겠습니다. 그런데… 정말 괜찮을까요?"

한스 중위의 말에 슐츠 소령이 아무렇지 않게 대꾸했다.

"상관없다. 우린 우리대로 행동하면 된다. 그뿐이다."

슐츠 소령이 해치를 열고 밖으로 모습을 드러내자 이미 후방으로 후퇴하기 시작한 그의 티거와 A7V는 단 2내만으로 후방의 베를린을 향해 이동하기로 했고 현장의 독일군은 그들을 추격할 새도 없이 전방에서 몰려오는 소련군과 먼저 상대해야 했다.

"맙소사! 전방에서 적이 끝없이 밀려온다!"

한스 중위의 말에 슐츠 소령은 이제 모든 것을 잃은 듯한 표정으로 전방을 주시했다.

'독일은 나의 조국은 이제 끝났다…. 제3 제국은 무너졌고 연합군은 수도인 베를린을 향해 끝없이 몰려오고 있다. 이런 상황 속에서 과연 내가 할 수 있는 일은 과연 무엇일까? 과연 내가 하는 이 일이 정의일까? 과연 이것이 올바른 정의라고 볼 수 있을까? 우리는 지배했다. 아주 오랫동안, 30년 넘게 극동권과 동유럽을 지배했다. 한때는 이것이 올바른 정의라고 믿었었고 지금도 여전히 그렇게 믿고 있다. 왜일까? 어째서 이렇게 된 것일까? 어디서부터 잘못된 걸까. 나는 323호 티거의 전차장이다. 하나가 아닌, 뭉쳐 있을 때 우리는 강하다. 불타는 세상을 끌고 갈 것이다. 패망할지언정 조국이 쓰러질지언정 우리는 그렇게 되면 모든 세상을 함께 끌고 갈 것이다.'

"소령님! 이제 전선을 완전히 빠져나온 것 같습니다."

그렇게 한참을 달려 전선을 이탈한 323호 티거와 A7V는 이제 더 이상 전선으로 돌아갈 수가 없었다. 사실상 도주한 것인데 어떻게 돌아갈 수가 있겠는가?

현재 모두가 향할 곳은 다른 어디도 아닌 수도 베를린이다. 그곳에서 방어전에 종사할 것이다. 그것뿐이다.

"소령님?"

포수인 라켄의 부름에 슐츠 소령은 잠시 고개를 돌려 멀리 전장을 바라보았다. 사실상 독일의 1월 야경전은 여기까지가 끝이었다. 그 어떤 작전 중에서도 최단 기간에 끝나버린 작전으로 이 야간 전투에서 독일군은 사실상 괴멸했고 소련군 또한 적지 않은 피해를 입게 된다.

이후에도 독일군은 1월 한 달 내내 전선 곳곳에서 야경전의 뒤를 이어서 계속 소련군을 기습했지만 번번이 실패했고 그때마다 막대한 피해만 돌아왔다.

슐츠 소령은 전선을 이탈한 직후 로트 중위의 A7V와 함께 계속해서 이동, 마침내 베를린 근교까지 들어갔고 그곳에서 아군과 합류해 전선 재정비에 나서게 된다.

2008년 1월 16일 오전 10시경.

베를린으로 통하는 최후의 보루인 마를로겐-라트로센 일대에는 이미 많은 수의 독일군이 모였고 전차는 그나마 수량이 풍부한 부대인 제1 기갑척탄병 사단과 제10사단 등이 주둔해 그런대로 형편은 나은 실정이었고 연료의 보급 또한 겨우겨우 비축해 놓은 연료로 차량의 연료를 채우고 있었다. 323호 티거와 A7V 446호 또한 마찬가지로 연료를 보급받았고 덕분에 기동하는 데에는 크게 문제될 것이 없었다.

문제는 코앞까지 진격해 온 소련군이었다. 이미 빠른 속도로 이동을 개시한 소련군은 마를로겐 바로 2km 지점까지 왔고 예상외로 빠른 연합군의 진격 속도에 현장의 독일군은 빠른 시일 안에 반격 작전을 준비하기 위해 1월 17일부터 반격 작전에 필요한 장비들을 주변으로부터 끌어모으기 시작한다.

마를로겐-라트로센 일대에는 예전부터 철강 산업이 발달했기 때문에 독일군은 이 일대에서 강철과 철판 같은 예비 금속 부품

등을 닥치는 대로 끌어모았고 그렇게 해서 모은 금속들은 한곳에 모아 대다수의, 전차들에 용접하거나 현장에서 간이 개조하여 장갑을 강화시켰다.

중장갑을 가진 전차들을 제외한 모든 전차들이 거의 대부분 개조되었고 이 중에는 로트 중위의 446호 A7V도 포함되었고 그의 A7V는 추가 장갑판의 개조로 더 두꺼워진 48밀리의 장갑을 지니게 되었고 주포에도 캡 형상의 장갑을 씌워 포가를 방어했다.

개조된 차량은 선행으로 최우선적으로 전방에 배치되었고 슐츠 소령의 티거 323호는 후위에 배속되었다.

무엇보다 슐츠 소령은 걱정되는 것이 A7V의 공격 능력과 서스펜션의 계통에 따른 반동 제어 능력이었다.

당장 57밀리가 아닌 더 대구경의 76밀리 포를 얹었으니 3발 이상 쏘면 퍼져 버릴 수가 있었고 주행 계통이 고장 날 수가 있었기 때문에 슐츠 소령은 다소 전투력이 떨어지더라도 기존의 57밀리 포로 교체하는 것이 낫다고 판단해 현장 지휘관에게 건의했지만 현장 지휘관인 마이츠 브뤼스터 상급 대장은 이러한 안건을 기각했다. 당장 전투력이 강해야만 적의 진격을 최대한 막을 수가 있다는 이유로 주포의 교체 작업은 이루어지지 않았고 외장 장갑이 강화되는 정도로 끝나 버렸다.

1월 야경전의 실패와 함께 제2차 1월 야경전이 준비되자 독일 수뇌부는 베를린 공방전에 대비해 이곳 마를로겐 일대에서 최대한 적의 진격을 늦출 계획이었고 대대적인 전차전을 준비하면서 일부 전차들을 후방으로 돌려 베를린으로 들어가는 다리 일대를 방어하는 데에 투입한다.

그 방어 부대에 바로 슐츠 소령의 티거 323호가 포함되어 있었고 슐츠 소령은 이후 전투에서 더 이상 로트 중위와 재회하지 못한다.

일명 마를로겐 다리라 불리는 슈르크 철교 일대에는 상당수의 독일군이 최후의 공세를 위해 대기하고 있었고 슐츠 소령은 초조한 표정으로 포탑 위에서 멀리 최전선 방향을 바라보았다.

이미 전선 일대에서는 검은 연기가 피어올랐고 총성과 함께 포성이 울리고 있었다.

이미 로트 중위의 A7V는 전투에서 격파되었을지도 모른다. 1차 대전의 유물이 독일 패망이 가까워 온 최후의 전장에서 격파되었다. 슐츠 소령은 분명히 알 수 있었다. 로트 중위의 전차는 이미 격파되었다는 것을. 그는 직감으로 그걸 느낄 수가 있었다.

"전쟁은 그 끝이 참으로 허무하지. 마지막에 남는 것은 아무것도 없거든. 살아남으려면 누구보다 강해질 수밖에 없다."

포수인 라켄이 옆의 포수용 해치를 열고 밖으로 나오자 슐츠 소령이 짧게 말을 꺼냈다.

"소령님, 이 전쟁은 정말 저희의 패망만이 끝에 기다리고 있는 겁니까? 정말로 아무리 싸워도 되돌릴 수는 없는 겁니까?"

라켄의 물음에 슐츠 소령은 고개를 저으며 말했다.

"패망은 어쩔 수 없는 것이다. 이제 와서 전황을 되돌릴 수는 없다, 라켄…."

부아아아아아앙!

상공에서 연합군의 정찰기들과 폭격기(야보)가 어지럽게 날아다 닌다. 전쟁의 막바지에 이르러서 슐츠 소령은 많은 것을 잃었고 또 많은 것을 역사 속으로 떠나보내야만 했다.

"전 병력에 알린다! 본 2차 야경전을 2차 주경전으로 명칭을 변 환하여 시행한다! 다시 한번 알린다! 작전의 명칭을 야경전에서 주경전으로 전환한다!"

독일군 장교의 외침에 슐츠 소령은 고개를 돌려 베를린 방향을 바라보았다. 이제 곧 수도인 베를린으로 들어갈 것이다. 자신의 마지막 소원대로 그는 베를린 공방전에서 싸우게 되고 그곳에서 사명을 다해 죽음을 맞게 된다.

"소령님! 아무래도 건너편의 아군은 전부 박살 난 듯한데, 이제 어떡할까요?"

한스 중위가 묻자 슐츠 소령은 대답 대신 고개를 돌려 현장의 지휘부 쪽을 바라보았다.

수뇌부는 여전히 항복하지 않고 있었다. 항복만 한다면 충분히 많은 사람을 살릴 수 있을 것이다. 하지만 수뇌부는 마지막까지 저항하기 위해 병력을 모았고 베를린을 지키기 위해 곳곳에 포대도 설치했다.

이 길의 끝에 남은 것은 겨우 한 줌의 재와 같은 헛된 꿈뿐인데 어째서일까? 왜 히틀러는 이런 죽음을 강조한 것일까?

"아무래도 안 되겠어. 내가 직접 총통을 만나야지."

짧은 순간 생각이 그것에까지 미치자 슐츠 소령은 차에서 뛰어내려 본부 막사로 걸어갔다.

연대 본부 앞에는 전차 5대와 함께 몇십 명의 보병들이 지키고 있었고 슐츠 소령은 하루라도 빨리 이 전쟁을 끝내기 위해 직접 총통인 히틀러를 만나기 위해서 연대 본부 사령관에게 청하기 위해 막사로 들어섰고 때마침 막사 안에서 작전을 구상 중이던 피터 콜베르만 소장은 슐츠 소령이 들어오는 것을 보더니 말했다.

"어서 오게, 슐츠 소령. 그래도 꽤 여유가 있나 보군. 직접 이곳까지 찾아오는 걸 보니."

"소장 각하! 지금 당장 베를린에 계신 총통을 만나게 해 주십시오! 이 전쟁을 하루라도 빨리 끝내야 합니다!"

슐츠 소령의 말에 콜베르만 소장이 잠시 미간을 찌푸리더니 몸을 일으키며 물었다.

"총통 각하를 뵙게 해달라고? 무슨 이유로?"

"이 전쟁을 조속히 종식해야 하기 때문입니다. 더 이상의 전투는 무의미합니다. 총통 각하와 함께 이 전황을 타개할 수 있도록 해 주십시오."

"지금은 때가 아닐세. 총통 각하께서는 지금 베를린 지하호에서 전황을 타개하기 위해 고심 중이시네, 자네가 따로 뵐 수 있는 상황이 아니란 말일세."

"그럼 구스타브 소장님을 뵙게 해 주십시오! 소장님은 총통 지하호 관리자인 동시에 베를린 중앙방비대장이시고, 저와도 잘 아는 사입니다! 그러니…."

"안 되네. 허락할 수 없네."

콜베르만 소장이 딱 잘라 거절하자 슐츠 소령은 순간 말문이 막혔다.

설마 했지만 이런 식으로 딱 잘라 버릴 줄이야….

"구스타브 소장은 지금 베를린 중앙방비대장에서 베를린 동부 전력 유지 관리 사령관으로 변경되었다네. 지금 자네가 찾아간다고 해도 소용없을 걸세."

콜베르만 소장의 말에 슐츠 소령은 맥이 빠졌다.

베를린 방어 사령관은 베른하우저지만 구스타프 소장은 현지 중앙방비군의 사령관이었고 사실 명목상으로는 독일의 군 수뇌부 서열 5위 안에 드는 인물이었다. 그런 그가 동부, 즉 이후에 슐츠 소령이 베를린으로 들어설 때 초입에 해당하는 일대의 전력을 유지시키는 사령관으로 가다니 이는 분명한 좌천이었다.

나중에 슐츠 소령이 사실을 확인해 보니 이미 총통인 히틀러는 오래전에 자결했고 베른하우저 방위 사령관이 그것을 비밀에 부쳤다. 그리고 이를 안 구스타프 소장의 저항에 어쩔 수 없이 그를 동부로 좌천시켰다고 한다. 현임 중앙방비사령관은 오토 폰 뮐러 SS 상급 대장이었고 원래부터 친위대인 SS를 별로 좋아하지 않던 구스타프 소장은 패전 직후 베를린이 연합군에 의해 완전히 함락되자 연합군에 항복, 중앙방비사령관인 뮐러 상급 대장이 몰래 베를린을 탈출하려고 할 때 그의 체포 작전을 돕기도 했다. 슐츠 소령과는 소위 임관 때부터 알고 지낸 사이로, 무려 28년간을 알고 지냈으니 어떻게 보면 막역지우 같은 사이였다.

물론 이후에 슐츠 소령은 더 이상 구스타프 소장과 재회하지 못했고 구스타프 소장이 나중에 그를 찾았을 때에는 이미 슐츠 소령은 전사해 자신의 티거와 함께 발견되었다. 그는 의사당 인근에서 전사했고 후에 연합군에 의해 그의 시신을 인도받은 구스타프 소장은 자신의 전우였던 슐츠 소령을 위해 직접 그의 시신을 매장해 주었다고 한다. 현재 그의 묘는 베를린 중앙 공장 인근의 공동묘지에 위치했으며 그의 묘비에는 이런 글귀가 쓰여 있다고 한다.

전쟁의 광기 속에서도 자신의 신념을 저버리지 않은 한 사람이 이곳에 묻혔다. 그는 자신의 신념에 따라 행동했고 살아생전 자신의 이념과 전의를 전쟁의 마지막까지 불태웠으며 자신의 전우를 위해 희생하였다… 그가 마지막으로 남긴 한마디는 '전쟁은 인간을, 국가를 비참하게 만든다. 하지만 동시에 역사를 만들기도 한다'였다. 그의 희생을 기리며 이 묘비에 이렇게 적는다.

슐츠 소령은 자신이 그토록 바라던 대로 베를린 공방전에서 전투 중 전사했으며 또한 자신이 원하는 대로 많은 역사의 변화를 겪으며 군인으로서의 소임을 다했다. 이에 대한 이야기는 이후 마지막 편에서 따로 기술하도록 하겠다.

아무튼, 이렇게 해서 슐츠 소령은 별다른 성과를 거두지 못한 채 자신의 323호 티거로 돌아왔다. 빈손으로 돌아오는 그를 향해 한스 중위가 달려오며 물었다.

"어떻게 됐습니까? 소령님?"

"구스타프 소장님이 타 지역으로 전출되셨다. 수뇌부가 아무래도 뭔가 숨기는 게 있는 모양이다."

"그럼 어찌합니까? 아무래도 이곳 일대에서는 대대적인 반격 작전을 준비하는 듯 한데."

한스 중위의 말에 슐츠 소령은 아무 말 없이 티거에 올랐다.

[전 전차대는 지금 즉시 인근의 팔로튀겐 일대의 교두보로 이동하여 그곳에서 소련군과 대치하라! 그리고 그곳 일대에서 아군의 교두보를 사수하라.]

때마침 확성 방송을 통해 출격 명령이 내려오자 슐츠 소령은 낮게 한숨을 쉬며 말했다.

"아마 이 일대에서의 전투가 고비가 될 듯하다."

"소령님, 차량 기동합니다!"

한스 중위가 보고한 후 티거 323호를 시동하자 티거 중전차가 무거운 엔진음을 내며 천천히 앞으로 기동했다.

이미 독일군은 본래의 색과 함께 본래의 목적을 잃어버렸다. 슐츠 소령은 그렇게 생각했다. 아군이 이 일대에서 최후로 저항한다고 해도 베를린으로 연합군이 입성 하는 것을 지연만 시킬 뿐 별다른 성과는 거둘 수가 없었고 이미 외곽에 포진한 소련군은 상당수가 전차들을 전면에 배치하고 언제든지 전투 준비를 마친 상황이었다.

당장 가동 가능한 아군의 전차 수량으로는 상대하는 것이 부족했고 물자와 연료 모든 것이 부족했다.

본부가 비축한 남은 예비 연료의 양은 겨우 10일 치뿐이었고 남은 연료로 어떻게 버틴다고 해도 독일군에게 이제 남은 것은 비참한 패망뿐이었다.

크르르르르르르르르르르르르르르르!

팔로튀겐 일대에 도착한 슐츠 소령의 티거 323호는 곧바로 전선의 외곽에 위치한 군사 기밀 보관소로 이동했고 이미 일대를 점령한 소련 및 연합군의 전차대와 교전에 들어가게 된다.

"단차 앞으로! 목표는 기밀 보관소다! 그곳으로 이동하여 아군의 군사 기밀 서류를 파기하라는 상부의 명령이다!"

슐츠 소령의 말에 티거 323호가 도심 안으로 천천히 들어가기 시작했고 해치를 닫고 안으로 들어온 슐츠 소령은 뭔가 복잡한 표정으로 잠망경을 응시했다.

이윽고 도심 안으로 진입한 지 10분도 채 안되어서 연합군의 전차인 셔먼과 파이어 플라이 그리고 다연장 로켓을 전차에 얹은 칼리오페들이 줄지어 모습을 드러냈고 소련군의 자주포인 S U 122와 T-34가 측면에서 모습을 보였다.

그 수량은 족히 20대 정도 되었고 5분도 채, 안되어 포격과 함께 사방에서 빗발 치는 총탄과 포탄들이 날아들었다.

투쿠쿵! 쿠와아앙!

퍼엉! 펑! 펑!

"맙소사!"

"전방부터 잡는다! 전방 12시 방향, 거리 700m, 셔먼 파이어 플라이! 포이어!"

콰앙!

 이윽고 티거의 88밀리 장포신 주포의 머즐 브레이크가 심하게 요동치더니 화염과 함께 철갑탄이 전방의 셔먼 파이어 플라이를 향해 날아갔고 파이어 플라이는 전방의 차체와 포탑 사이의 얇은 장갑에 피탄되면서 검은 연기를 뿜었다. 파이어 플라이에서 승무원들이 황급히 빠져나가는 것을 본 슐츠 소령은 곧바로 다음 목표를 2시 방향에서 로켓탄을 쏘고 있는 셔먼 칼리오페로 옮겼다.
 "다음! 목표 2시, 거리 900m, 포이어!"

 쿠웅! 퍼어엉!

 굉음과 함께 티거의 포구에서 철갑탄이 발사되었고 포탄에 명중당한 셔먼 칼리오페는 화염에 휩싸이며 폭발 장착된 다연장 로켓 발사기가 불꽃을 일으키며 지면에 떨어졌고 차체는 큰 폭발을 일으켰다.
 "소령님! 측면에서 소련군의 T-34 전차가 고개를 이쪽으로 내밀고 있습니다!"

"목표를 수정하라! 반전하여 측면의 5시 방향에 있는 T-34 전차로 포이어!"

슐츠 소령의 외침에 티거 323호가 급선회하더니 5시 방향에서 포를 쏘던 소련군의 T-34의 후방 그릴을 명중시켰고 후방의 유폭으로 기동이 불가능해진 T-34에서 전차병들이 뛰어나오며 기관총을 사격했다.

그걸 놓치지 않고 포수인 라켄이 동축기관총인 MG42를 사격했고 기관총을 쏘며 저항하던 소련 병들이 동축기관총에서 발사한 총탄에 맞아 전부 쓰러졌다.

"다음! 반전하여 전방에서 오고 있는 발렌타인으로 목표를 변경하라! 거리 700m, 포이어!"

슐츠 소령이 곧바로 다음 명령을 하달하자 포수인 라켄이 88밀리 포를 정조준한 후 발사 페달을 밟았다.

콰아앙!

퍼엉!

동시에 발렌타인에서도 6파운드 포를 사격했지만 티거의 100밀리 장갑에 맞아 도탄되었고 티거에서 쏜 88밀리 포탄은 발렌타인의 정면 장갑에 명중하면서 발렌타인을 산산조각냈다.

그러자 연합군 보병들이 전차 주변으로 산개하면서 미리 준비해 놓은 대전차포를 사격했고 그중에서 가장 눈에 띄는 것은 소련군의 대전차포인 57밀리 ZIS 2와 ZIS 3, 76.2밀리 대전차포였다.

총 9문의 소련 대전차포들이 주변의 무너진 건물 사이와 포대에서 사격을 개시했고 포탄이 명중당한 티거 323호 차량은 포탑을 9시 방향의 건물 쪽으로 돌렸다.

"9시 방향! 적 대전차포! 포이어!"

파콰아앙! 후두두둑!

곧 울려 퍼지는 폭발음과 함께 소련군의 57밀리 대전차포대는 파괴되어 바퀴가 빠지며 주저앉았고 사방으로 튀는 파편 조각에 보병들 수십 명이 쓰러졌다.

"서둘러라! 연합군이 완전히 일대를 장악하기 전에 끝내야 한다!"

투쿠웅! 파카앙!

곧 티거의 전면에 명중되는 한발의 포탄, 곧바로 티거 323호는 포탑을 돌려 전방에서 사격 중인 T-34와 영국군의 처칠을 격파시켰고 다시 앞으로 이동을 재개했다. 하지만 이동을 시작한 지 불과 5분도 채 안되어 또다시 연합군의 전차들이 앞을 막아섰고 이번에도 사격을 개시한 것은 셔먼 칼리오페들이었다.

투아아! 투아아! 투아아!

칼리오페에 장착된 4.5인치(115밀리) 미사일들이 수없이 날아오며 티거의 주변을 때렸고 전면부에 몇 발 명중당한 슐츠 소령의 323호 티거는 약간의 차체 손상을 입었다.

"망할! 포이어!"

퍼어엉!
KUM! BAKOOOOM!

곧바로 대응 사격을 한 슐츠 소령의 티거 323호 차량은 전방에서 사격하던 칼리오페 셔먼 3대를 잇달아 격파시키고 추가로 T-34, 5 대와 구축전차인 M10 울버린 2대를 격파시켰다.

셔먼 전차의 105밀리 장포신 장비형인 M4가 3대 정도 앞으로 나오며 포격했지만 포탄은 전부 도탄되었고 슐츠 소령은 이 셔먼 M4를 포함해 총 14대의 적 전차들을 격파시킨다.

"됐다! 인근의 적은 어느 정도 소탕되었군. 이동을 재개한다!"

슐츠 소령이 잠망경으로 잔해들 주변을 둘러보며 말하자 한스 중위가 천천히 티거를 앞으로 기동시켰다.

쉬쉬쉬쉭- 쉬익!

투콰아앙 쿠쿠웅

또다시 전장 한복판에 날아드는 다연장 로켓 포탄들. 10시 방향에서 칼리오페 전차들이 사격을 개시하자 티거 323호는 포탑을 10시 방향으로 선회 포격했고 2대의 칼리오페 셔먼 중에서 1대는 중파, 1대는 완전히 격파당해 화염과 함께 검은 연기를 뿜었다.

"판터가 앞으로 나온다! 판터를 측면 지원한다!"

슐츠 소령이 외치자 한스 중위가 바쁘게 핸들을 돌렸다. 판터 2대가 하노마그 3대 및 킹 타이거 1대와 함께 측면으로 치고 나오자 돌격포 5대가 그 뒤를 따랐다.

105밀리 포로 개조한 마크 Ⅳ 1대는 후방에서 지원 포격했고 고화력에 명중된 연합군의 진지는 분쇄되어 기능을 상실했다.

"됐습니다, 소령님! 적은 완전히 소탕했습니다!"

한스 중위의 말에 슐츠 소령이 잠망경으로 바깥 상황을 살펴보았다.

폐허가 된 시가지 중심부에서 곳곳에 격파된 전차 잔해와 보병들의 시신이 나뒹굴었고 파괴당한 아군의 티거 옆을 지나갈 때에는 언제든 자신도 저런 모습이 될 수 있다는 공포감이 엄습해 왔다.

"적 전차가 다시 나타났다! 사격 개시!"

이윽고 보관소 초입에서 다시 모습을 드러낸 연합군의 처칠 보병 전차들과 서면 전차들이 포격하자 아군의 판터 전차가 앞으로 나오며 포격했고 포탄은 처칠의 전면에 명중하면서 도탄되었다.

퍼어엉! 쿠쿵!

까아앙! 콰아앙

아군의 판터가 처칠에서 발사한 장포신의 90밀리 화력 지원포에 명중되어 격파되자 마크 105밀리 포탑재형이 앞으로 나오며 사격했다.

퍼어엉!

카캉! 티이잉!

"망할 놈들!"

"전방에 크라우츠들의 구형 마크 전차! 발사!"

처칠 33호 전차에서 전차장인 리처드 베런 소위가 외치자 처칠의 90밀리 포에서 불이 뿜어졌고 마크 IV는 그대로 포탄에 관통되어 침묵했다.

"쏴라!"

퍼엉! 펑! 펑!

뒤이어 연속적으로 셔먼에서 포격했고 포격에 명중당한 아군의 하노마그와 돌격포들이 잇달아 격파되었다.

"믿을 건 킹 타이거뿐이로군."

남은 전차 중에서 그나마 중장갑에 고화력인 티거 II가 앞으로 나오며 88밀리 포를 사격하자 셔먼 2대가 순식간에 격파되었고 처칠 90밀리 포 장비형 1대 역시 측면에 명중되어 피탄, 연기를 뿜었다. 승무원들이 파괴된 전차에서 뛰어내리는 것을 본 슐츠 소령은 티거 323호를 그대로 전진시켜 보관소 안으로 돌입했다.

"적 보병들이다!"

한스 중위의 외침에 탄약수인 에밀이 동축기관총을 잡고 사격했고 사방에서 총을 쏘며 모여들던 연합군의 보병들이 빗발치는 총탄에 맞아 쓰러졌다. 대략 30명 정도의 보병들을 처리했을 때쯤 11시 방향에서 또 셔먼 6대가 모습을 드러냈고 티거 323호의 포신이 11시 방향으로 선회 포격했다.

3대의 셔먼이 순식간에 격파되었고 남은 3대는 후진해 도망가 이로써 이날의 전과 는 20대, 이윽고 보관소 앞에 멈춰 선 티거에서 슐츠 소령이 권총을 들고 뛰어 내렸고 탄약수인 에밀 역시 MP40 기관단총을 들고 같이 내렸다.

뒤따라 오던 아군의 하노마그에서도 보병들이 내려 주변을 경계했고 킹 타이거는 인근에서 적의 전차가 접근하는 것을 막았다.

멀리서 접근해 오던 연합군의 셔먼 3대와 커버넌터 2대가 킹 타이거의 포격에 먹혔 고 슐츠 소령은 안심한 채 탄약수인 에밀과 함께 보관소 안으로 발걸음을 옮겼다.

"보관소 안에 남아 있는 기밀 서류들을 전부 파기한다! 화염 방사기를 갖춘 보병들이 따를 것이다. 에밀, 그들과 함께 문서들을 태우면 된다. 알겠나?"

슐츠 소령의 말에 에밀이 고개를 끄덕였다.

이미 화염 방사기로 무장한 독일군 5명이 그들의 뒤를 따르고 있었고 슐츠 소령은 4층에 위치한 기밀문서 저장고의 문을 부수고 안으로 들어갔다.

"여기다! 화염 방사하라!"

슐츠 소령의 외침에 독일군이 화염 방사기로 문서들을 향해 화염을 분사했고 수백 장에 달하는 기밀 서류들이 한순간에 화염에 휩싸여 세상에서 사라져갔다. 불타고 있는 기밀문서들을 바라보며 슐츠 소령은 애써 담담한 표정을 지었고 에밀은 여전히 불안한 표정으로 주변을 경계하고 있었다.

쿠쿠쿵! 콰쾅!

바로 그때 큰 폭발과 함께 건물이 흔들렸고 슐츠 소령은 인근의 창가로 이동해 바깥의 상황을 살폈다.

아까 후퇴했던 셔먼 전차들이 아군을 잔뜩 끌고 일대로 진격해 왔고 킹 타이거와 323호 티거에서 포격하면서 시간을 벌고 있었다.

"서둘러라! 문서를 처리했으니 다시 밖으로 나간다! 이동하라!"

슐츠 소령의 외침에 보병들이 계단을 타고 건물 밖으로 내려갔고 슐츠 소령과 에밀이 그 뒤를 따라 천천히 주변을 경계했다.

투타타타타타타타타타타타타!

티! 팅! 피잉!

여기저기에서 날아오는 총탄들. 바깥은 완전히 지옥 그 자체였다. 서둘러 티거에 탑승한 두 사람에게 한스 중위가 외쳤다.

"서둘러 이동해야 합니다! 임무는 완수했으니 이제 다시 돌아가서 다음 작전에 대비하겠습니다!"

"알겠다! 이동 개시하라, 판져 마르쉬!"

슐츠 소령의 외침에 티거 323호가 기동을 개시했고 맹렬한 연합군 전차들의 포격을 피하며 후방의 아군 기지를 향해 이동을 개시했다.

쿠쿠웅! 콰르르르르르르르르!

"소령님! 전방에 셔먼 이지 에이트와 M4 A2입니다!"

서둘러 이동하는 티거 323호 앞을 왼쪽에 있는 건물이 무너지면서 그 사이에서 부터 모습을 드러낸 미군의 M4 A2 전차와 셔먼 이지 에이트들이 막아섰고 영국군 의 크루세이더 전차들 역시 마틸다 전차와 함께 앞을 막았다.

그 숫자는 대략 27대, 티거 혼자 상대하기에는 많은 숫자였고 이미 킹 타이거가 후방에서 몰려드는 연합군의 맹공에 뚫려 격파되자 슐츠 소령은 복잡한 표정으로 외쳤다.

"전방의 셔먼 이지 에이트! 거리 1,000m, 포이어!"

연속적으로 날아오는 76밀리 포탄을 도탄시키면서 티거 323호에서 주포를 사격했다. 포탄에 명중당한 이지 에이트 셔먼 전차가 화염에 휩싸이자 나머지 연합군 전차들이 사방으로 흩어지면서 사격을 개시했다. 앞과 뒤를 연합군에게 완전 포위당한 티거 323호는 서둘러 빠져나갈 구멍을 열기 위해 측면으로 우회하기로 했고 슐츠 소령은 좌현의 무너진 교각 사이로 들어갈 것을 명령했다.

"좌현의 8시 방향, 무너진 교각 사이로 우회한다! 적의 숫자가 너무 많으니 일일이 상대하지 말고 빠져나간다!"

"오케이! 알겠습니다!"

한스 중위가 재빨리 조종간을 좌현으로 놀려 티거를 기동했고 크루세이더에서 발사한 6파운드 포탄이 아슬아슬하게 티거의 엔진을 스쳐 날아갔다.

"서둘러라! 반전하여 후진으로 빠져나간다!"

"주문이 참 많으시네요! 그렇게 합죠!"

한스 중위가 스로틀을 조작해 기어를 우측으로 틀고 핸들을 돌리자 티거 323호가 빠르게 급선회하면서 적 전차들이 모여들고 있는 전방을 향했다.

"후진하라!"

부릉! 부릉! 크르르륵!

급속 후진을 시작한 티거를 향해 연합군 전차들이 포격을 개시했고 포탄에 명중된 전면 장갑은 수많은 도탄 흔적이 남왔다.

그릉! 그릉!

"소령님! 후방에 적 장갑차! 그레이 하운드입니다!"

탄약수인 에밀의 외침에 슐츠 소령이 포탑의 선회를 지시했다.

"라켄! 포탑 180도 선회! 후방에 나타난 그레이 하운드를 노린다!"

그의 말에 포수인 라켄이 재빨리 포탑 선회 장치를 돌렸다.

철컹! 기이이이잉!

티거의 크고 무거운 포탑이 천천히 선회하여 180도 선회를 개시하자 후방에 나타난 연합군의 장갑차인 2㎝ 기관포 무장형의 그레이 하운드 3대가 사격을 개시했다.

1,000m 거리인 데다가 2㎝ 포의 위력이 약해 후방에 명중하면서 전부 튕겨 나갔지만 그래도 슐츠 소령은 안심할 수가 없었다.

"포탑 선회 완료!"

"포이어!"

투쿠쿵! 퍼엉!

콰콰쾅! BUHUUUUM!

그레이 하운드 1대가 명중되어 격파되자 나머지 2대가 후퇴하기 시작했고 곧이어 칼리오페 셔먼 3대가 지원을 위해 좌현 9시 방향에서 나타나 사격했다.

투아아! 투아아!

퍼엉 펑! 쿠콰아앙!

지면에 명중한 로켓탄에 사방으로 부서진 파편들이 튀었고 사방에 폭발로 인한 연기와 함께 화염이 치솟았다.

"반전하라!"

슐츠 소령의 외침에 한스 중위가 티거를 급선회시켰고 티거 323호가 선회하자 전방에서 이쪽을 향해 기동하는 칼리오페 셔먼을 향해 88밀리 주포가 불을 뿜었다.

콰콰쾅!

포탄이 명중된 칼리오페 서먼이 화염에 휩싸이자 남은 2대가 사방으로 산개하면서 주포인 76밀리 포를 사격했고 티거 323호에서는 대응 사격을 위해 주포를 2시 방향으로 선회 포격을 개시했다.

DOKOOOM!

"명중!"

라켄의 외침에 슐츠 소령이 차장용 잠망경을 돌려 7시 방향에서 이쪽으로 포신을 돌린 칼리오페를 향해 외쳤다.

"7시 방향에 칼리오페! 거리 500m, 포이어!"

철컥!

Qiiiiiiiiiiiiii!

콰카앙! 카앙!

연속으로 명중하는 76밀리 포탄들. 이윽고 포탑이 선회를 완료하자 라켄이 페달을 밟아 서먼을 향해 포격했다.

퍼어엉!

BAKOOOOOOOM!

"격파 완료!"

"휴… 참 숨 가쁘군."

한스 중위가 길게 한숨을 쉬며 담배에 불을 붙이자 슐츠 소령이 아직 안심하긴 이르다는 표정으로 말했다.

"속히 이곳을 이탈한다! 전방에 적 전차들이 이쪽으로 몰려오고 있다!"

"제길… 담배도 편히 피지 못하는군."

짧게 투덜거리며 한스 중위가 조종간을 조작했고 이내 티거 323호가 천천히 후진하여 인근의 외곽으로 빠지는 시가지 방향으로 기동했다.

"남은 아군은 우리밖에 없나 보군…."

"그런 대로 잘 버텼다! 이제 당분간은 아군이 대공세를 전환할수 있는 시간을 벌었을 거다."

슐츠 소령의 말에 라켄 역시 동감하듯 고개를 끄덕였고 한스중위는 복잡 미묘한 표정으로 전방을 응시했다.

이날 오후 4시부터 6시 사이에 벌어진 연합군과의 대대적인 전투에서 슐츠 소령의 티거 323호는 적 전차 26대를 격파했고 덕분에 연합군의 전차 가동 수량을 줄여 최소한의 시간은 벌어 놓았다. 적 전차는 못해도 이번 전투에서 약 60대가량의 전차를 손실했다. 더불어 보병 역시 상당수를 손실했기 때문에 연합군은 당분간의 전선 진격이 어려울 수도 있었다.

"이걸로 한시름 놓았군."

슐츠 소령이 한숨을 쉬며 말하자 라켄이 약간 아쉬운 듯한 표정으로 말했다.

"좀 더 격파할 수 있었는데, 그러지 못한 게 아쉽네요."

"걱정할 것 없다. 적 전차는 사방에 널렸으니 다음 전투를 기약해도 문제 될 건 없다."

한스 중위의 말에 슐츠 소령이 몸을 일으켜 해치를 열고 밖으로 나왔다.

"삶과 죽음의 기로에서 살아 나왔군."

"격파시킨 적 전차의 수량이 그렇게 많을 줄은 상상도 못 했습니다."

라켄이 포수용 해치를 열고 나오며 말하자 한스 중위 역시 전방의 조종수 해치를 열고 밖으로 나왔다.

"휴… 한시름 놓긴 했습니다만, 과연 이 균형이 얼마나 갈까요?"

"그건 모른다. 다만 최소한의 제3 제국의 생명줄을 연장했을 뿐."

그렇게 말하며 슐츠 소령은 고개를 돌려 빠져나온 방향의 거리를 돌아보았다.

멀리서 희미하게 들려오는 엔진음. 아무래도 아직 끝나지 않은 듯했다

"전원 제자리로…. 아무래도 뒤에서 포기하지 않은 모양이다."

슐츠 소령이 해치를 닫으며 말하자 라켄과 한스 중위가 해치를 닫고 안으로 들어왔다.

"후방에 11시 방향! 거리 1,000m 적 전차 발견! 차체를 선회하라"

"맙소사! 소령님 저건…"

라켄이 전방에 나타난 적 전차를 보고 놀란 표정으로 묻자 슐츠 소령 역시 상당히 당황한 표정으로 정면을 응시했다. 아군의 초중전차인 마우스 2대가 나타난 것이었다. 1대는 영국의 국적마크인 백적백의 휘장이 그려졌고 나머지 1대는 소련군의 휘장인흰 띠와 붉은 별이 포탑에 그려져 있었다.

"망할…"

"반전하라!"

키리리리리리릭! 부아아아아!

　곧 323호 티거의 무한궤도가 심하게 요동치며 빠르게 회전하기
시작하자 128밀리 주포를 조준한 마우스에서 포격을 개시했다.

퍼어엉!
쿠쿠웅! 콰콰앙

"으아앗!"
"역시 128밀리의 위력은…."
　한스 중위가 뭐라 채 말하기도 전에 또 한발의 128밀리 포탄이
날아들었다. 128밀리 포탄이 코앞의 지면에 떨어져 폭발하자 그
충격으로 차체가 심하게 요동쳤고 티거 323호는 선회를 완료한
후 곧바로 사격 대응을 개시했다.

BAOOOM!
DEK-PEENG!

"목표 명중! 도탄되었습니다!"

라켄의 보고에 슐츠 소령은 속으로 끊임없이 포탄의 탄도 각도와 명중했을 때의 거리를 계산했다. 마우스 초중전차의 전면 장갑은 200밀리 정도, 측면은 후면을 합쳐 180밀리다. 그야말로 무시무시한 장갑 두께였고 측면과 후면까지 두꺼운 만큼 실질적으로 마우스를 격파할 방법은 엔진 그릴을 노리는 방법뿐이었다.

그러나 포탑의 일부에 완전히 가려져 보호되는 엔진부를 공격할 방법은 포탑을 선회시키는 방법뿐이었고 선회하는 틈을 노려 상부에서 대전차 화기로 격파하는 것밖에는 격파할 방법이 없었다. 하지만 현재 티거 323호에는 판저 같은 대전차 화기가 없었고 어쩔 수 없이 티거의 주포만으로 격파해야 했는데 문제는 당장 티거의 88밀리 포 역시 마우스의 장갑 에 통하지 않는다는 점이었다. 몇 발을 쏴도 도탄될 뿐.

"어쩔까요, 소령님?"

한스 중위의 물음에 슐츠 소령은 마우스 초중전차를 가만히 응시하다가 말했다.

"한스 중위, 지금 바로 좌측의 잔해가 쌓여 만들어진 언덕으로 올라간다!"

"옛? 올라가서 어쩌시려고요?"

라켄의 물음에 슐츠 소령이 잠시 생각하더니 차장용 잠망경으로 전방의 마우스 초중전차 방향을 바라보며 말했다.

"방법은 하나다. 지금 즉시 높은 곳으로 올라가서 싸우는 것 마우스의 고저 각도는 최대로 해 봐야 겨우 30도 이내다. 반면에 티거는 그보다 좀 더 높은 45도다. 현재 좌측의 언덕처럼 솟은 잔해더미의 높이가 대략 100도는 될 거다. 그러니 그곳으로 올라가서 마우스의 약한 엔진부를 노릴 것이다."

"너무 위험하지 않겠습니까?"

한스의 반문에 슐츠 소령이 고개를 끄덕이며 말했다.

"당연히 위험하다. 허나 방법은 이것뿐이다."

"그럼 할 수 없죠. 속히 올라가는 것이 좋을 듯합니다."

라켄의 말에 슐츠 소령이 크게 한번 심호흡을 하고는 외쳤다.

"본 차량! 좌현의 잔해 고지 위로 기동한다! 50도 지점에 정차하여 차체를 기울인 후 엔진을 공격한다!"

"맙소사… 완전 미친 짓이로군."

한스 중위가 고개를 저으며 티거를 기동시켰다.

확실히 이것은 완전히 미친 짓이었고 잘못하면 오히려 티거가 중량으로 인한 출력 부족으로 돈 좌 상태가 될 수도 있기 때문에 조심해야 했다. 마우스는 어차피 저곳을 넘거나 오르지 못한다.

티거라면 최소한 50도의 경사면까지는 어떻게 출력을 최대한 끌어올려 오를 순 있지만 차의 출력이 딸려 돈좌될 위험성을 안고 수행해야 했다. 돈좌될 경우, 잘못하면 차량이 역으로 반격당할 위험이 있었고 마우스 전차의 성능이 티거보다 위인 점을 감안할 때 대단히 위험한 계산이었다.

슐츠 소령은 마우스 중전차의 특징적인 외관에서 엔진 그릴이 큰 포탑에 일부가 가려진다는 점에 주목했다. 마우스 전차가 기동하는 티거를 잡기 위해 포탑을 선회할 경우, 자연히 포탑에 가려진 엔진이 노출될 것이고 티거가 50도 경사면에 도착하면 곧바로 정조준하여 최소한 1대의 마우스는 격파할 수 있다는 것이 슐츠 소령의 판단이었다.

"위험해, 너무 위험해…."

한스 중위가 낮게 중얼거리며 티거를 경사면으로 기동하자 예상대로 마우스 초중전차들이 포격을 위해 포탑을 선회했고 곧바로 128밀리 주포를 포격했다.

쿠쿵! 쿠우웅!

투콰아앙!

"소령님, 아무래도 다시 생각해 보시는 게…."

한스 중위가 진땀을 빼며 티거의 조종 핸들을 돌리며 말하자 슐츠 소령이 낮게 신음했다. 애초부터 티거로 마우스를 잡는 것은 무리다. 하지만 이런 기책이라면 충분히 1대 정도는 격파 가능하다.

"저 망할 독일 놈들! 뭐하는 거야?"

마우스 108호 전차의 차장인 영국군 장교 버나드 햄스워즈 중위가 해치를 열고 밖으로 나와 잔해 위로 기동하는 티거를 바라보며 말하자 안쪽에서 포수인 오스틴 빌런 하사가 소리쳤다.

"중위님! 이쪽은 저희가 맡고 나머지 마우스는 외곽으로 돌리라는 명령이 타전되었습니다! 속히 다른 마우스 전차를 외곽으로 돌리시는 것이…."

"쳇, 알겠다! 무전 띄워라! 외곽으로 이동하라고 우린 저 망할 티거를 잡는다!"

"알겠습니다."

"전차 포탑 5시 방향으로! 거리 700m 발사!"

버나드 중위의 말에 마우스 108호 전차의 128밀리 포에서 화염과 함께 포탄이 발사되었다.

파콰아앙! 쿠우우우우우우!

명중된 것은 티거가 아닌 높게 쌓여 있는 잔해더미 한가운데였지만 그 엄청난 위력에 조종수인 한스 중위는 낯빛이 완전히 새하얗게 질린 채 티거의 운전대를 잡고 돌렸다. 한 발만 직격탄을 맞아도 중장갑을 자랑하는 티거는 격파된다. 128밀리 포의 위력이 그만큼 강했고 당시의 모든 화포들 중에서 가장 강력한 성능을 가졌기 때문에 중장갑을 자랑하는 티거조차 마우스의 강력한 포격 앞에서는 무용지물이었다. 더구나 최근에 칼리오페 다연장 로켓에 명중되어 장갑의 일부가 손상된 티거 323호는 더욱 조심해서 움직여야 했다.

"저 망할 놈들을 당장 쏴 버려!"

영국군 장교인 버나드 중위의 외침에 포수인 빌런 하사가 당황한 눈빛으로 소리쳤다.

"안 됩니다! 고각이 더 이상 올라가질 않습니다."

"뭐?"

"기회다! 철갑탄 장전!"

슐츠 소령이 그런 마우스를 보며 곧바로 명령을 하달했고 한스 중위가 애써 기어를 올렸지만 티거 전차는 요란한 엔진음과 함께 거친 기계음을 내며 더 이상 경사를 오르지 못했고 무한궤도가 돌아갈 때마다 사방으로 돌조각들이 튈 뿐이었다.

"소령님! 변속기가 출력을 따라주지 못하고 있습니다! 44도까진 어떻게 올라왔지만 더 이상 오르는 것은 무리일 것 같습니다!"

한스 중위의 말에 슐츠 소령이 잠망경으로 마우스 전차를 살피더니 말했다.

"전차 정지! 이미 차체가 충분하게 기울었다!"

"포탄 장전 완료!"

탄약수인 에밀의 보고에 라켄이 페달을 밟을 준비를 했다.

"목표 거리 700m, 5시 방향! 마우스의 엔진이 드러난 틈을 노려라! 포이어!"

슐츠 소령의 외침과 함께 티거의 주포인 88밀리 포가 불을 뿜었다. 포탄이 날아간 궤적은 정확하게 마우스의 드러난 일부 엔진 그릴이었고 직격으로 그릴에 명중하면 서 내부에서 연료가 유폭 되었고 그 덕분에 마우스 초중전차의 포탑이 앞으로 살짝 들린 채 검은 연기를 뿜기 시작했다.

"이런 맙소사! 이 망할 놈들…"

"죄송합니다, 중위님! 차량의 주포 고각이 짧아서 조준을 못 했습니다."

파괴된 마우스의 내부에서 포수인 빌런 하사가 버나드 중위를 향해 고개를 숙이자 슐츠 소령이 기관단총을 들고 직접 티거에서 뛰어내려 그들을 향해 달려 내려갔다.

"움직이지 마라! 너희는 더 이상 싸울 수가 없다!"

버나드 중위가 뭐라 말하기도 전에 한발 먼저 마우스 앞에 도달한 슐츠 소령이 MP40 기관단총을 겨누자 포수용 해치가 열리면서 빌런 하사가 두 손을 든 채 밖으로 나왔다.

"항복하겠다…"

그 모습에 결국 버나드 중위 역시 항복을 선언하며 두 손을 들었고 때마침 인근에서 작전 중이던 아군의 3호 돌격포들과 4호 전차들이 근방을 지나가다가 이 모습을 발견하고 서둘러 일대로 들어온다. 그리고 이 공으로 슐츠 소령은 사흘 후 중령으로 진급, 라켄과 에밀은 각각 중사와 하사로 진급하며 조종수인 한스 중위 역시 대위로 진급한다. 더불어 슐츠 중령에게는 본부로부터 1급 기사 철십자장이 수여된다.

2008년 1월 24일 오전 9시경.

마침내 수도인 베를린으로 들어온 슐츠 중령의 티거 323호는 예정된 1급 기사 철십자장을 수여받기 위해 본부로 향했다. 중간에 친위대의 안내를 받아 베를린 중앙의 광장에 위치한 국방성에 도착한 티거 323호는 이후 베를린 시내에 배치되어 역사적인 베를린 공방전에 참전하게 된다.

"어서들 오게! 슐츠 중령! 자네들 티거 323호의 공적이 크네. 그 난공불락의 전차인 마우스를 기책으로 격파하다니. 자네들 덕분에 적의 기세를 확실하게 꺾어 놓았다네."

국방성 총 방위 대장인 카를 폰 뒤르헨 소장이 반갑게 그들을 맞자 슐츠 중령이 경례하면서 말했다.

"조국을 위해! 저는 제 조국인 독일 제3 제국을 위해 해야 할 일을 했을 뿐입니다."

"겸손할 거 없네. 안 그래도 요즘 여기저기서 패전 소식들만 들려오던 터라 잘됐네. 안으로 들어가지."

카를 소장의 말에 티거 323호의 승무원 4명 전원이 그 뒤를 따라 국방성 관저 안 으로 들어갔다.

"자, 앉도록 하지."

자신의 집무실로 그들을 안내한 카를 소장이 자리에 앉으며 물었다.

"그래. 기책으로 마우스를 잡았으니, 덕분에 우리 아군이 교두보를 확보하는 데 큰 도움이 되었네. 슐츠 중령, 듣기로는 자네가 최근에 총통 각하를 뵙겠다고 했다던데, 맞나?"

그의 물음에 슐츠 중령이 대답했다.

"예, 맞습니다. 현재 전황이 안 좋은 만큼 제 생각에는 전쟁을 빨리 종식하는 것이 현명하다고 판단됩니다. 그래서 뵙기를 청한 것입니다."

그의 대답에 카를 소장이 잠시 주변을 두리번거리더니 그에게 바짝 다가와 앉으며 말했다.

"사실은… 이건 기밀 사항인데 어디에서도 말해선 안 되네. 사실 총통 각하는 이미 돌아가셨다네. 그것도 꽤 됐지…."

"옛? 그게 무슨 말씀…."

슐츠 중령이 놀란 눈빛으로 되묻자 카를 소장이 길게 한숨을 쉬고는 말했다.

"수도 방위 사령관인 베른하우저 장군이 기밀로 부친 사항이지만 총통 각하의 죽음을 비밀로 하고 계속해서 전쟁을 수행한다고 말이네. 그 사실을 안 중앙 경비 대장 인 구스타프 장군이 베른하우저와 심하게 다툰 모양이야. 그래서 입막음을 위해 그를 동부로 전출시켰고…."

"말도 안 됩니다! 그럴 리가 없습니다. 벌써 서거하셨다면 이 전쟁을 지속할 이유가 없지 않습니까?"

슐츠 중령의 물음에 카를 소장이 심각한 표정으로 대답했다.

"그것이… 사실은 각하께서 서거하신 직후 한 장의 테이프가 남겨졌다네. 그 테이프의 내용은 이후의 모든 일의 결정은 실질적인 방위 사령관인 베른하우저에게 일임한다는 내용이었지. 그리고 그 내용에 따라서 베른하우저는 항복이 아닌 끝까지 세상을 종말로 끌고 간다는 전략을 쓴 거고. 총통의 죽음을 덮고 마치 총통의 명령에 따르는 것처럼 보이게 말이지."

카를 소장의 말에 슐츠 중령은 기가 막혔다.

당장 전황을 바꾸는 것 자체가 불가능한데 이런 상황에서 무리하게 계속 싸웠다가는 독일은 패망을 넘어서 아예 멸망할지도 모른다. 만일 연합군에서 이미 총통이 사망했다는 것을 알게 된다면? 그렇게 되면 분명 다른 나라는 몰라도 소련은 가만있지 않을 것이다.

구스타프 소장이 전출된 것도 단순히 베른하우저와의 마찰로 인한 것이었다니…. 결국엔 입막음을 위해서 좌천시킨 것이 아닌가?

"음…. 하지만 각하 아무리 베른하우저 장군에게 모든 권한이 있다고 해도 실질적으로 부대의 장교나 지휘관을 바꾸거나 좌천시키는 것은 내부 국방 위원회에서 결정해야 하는 것 아닙니까?"

슐츠 소령이 묻자 카를 소장이 말했다.

"맞네. 원래대로 한다면 그런 방식으로 해결해야 하지. 하지만 전황이 급속도로 안 좋아지고 있는데다가 베른하우저 장군이 워낙 상황이 급하니까 어쩔 수 없이 위원회 청문을 거치지 않고 독단적으로 일을 처리한 모양이야."

"알겠습니다. 그럼, 이제 저희는 어떻게 해야 합니까?"

슐츠 소령의 물음에 카를 소장이 조용히 안경을 치켜 올리며 말했다.

"이제부터는 자네들이 할 일에 관해 말해 주겠네. 지금 이 순간부터 자네들의 티거는 베를린 시내에서 최후의 방어를 하게 될 걸세. 배치되는 곳은 의사당 근교지만 우선 가장 급한 불부터 꺼야겠지? 지금 즉시 철십자장을 수여받는 대로 기동하여 베를린 남쪽의 브리츠 일대로 가 주게. 그곳에서 우선적으로 집중 방어전에 먼저 투입될 걸세."

"알겠습니다. 각하! 대 독일 제국을 위해!"

슐츠 중령 이하 3명이 자리에서 일어나 경례하자 카를 소장이 경례했다.

이후 슐츠 중령의 기사 1급 철십자장은 이후 30분 만에 수여되었고 철십자장을 단 슐츠 중령은 곧바로 티거로 이동해 323호 티거 전차를 기동, 남쪽의 브리츠 일대로 향한다.

브리츠 일대에는 이미 구축전차 부대가 먼저 투입되어 있었고 합류한 부대 안에서 유일한 티거 전차였기 때문에 슐츠 중령은 특별한 대우를 받았고 덕분에 무사히 가도 일대에 배치되어 별다른 걱정 없이 대기하기만 하면 되었다.

연합군이 베를린으로 입성하려면 못해도 최소 한 달 이상은 걸릴 것으로 예상되었기 때문에 슐츠 중령은 우선 구스타프 소장과의 직접 대면을 위해 주둔군 안에서 동부 권역으로 오가는 수송 트럭을 몰래 따라가기 위한 작전을 세웠다.

"중령님, 너무 위험한 것 아닙니까? 아무리 시국이 안 좋고 우리 독일군의 보안망이 약해졌다고는 하지만 몰래 수송 대열에 합류해 동부로 가다니요. 너무 위험합니다."

한스 대위가 고개를 젓자 라켄 중사가 살짝 인상을 쓴 채 말했다.

"어쩌면… 총통 각하의 죽음에 뭔가 걸려있는 것 같습니다."

"나도 그렇게 생각한다. 안 그래도 비밀리에 구스타프 소장님께 전서를 보냈다. 하지만 전서가 이 복잡한 상황에 제대로 전달되었을지 확실하지 않기에 내가 직접 가려는 것이다."

"중령님, 아무리 그래도 너무 위험합니다! 잘못하다가 발각되면

십자장은 물론이고 목이 날아갈 수도 있습니다."

한스 대위가 걱정스러운 표정으로 말하자 슐츠 중령이 주변을 한 바퀴 둘러본 후 말했다.

"걱정 말게, 한스. 아무 일도 없을 것이니."

"걱정을 안 할래야 안 할 수가 없지 않습니까? 지금 전황은 날이 갈수록 안 좋아지는데…."

"슐츠 중령! 안에 있나?"

바로 그때 밖에서 누군가 자신을 부르는 소리에 슐츠 중령은 몸을 일으켜 티거의 해치를 열고 밖으로 나왔다. 바깥에는 수십 명의, 간부들과 함께 친위대 장교들이 모여 있었고 그걸 본 슐츠 중령은 무슨 일인지 바로 직감했다. 바로 근처에 호송 차량이 보이는 것을 보니 분명 이들은 슐츠 본인을 체포하러 온 것이었다.

"슐츠 중령! 잠시 차에서 내려서 같이 가 줘야 할 것 같군."

"무슨 일이십니까? 왜 친위대에서 여기를…."

슐츠 중령은 대충 짐작하면서도 일부러 아무것도 모른 척 되물었다. 그러자 친위대 장교가 앞으로 나오며 말했다.

"왜 같이 가자고 하는 것인지는 자네가 더 잘 알 걸세. 속히 차에서 내려 우리와 함께 게슈타포 사령부로 가세."

게슈타포…. 역시 비밀경찰 쪽의 SS인가.

"죄송합니다만, 저는 이 일대의 방어를 위해 투입된 몸입니다. 저를 데려가시려거든 우선 상부에 보고부터 하시고…."

"이미 보고는 올렸다네. 그러니 그냥 자넨 몸만 오면 되는 일이야."

그 말에 슐츠 중령은 애가 탔다. 어떻게 해야 한단 말인가…. 이 상황에서 과연 빠져나갈 수 있을까?

"음, 그렇다면… 알겠습니다."

슐츠 중령은 결국 친위대를 따라 사령부로 향하는 것을 택했다. 지금 이곳에서 도망가면 틀림없이 친위대에서는 자신을 끝까지 추격할 테고 그렇게 되면 아무 상관없는 나머지 인원들도 위험해진다. 그럴 바엔 차라리 친위대를 따라가는 것이 현명한 길이었다.

"잘 생각했네. 자, 어서 이쪽으로 따라오게나."

친위대 장교가 호송 차량 쪽으로 슐츠 중령을 유도하자 슐츠 중령은 티거 323호에서 내려 친위대 병사들에게 둘러싸여 호송차가 있는 곳으로 걸어갔다.

"중령님!"

"맙소사…. 내 이럴 줄 알았어. 결국 친위대가 일을 저지르는군."

전차 안에 타고 있던 나머지 인원들이 다급히 차 밖으로 뛰어

나왔지만 슐츠 중령은 태연하게 돌아보며 말했다.

"너무 걱정할 것 없다. 난 곧 다시 돌아올 거다. 내가 없는 동안은 한스 대위가 최고 지휘관이니 티거 323호를 잘 부탁한다."

말을 마친 슐츠 중령은 친위대와 함께 사령부가 있는 방향으로 차를 타고 사라져 갔다. 그 모습을 맥없이 바라만 보던 한스 대위가 길게 한숨을 쉬었다. 이제부터는 슐츠 중령이 다시 돌아올 때까지는 자신이 이 티거 323호를 임시로 이끌어가야 한다.

"말도 안 됩니다! 어째서 중령님을…!"

라켄이 분한 듯 한마디 하자 한스 대위가 담배에 불을 붙이며 말했다.

"어쩔 수 없지. 중령님이 돌아오실 때까지는 임시로 맡을 수밖에."

* * *

같은 날 오후 8시경, 베를린 게슈타포 사령부 SS 친위대 부서의 심문실 안.

슐츠 중령은 심문실에서 거의 2시간가량을 강도 높은 조사를 받았다. 이미 그와 더불어 심문실을 거친 사람은 수없이 많았고 그는 그중 1명일 뿐이었다.

철컹! 끼이이익- 저벅. 저벅.

"오, 이런! 슐츠 중령, 자네도 이번 배신자 명단에 있었군."

육중한 쇠창살 문을 열고 들어서면서 SS 친위대 대령인 마일즈 폰 카프가 말했다. 슐츠 중령이 물었다.

"얼마나 더 조사를 받아야 합니까?"

"음, 조사는 이미 끝났다네. 이제부터는 자네를 어떻게 처분할지가 관건인데…."

짧게 한숨을 쉬며 카프 대령이 조서를 한번 훑어보고는 말했다.

"어쩌면 운 좋게 자네의 티거로 돌아갈 수도 있을 것 같군. 왜인 줄 아나? 지금 국가비상총동원 때문에 가용 가능한 병력을 최소한 확보하는 시기라서 자네를 함부로 죽일 순 없거든. 뭐 나쁘게 보면 처형될 수도 있고…. 반반이로군."

"그럼 처분은 언제 결정 납니까?"

슐츠 중령이 묻자 카프 대령이 잠시 생각하더니 말했다.

"그게 좀 시간이 걸릴 듯하군. 요즘 배신자들이 너무 많이 나와서 말이지."

짧게 대꾸한 카프 대령이 몸을 돌려 근처의 탁자 앞에 앉으며 말했다.

"흠, 아무래도 내가 생각해 봤을 땐 자넨 처형되진 않을 듯하군. 부대에서 티거를 운용할 수 있는 거의 유일한 사람이니 말이지."

카프 대령이 탁자 위에 놓인 커피잔을 들고 티거를 언급하자 슐츠 중령은 약간은 긴장이 풀린 듯 한숨을 쉬었다.

저벅. 저벅. 저벅.

"음…? 빠르군. 아무래도 자네의 처분이 결정 난 모양이다."

카프 대령이 잔을 탁자 위에 내려놓고는 일어서서 문 쪽을 향해 걸어가자 쇠창살이 열리며 친위대의 고위 간부들이 하나둘 안으로 들어왔다.

"슐츠 중령! 귀관에 대한 처분 결정이 내려왔다. 금일 오후 8시경에 조서 작성 완료, 동일 오후 9시경에 처분 결정, 귀관에 대한 처분은 다음과 같다. 슐츠 중령의 기사 철십자장은 그대로 유지한다. 또한 계급은 소령으로 강등하며 원대의 티거로 복귀하여 베를린 방어전에 나선다. 이상이다! 귀관은 지금 이 시간부로 다시 전선으로 돌아가도 좋다! 이상!"

의외의 관대한 처분에 슐츠 중령, 아니 소령은 안도의 한숨을 쉬었다. 한마디로 계급만 1계급을 강등시키는 셈인데 소령 계급은 그가 꽤 오랫동안 달고 있었던 계급이기 때문에 그런대로 상관은 없었다. 더구나 1급 기사 철십자장은 그대로 유지한다고 하니, 어쩌면 슐츠 소령은 운이 대단히 좋은 걸지도 모르겠다.

"감사합니다. 그럼 지금 바로 돌아가면 되는 것입니까?"

슐츠 소령이 자리에서 일어서며 문자 친위대 간부인 에른스트 폰 빅터 상급 대장이 고개를 끄덕이며 말했다.

"물론이다! 카프 대령! 지금 즉시 슐츠 소령을 아군의 전선으로 다시 돌려보내도록 조치하라!

"알겠습니다, 각하!"

카프 대령이 경례한 후 슐츠 소령에게 따라오라는 신호를 보내자 슐츠 소령은 간부들에게 경례한 후 곧 그 뒤를 따라나섰다. 어두운 통로와 계단을 지나 다시 사령부 밖으로 나설 때까지 슐츠 소령은 만감이 교차하는 표정으로 조용히 카프 대령의 뒤를 따랐다.

철커덕! 끼이이이익-

30분 정도 지났을까? 카프 대령이 잠긴 철문의 자물쇠를 해제한 후 열자 어두운 바깥이 모습을 드러냈다.

"자, 조사에 응해 줘서 고맙네, 소령. 이제 그만 가도 좋네. 차는 미리 대기시켜 놨으니 저 차를 타고 가면 될 걸세."

카프 대령의 말에 슐츠 소령이 고개를 끄덕인 후 말했다.

"감사합니다. 그럼 저는 전선으로 복귀하겠습니다. 조국을 위해!"

슐츠 소령의 경례에 카프 대령이 경례로 화답했다.

한편 연합군의 진영에서는 대대적인 베를린 전투에 대비하여 특별한 작전이 준비 중이었는데, 바로 버닝 리버 작전, 통칭 '불타는 강' 작전으로, 바로 라인 강 교두보와 독일 국내로 흘러드는 강인 베른쏠라 강 일대에 이르는 광범위한 무제한 공격 작전이었다.

이 작전은 2월 초부터 한 달 내내 실행되었고 광범위한 지역에 걸쳤기 때문에 상당히 큰 대규모 공습전이었다. 이름 그대로 불에 타는 강 작전이었고 이 작전에 연합군이 쏟아부은 폭탄의 양만 해도 수만 톤에 이르렀다.

이 작전이 개시되기 만 7일 전, 슐츠 소령의 티거 323호 차량에 특별한 지령이 내려온다. 그건 바로 연합군의 의표를 찌르는 기습 공격이었는데 바로 야간에 시행하는 작전이었다.

크르르르르르르르르르르르르르!

연합군과 베를린 남부 사이에, 위치한 중간 지역인 베르슐렌 시 외곽을 따라 독일 군의 중전차인 티거 전차와 판터 대대가 시내로 통하는 길목으로 들어서고 있었다. 시의 중앙에는 이미 연합군의 전차 부대가 점령한 상황이었고 중앙 광장을 따라 베를린으로 연결되는 수로 쪽 역시 연합군이 감시 중이었다.

"소령님, 다 왔습니다."

한스 대위가 짧게 한마디 하자 슐츠 소령이 잠시 동안 깊게 생각하더니 이내 자리에서 일어나 해치를 열고 밖으로 나왔다.

"목적한 곳에 도착했군."

"그나저나 한순간에 계급이 떨어질 것은 도대체 뭐랍니까? 난 아직도 그 생각만 하면…"

한스 대위가 푸념하자 슐츠 소령이 차분한 어조로 고개를 저으며 말했다.

"상관없다. 군인에게 계급의 높고 낮음은 별로 중요한 것이 아니다. 단지 싸울 수 있는 의지와 마음이 중요할 뿐."

"참으로 숭고하십니다. 소령님, 그나저나 이 앞은 너무 어두워서 잘 안 보입니다만?"

"서치라이트를 켜는 게 낫지 않습니까?"

라켄의 말에 한스 대위가 고개를 끄덕이며 서치라이트를 켰다.

"잠깐만! 라이트를 꺼라! 아무래도 뭔가 이상하다…."

바로 그때 갑자기 슐츠 소령이 다급히 외치자 포수인 라켄이 물었다.

"왜 그러십니까, 소령님?"

피유유유융- 삐이이이이이이-

"응? 어라?"

퍼퍼퍼엉!

"젠장할…! 함정이다! 모두 탈출하라!"

슐츠 소령의 외침에 한스 대위가 서치라이트가 켜진 정면을 자세히 응시했다. 바로 전방 500m에서 이쪽을 향해 다가오고 있는 실루엣들 그건 바로 연합군의 크롬웰 전차들과 마틸다 전차들이었다.

"이럴 수가…!"

놀란 한스 대위가 재빨리 차량에 시동을 걸자 티거가 무거운 엔진음을 내며 배기연을 뿜었고 슐츠 소령은 정면에서 이쪽을 향해 기동하고 있는 연합군의 전차들을 어둠 속에서도 충분히 식별했다. 그 숫자는 대략 30대가 넘었고 칼리오페 로켓탄 장비 셔먼도 있었다.

"망할 연합군 놈들…."

"어떡합니까, 소령님?"

한스 대위가 묻자 슐츠 소령이 낮은 신음을 흘리며 말했다.

"지금 우리에게는 티거밖에 믿을 것이 없다. 그러니 최소한 티거를 지키면서 아군의 임무를 완수하도록 한다."

"그럴 줄 알았습니다! 자, 포탄 장전 완료!"

라켄의 말에 한스 대위 역시 고개를 끄덕이며 외쳤다.

"판져포! 전진 앞으로!"

그의 말에 티거를 포함한 전 독일군 전차들이 앞으로 기동하기 시작했고 어둠 속에서 연합군의 크롬웰 전차들과 셔먼 전차들이 일제히 이들을 향해 포격을 개시했다.

투쿠웅! 콰앙! 콩!

투콰아앙 쿠쿠웅

　연속적으로 날아오는 포탄에 명중된 독일군 전차들 중 일부가 화염에 휩싸였고 전체 가동 전차 중에서 약 절반가량이 포격에 맞아 대다수가 전투 불능이 되거나 돈좌되었고 격파된 차량 사이로 티거 323호가 주포인 88밀리 포를 조준해 서먼부터 차례대로 격파하기 시작했다.

　"조준하라! 목표 전방의 서먼 파이어 플라이, 거리 600m, 포이어!"

　슐츠 소령의 외침과 함께 티거 88밀리 주포에서 강력한 화염과 함께 철갑탄이 발사되었다. 포탄은 정면에서 이쪽을 향해 포격 준비 중이던 서먼 파이어 플라이에 직격으로 명중되어 큰 폭발을 일으켰고 뒤이어 영국군의 크롬웰 전차 2대가 파괴된 파이어 플라이 사이로 나오면서 티거를 향해 사격했다. 크롬웰의 장포신 76밀리 주포는 티거의 중장갑에 상대가 안 되지만 슐츠 소령은 일단 위협이 될 만한 모든 것을 파괴하기로 하고 포신을 크롬웰 쪽으로 돌렸다.

　"크롬웰부터다! 거리 500m, 목표 9시 방향, 포이어!"

투쿠웅!

카카앙! 퍼어엉!

"명중!"

약 30분 동안 계속된 야간 전투. 이 교전에서 연합군은 총 20 대의 전차를 손실했으며 독일군은 단 9대만을 손실하여 타 전선에서의 전투 때보다 훨씬 피해가 덜했다. 야간에 기습한 것도 있지만 연합군이 남쪽으로 독일군이 남하할 것이라고는 예상하지 못한 결과이기도 했다. 당시 연합군은 남쪽 방면 일대에서도 유독 이곳 베르슐렌 일대에 많은 병력을 배치했지만 독일군이 야간에 기습할 것이라고는 예상하지 못했다. 결국 연합군의 안일한 대응 덕분에 독일군은 무사히 남쪽으로 향하는 길목의 교두보를 확보하게 된다.

"소령님…."

"보고 있다. 지금 연합군이 시의 중앙에 방어선을 치는군."

파괴된 연합군의 전차 잔해 속에서 찾아낸 야간 광원 식별 쌍안경으로 멀리 시의 중앙 광장 일대를 바라보던 슐츠 소령이 한스 대위의 말에 고개를 끄덕였다.

애초에 독일군이 이 일대를 탈환 하려는 계획을 세운 것은 바로 고트프리트 뒤거 중장과 한스 바이헨 상급 대장이 만일의 상황에 대비해 남부로 남하할 수 있는 길목을 뚫기 위해 일대에 소개한 아군을 내려보낸 것이었고 연합군의 대응이 미온한 덕분에 무사히 일대에 교두보를 확보할 수가 있었던 것이었다. 그것도 일대를 방어 중이던 1개 연대급을 상대로 단 2개 중대만이 말이다. 판터 대대라고는 해도 실질적으로는 전차의 수량 부족으로 거우 중대 규모로 편제되었고 거기에 단 1대의 티거 전차가 합류했을 뿐 별로 달라질 것이 없는 편제였다.

하지만 아무리 티거 전차가 포함되어 있다고는 해도 전날의 전투로 차체가 일부 손상된 티거로는 전선을 완전히 돌파하는 것은 무리였고 이에 독일군이 생각해낸 전략이 주변에서 구하기 쉬운 목재, 자재 등으로 만든 가짜 전차들이었다. 일대의 나무란 나무는 모조리 잘라서 얼기설기 엮어 제작한 가짜 전차들은 그 형태가 티거부터 시작해 A7V에 이르기까지 약 7종, 총 100대 정도 되었고 독일군 수뇌부는 이렇게 만들어진 가짜 전차들을 전선 곳곳에 배치했다. 섀시는 일반 자동차나 자전거 같은 흔하게 구할 수가 있는 차종이었고 이것들의 동력을 이용해 앞으로 나가는 것은 가능했다.

하지만 어디까지나 가짜 전차인만큼 언제까지 전선에서 주효하

리라는 근거는 없었고 약 절반 가까이가 이곳 베르슐렌 일대에 배치되어 투입된 만큼 독일군 수뇌부는 이 전차들에게 실낱같은 희망을 걸고 있었다.

"아무래도… 전선 일대에 투입된 가짜 전차들이 마음에 걸리는군."

슐츠 소령이 전차 안으로 들어오면서 말하자 한스 대위가 담배를 비벼 끄면서 말했다.

"급조한 차량들이니 그럴 수밖에요."

"소령님, 아무래도 저는 저 멀리 1,000m 거리에서 보이는 물체가 수상합니다. 아까부터 가만히 있긴 한데…."

포수인 라켄이 포수용 관측창으로 어딘가를 응시하면서 말하자 슐츠 소령이 차장용 잠망경을 통해 라켄이 보고 있는 방향을 살펴보았다. 1,000m 거리쯤에서 검은 무언가가 제자리에서 미동도 않은 채 가만히 있었다. 형태로 봐서는 전차다. 하지만 연합군의 전차인지 아니면 아군의 전차인지는 확실하지가 않았다. 크기로 봐서는 마우스 전차 수준이었고 다소 큰 구경으로 추정되는 주포가 눈에 띄었다.

"음… 내일 아침이 되어서야 확인이 가능하겠군."

"광원 쌍안경이 있지 않습니까?"

한스 대위의 말에 슐츠 소령이 고개를 저었다.

"안 될 말이야. 이 물건은 귀중한 만큼 특별한 상황에만 쓸 걸세."

"하여간 소령님도 그런 부분에서는 확실하시단 말입니다. 뭐 저 역시 나름대로 뭔가를 챙겼지만 말이죠."

"자네가 챙기는 것이 담배밖에 더 있나?"

슐츠 소령의 말에 한스 대위가 주머니에서 미제 담배를 꺼내 들며 자랑스럽게 말했다.

"하하하! 그래도 이번엔 미제입니다요."

"에밀! 포탄을 한 발 장전해 놔라. 언제든 대응이 가능하게 말이야."

슐츠 소령의 말에 에밀이 자리에서 일어나 즉시 88밀리 포탄을 꺼내어 포미에 장전해 넣었다.

"좋아. 이제부터는 날이 밝는 대로 다시 전투를 재개할 것이다. 모두들 지금까지 해 온 대로만 해 주면 된다. 알겠나? 실전은 어디까지나 실전, 날이 밝으면 틀림없이 연합군도 공격을 재개할 것이다. 그때까지는 자두도록."

슐츠 소령의 말에 한스 대위가 고개를 끄덕이며 담배를 비벼 껐고 에밀과 라켄 역시 고개를 끄덕였다.

전쟁의 막바지, 세계 대전의 끝에서는 결국 전체가 하나가 될 수밖에 없다. 그것은 곧 파멸하더라도 세상을 함께 끌고 가는 방법뿐.

"자 그럼! 그만 쉬도록 하지요, 소령님. 1시간씩 교대로 불침번을 서면서 자면 괜찮을 것입니다."

한스 대위의 말에 슐츠 소령이 말했다.

"맞는 말이다. 한스 대위의 말대로 혹시 모를 상황에 대비해 각자가 1시간마다 불침번을 선다! 알겠나? 내가 먼저 설 테니 다음은 한스 대위를 시작으로 간다."

"여부가 있겠습니까, 소령님. 그렇게 하죠."

2008년 1월 25일 저녁 11시경. 그렇게 교두보에서의 첫 전투를 끝내고 티거 323호에서는 승무원들 전원이 오랜만의 휴식에 들어갔다.

연합군이 주둔 중인 남부의 베르슐렌 일대에서 남으로 약 4㎞ 떨어진 곳에 있는 연합군의 베를린 남부 공략 사령부는 1개 군단급으로 구성되어 있으며 지휘관은 연합군이 자랑하는 무적 4인방 중 한 사람인 영국군 장군 밀워키 프란 중장이었다.

프란 중장은 연합군 간부 중에서도 유일하게 전차를 동원한 야전 백병전의 귀재였고 전선에서의 그의 별칭이 '전차 육탄 돌격장' 이었다. 그만큼 그가 육탄전과 함께 대전차전에 뛰어난 인물이라 는 의미였고 그의 부대의 80%가 전차로 구성된 기갑군과 보병의 혼성 부대였다.

타악!

연합군의 사마로엔 베를린 공략 남방 사령부의 총사령관인 프 란 중장이 참모들과 무관들이 모인 자리에서 한 손으로 탁자 위 를 한 번 치더니 말했다.

"여기 모인 모든 간부들과 참모들은 과연 베를린에 입성할 수 있는 시점이 언제라고 보나?"

그의 물음에 아무도 선뜻 나서서 말하지 못했다. 그럴 수밖에 없는 것이 연합군이 아무리 맹공을 퍼부어도 독일이 항복하지 않고 끝까지 버티고 있으니 어느 세월에 입성이 가능할지는 미지 수였다. 더불어 독일군의 군세가 아무리 전차 수량 등의 모든 면 에서 열악하다고 해도 결코 만만치 않은 군세였기 때문에 연합군 역시 섣불리 공격을 못하고 있는 실정이었다.

"장군, 어쩌면 앞으로 한 달 안에는 입성하지 않겠습니까?"

참모 중 한 사람인 에릭 토너 대위가 말하자 프란 중장이 고개를 저었다.

"한 달? 한 달은 무슨…. 우리 연합군은 결코 한 달이 지나가도 저 베를린에 입성할 수가 없다! 이런 상황으로 간다면 말이지."

"그 말씀은…?"

프란 중장이 잠시 가볍게 심호흡을 하고는 자리에서 일어나 베를린 전도가 걸린 벽 앞으로 걸어가 말했다.

"제군들! 우리의 앞으로의 임무는 저 베를린에 입성하여 독일의 완전한 항복을 받아내는 것이다! 하지만 그걸 위해서는 현재의 방식으로는 절대로 몇 년이 가도 입성할 수가 없다! 때문에 나는 이제까지와 전혀 다른 방법을 쓰고자 한다."

"장군! 이제까지와 다른 방법이라면…."

"바로 충파식 전략이다! 정면으로 대규모의 물량전을 동원하는 것, 그리고 전차들을 대규모로 집단 운용해 독일군을 사면에서 고립시키고 옥죄는 것, 그것이다."

"하지만 장군. 충파식 전략이라고 한다면 이미 전에도 몇 번인가 쓰지 않았습니까?"

헨델 중위의 물음에 프란 중장이 두 눈빛을 반짝거리며 말했다.

"물론이다! 허나 이번 충파식 전술은 이전과는 많이 다를 것이다."

프란 중장이 지도를 지휘봉으로 가리키며 말했다.

"제군들! 내가 생각하는 충파 전술은 이것이다! 먼저 후방의 아군이 가진 막대한 물량과 장비를 총동원해 독일군보다 높은 수준의 물자 우세권을 확보한다. 이후 가용 가능한 모든 기갑 무기와 병력을 동원, 사면에서 독일의 베를린을 천천히 올가미를 씌우듯 조여 가는 것이다."

"그런데 장군. 어차피 현재 베를린으로의 직접 공세권과 진입 권한은 소련군이 가지고 있습니다. 소련군을 설득도 해야 하는 관계로…."

하사관인 버트가 말하자 프란 중장이 고개를 끄덕이며 말했다.

"맞는 말이다! 역시 소련군을 설득해야겠지. 하지만 걱정할 것 없다. 길게 설득할 거 없이 소련군은 이 작전에 동의할 거니까."

"어째서입니까, 장군?"

"제군들, 그 이유가 뭐겠나? 소련군도 지금 하루빨리 전쟁을 종식하려고 하고 있다. 내 전략으로 가면 거의 길어도 3달 안에는 베를린으로 진입할 수 있는데 그걸 마다할 이유가 없지."

"그럼 주코프 원수 쪽도 어쩌면 장군과 같은 생각이겠군요."

부관인 알렉스 하면 대령의 말에 프란 중장이 수긍했다. 소련군의 실질적인 총사령관인 게오르기 주코프 역시 어쩌면 프란 중장과 같은 발상을 생각하고 있을지도 모른다. 그리고 이런 관점은 향후 베를린이 함락된 직후 소련군과 영국 및 미국이 3국 분할 강화 조약을 맺는 데 크게 일조하게 된다.

"자. 그럼 슬슬 준비하도록 하지, 제군들."

"무엇을 말씀입니까?"

"뭐겠나? 현재 이 근방으로 들어온 독일군 피라미들을 잡는 계획이지."

이날 저녁 12시경, 마침내 활동을 재개한 프란 중장의 연합군은 슐츠 소령의 부대가 주둔한 베르슐렌 일대를 향해 출격을 개시했다. 프란 중장 역시 직접 전선에서 싸우기 위해 전용 전차인 커버넌터 A 17EE로 탑승, 이동을 재개한 연합군의 중앙을 맡아 세기의 결전을 향해 앞으로 나아가게 된다.

다음날 오후 1시경, 이때까지 휴식을 취한 독일군 제111 기갑연대는 슐츠 소령의 티거 323호와 함께 이동을 재개, 시내 중앙 광장으로 돌입한다.

푸슈우우웅!

쿠쿠웅

독일군이 베르슐렌 중앙 광장으로 들어섬과 동시에 날아온 대전차 로켓탄에 판터 1대가 명중당해 관통되었다. 슐츠 소령은 티거 323호를 측면의 광장 기념비 뒤로 이동시킨 후 외쳤다.

"전방에 적 대전차포! 거리 800m, 포이어!"

영국의 대전차포에서 발사한 대전차 로켓탄은 구경이 최소 67밀리였고 최대 900m 거리부터 독일군의 판터를 파괴할 만큼 강력했다. 이 신형 67밀리 대전차 유도 로켓탄을 운용하는 대전차포는 영국제 9파운드 대전차포인 max-12 QF 9P 칼린이었고 9파운드의 중량에 비해 상대적으로 가벼운 특수 금속 소재를 사용해 중량은 겨우 22톤에 불과했다. 게다가 이 포는 현재 마틸다 3형의 주포로도 사용되고 있고 크루세이더 V-DESS 타입의 주포이기도 했기 때문에 영국군은 상대적으로 수량이 풍부한 이 대전차포를 다량 보유한 채 독일군이 들어오길 기다렸던 것이었다.

"저 망할 놈들!"

"하필 저 9파운드 대전차포라니…. 소령님, 영국이 너무 세게 나오는데요?"

한스 대위의 말에 슐츠 소령이 잠시 인상을 찌푸리더니 라켄에게 명령했다.

"라켄! 전방의 적 대전차포대부터 부순다! 거리 700m, 3시 방향! 포이어!"

쿠쿠웅! 철컹!
쿠쿠웅 콰아아앙

"명중!"
"망할 크라우츠 놈들…. 거리를 잘 파악하라! 거리 700m 타이거 전차! 사격!"

쿠쿠웅! 콰앙!
씨이이잉!
카캉 티이잉

"명중입니다만, 튕겼습니다!"
영국군 하사의 말에 영국군의 대전차포대 지휘관인 올렉 잘파노 대위가 모래 포대를 쌓아 만든 진지 뒤에서 고개를 내밀어 티거가 있는 방향을 살펴보았다.
"젠장! 재장전!"

"소용없다, 망할 놈들…"

슐츠 소령이 차장용 잠망경으로 영국군이 9파운드 대전차포를 재장전하는 것을 바라보며 중얼거리자 포수인 라켄이 페달을 밟았다.

콰우우웅!
파콰아앙

재장전이 끝나기도 전에 날아든 티거의 88밀리 포탄에 맞은 9파운드 포는 명중 충격으로 바퀴가 빠지고 포가가 내려앉으면서 폭발했고 영국군 병사들이 사방으로 흩어지며 기관총을 거치하고 쏘기 시작했다. 이미 일대에는 영국군의 브렌 건 캐리어 장갑차 수십 대가 도열했고 브렌 건 캐리어에 장착된 30밀리 구경 장대전차 총이 티거가 있는 방향을 향해 사격했다.

투타아앙! 투타아앙!
티잉! 팅! 카캉!

"망할 영국 놈들…. 방탄유리 관측창만 노려대는군."

한스 대위가 불평하자 슐츠 소령이 곧바로 차장용 잠망경으로 브렌 건 캐리어를 노리고 발사 명령을 내렸다.

"거리 700m, 목표 1시 방향, 브렌 건 캐리어다! 포이어!"

투쿠우우웅! 철컹!

이내 큰 포성과 함께 포미의 거대한 실린더에서 흰 연기와 함께 88밀리 탄피가 배출되었다. 포탄은 정확하게 1시 방향에서 대전차총을 쏘던 영국군의 브렌 건 캐리어에 명중되었고 캐리어는 그대로 화염에 휩싸여 침묵했다. 이어서 슐츠 소령의 티거 323호는 추가로 4대의 브렌 건 캐리어를 파괴한 후 크루세이더 전차 4대와 마틸다 2대를 격파했다.

"크윽! 안 되겠다! 신형 곡사포를 앞으로 빼라!"

영국군 장교의 외침에 병사들이 후방에 배치했던 신형 곡사포형 대전차포를 앞으로 밀고 나왔다

"소령님! 영국군이 신형 포를 앞으로 빼고 있습니다!"

한스 대위의 외침에 슐츠 소령이 잠망경으로 전방을 주시했다.

전투가 개시된 지 겨우 20분 남짓. 영국군의 대전차포인 QF 17 파운드 신형 포가 천천히 앞으로 나오고 있었다. 다른 명칭으로

QF 17P. SR 칼비너라 불리는 이 신형 대전차포는 경량의 곡사포 계통으로 곡사 탄도로 전차를 잡을 수 있는 특수한 포였고 포탄에 80밀리 67구경 장포탄을 사용한다. 분당 발사 속도는 1분에 6발, 역시 수량이 풍부해 영국이 이전의 대전차포들을 대신해 전방에서 운용하고 있었다.

"장전하라!"

영국군 포병 장교가 외치자 포수들이 일제히 도열한 신형 곡사식 대전차포를 장전했다.

철컹! 끼릭- 끼릭!

"장전 완료!"

"고각 조절!"

포대경으로 전방의 독일 전차를 보며 핸들을 돌려 곡사포의 고각을 조절한 포병대 하사가 고각이 조절되자 외쳤다.

"조절 완료!"

"쏴라!"

장교의 외침에 SR 칼비너 대전차포가 불을 뿜었고 전방에서 공격 중이던 독일군의 전차인 판터가 전면부에 80밀리 포탄을 맞아 관통, 내부 유폭되면서 화염이 치솟았다.

"맙소사! 판터가…."

"음, 영국의 신형 대전차포의 위력이 상당하군."

"소령님! 지금 감탄하실 때가 아닌 것 같은데요?"

한스 대위가 담배를 꺼내 물며 외치자 슐츠 소령이 소리쳤다.

"전방의 적 신형 대전차포! 포이어!"

투쿠웅!

콰아아앙!

"맙소사! 한 발 날아온다! 모두 피해…!"*쿠콰아앙*

장교의 외침에도 티거에서 발사한 88밀리 포탄에 맞은 신형 대
전차포대가 파괴되어 화재를 일으켰고 근처에 놓아둔 포탄들까
지 유폭되면서 피해가 커졌다.

"좋아! 전차 진격하라! 남은 것은 보병들과 포병대 병력뿐이다!"

슐츠 소령의 말에 한스 대위가 티거를 앞으로 전진시켰고 살아
남은 판터 전차들이 그 뒤를 따랐다.

GEBOBOBOBOBOBOBOBOBOBO!

이어서 티거의 전면에 장비된 전방 기관총이 사격을 개시하자 영국군 포병들과 보병들이 사방으로 흩어졌고 파괴된 대전차포의 잔해를 짓밟으며 기동하던 티거 전차를 향해 인근에서 대기 중이던 영국군의 전차인 크롬웰에서 76밀리 주포를 사격했다.

과우우웅

"각도가 나쁘군. 전쟁이 무엇인지 확실하게 알려줘라, 라켄!"
"알겠습니다!"

퍼어엉 콰아아앙

"명중!"
"좋아! 이대로 계속해서 남쪽 방면으로의 길을 뚫는다! 서둘러 이동하라!"
"소령님, 전방에 영국군과 미군의 혼성 전차 부대입니다."
한스 대위의 보고에 슐츠 소령이 전방의 근접하고 있는 전차들을 살펴보았다. 적의 숫자는 점점 늘어났고 그 숫자가 거의 50대가 넘었다.

"젠장맞을…. 한스 대위! 현재 아군의 전차가 총 몇 대인가?"

슐츠 소령의 물음에 한스 대위가 잠시 생각하더니 말했다.

"그게… 제 기억으로는 처음 출격할 때 티거를 포함해 32대였으니까 지금은 한 27대 정도 살아 남았으려나요?"

"승산이 없군…. 너무 전력 면에서 열세야."

짧게 중얼거린 슐츠 소령이 전방의 적을 주시했다.

전차의 차체 전면에 새겨진 영 연방군 제19왕립 전략기병돌격사단의 휘장. 전차 부대이지만 제19사단은 프란 중장의 전략 부대이자 그의 최정예 부대였다. 이 부대가 전선에 모습을 드러냈다는 것은 곧 프란 중장의 부대가 전선에 도착했다는 것을 의미했다.

"적의 새로운 부대인가? 이제까지 본 적 없는 부대다."

슐츠 소령의 말에 한스 대위 역시 고개를 갸웃거리며 말했다.

"그러게요. 저 역시 처음 봅니다만…."

"소령님! 적 신형 전차 포착! 아무래도 교전에 바로 들어가야 할 듯합니다!"

포수인 라켄의 외침에 슐츠 소령이 고개를 끄덕이며 외쳤다.

"탄종 고폭탄! 목표 10시 방향, 적의 신형! 포이어!"

슐츠 소령의 외침과 함께 티거 323호의 88밀리 주포 머즐 브레이크에서 강렬한 화염과 함께 고폭탄이 발사되었고 포탄은 영국군의 진영에서 모습을 드러낸 신형 전차의 전면에 그대로 명중되었다.

콰우우우우우우!

"명중!"

"격파했나?"

명중으로 인한 폭발 때문에 신형 전차의 주변은 짙은 화약 연기로 둘러싸여 잘 보이지 않았다. 하지만 슐츠 소령은 긴장의 끈을 놓지 않았고 곧이어 강렬한 굉음과 함께 영국군의 신형 전차로부터 대응 사격이 시작되었다.

"망할…."

"어라? 88밀리에 명중되었을 텐데, 도탄인 건가?"

포수인 라켄이 어리둥절한 표정으로 말하자 슐츠 소령이 잠망경으로 정면을 응시하다가 소리쳤다.

"재장전! 아무래도 이번 적도 상당한 중장갑을 두른 듯하다!"

짙은 화약 연기가 서서히 걷히면서 모습을 드러내는 영국군의 신형 전차인 A39 토토스, 미국이 개발한 슈퍼 헤비급 전차인 T28과 대등한 장갑을 두른 영국의 슈퍼 전차인 토토스는 장갑 두께만 228밀리, 무장에 94밀리 포와 함께 3정의 기관총이 장비되었고 탑승 인원수만 7명으로 거대한 차체를 가진 차량으로 영국군에서는 중돌격전차로 통하고 있었다.

총 중량 78톤, 미국의 T28보다는 중량이 덜 나갔지만 그래도 무시할 수 없는 전투력을 가진 차량이었고 32파운드 94밀리 주포는 장거리인 3㎞에서부터 독일군의 전차를 관통이 가능할 정도였다.

228밀리의 전면 장갑은 미국의 T28보다는 다소 낮은 수치였지만 그래도 킹 타이거의 주포 공격을 막을 만큼의 강력한 방어력을 자랑했고 연합군의 모든 전차들 중에서 가장 강력한 초중전차 중의 하나였다.

"맙소사…. 영국에서도 저런 초중전차를 만들다니…."

슐츠 소령이 거의 전의를 상실한 표정으로 중얼거리자 라켄이 포탄을 재장전한 후 말했다.

"소령님! 장전 완료했습니다!"

"크윽… 이럴 수가…."

"어찌할까요, 소령님? 아무래도 저 전차 역시 우리 포로는 못

뚫을 것 같습니다."

한스 대위가 말하자 슐츠 소령은 고개를 저었다.

"설마 영국에서도 저런 초병기를 만들 줄이야. 가뜩이나 재작년 공세에서는 소련군도 KV-5를 내보내더니만…."

슐츠 소령이 낮게 중얼거리자 라켄이 말했다.

"소령님… 그럼 어떻게 합니까? 이대로 싸워야 합니까? 아니면 후퇴합니까?"

라켄의 물음에 슐츠 소령은 약간의 당혹감을 느꼈다.

연합군 진영에서도 연속적으로 초중전차들을 개발해 내보내고 있다. 그런데도 아군인 독일군은 어떻게든지 전황을 뒤집으려고 하고 있다. 과연 이 상황에서 어떻게 판단해야 할까?

"소령님!"

"알고 있다. 음… 아무래도 후퇴해야 할 듯하다! 우리 포로는 절대 저 전차는 격파할 수가 없다. 우선 후퇴하여 아군이 있는 곳까지 이동해야겠다."

"그럴 줄 알았습니다! 그럼 후퇴하도록 하죠."

한스 대위가 즉시 티거의 기어를 변속하자 티거 323호가 무거운 엔진음을 내면서 천천히 후진하기 시작했다.

"중장님! 독일군이 후퇴하기 시작했습니다!"

이내 연합군 진영에서 프란 중장의 부관인 하먼 대령이 소리치자 프란 중장이 지휘용 전차인 커버넌터 A 17EE 포탑 위에서 쌍안경으로 독일군이 후퇴하는 것을 바라보며 중얼거렸다.

"후퇴인 것인가? 이거 벌써 이러면 재미가 없는데 말이지."

"어찌할까요?"

참모인 에두아르 블랑첼 소령이 묻자 프란 중장이 고개를 돌려 멀리 독일 전선 방향을 살피더니 말했다.

"추격한다! 즉시 전 전차들을 기동하도록 나도 선두에 서겠다."

"알겠습니다."

대답과 동시에 즉시 연합군의 전 기갑 장비들이 기동하기 시작하자 프란 중장은 뭔가 마음에 걸리는 듯 계속해서 무언가를 생각했다.

"왜 그러십니까, 중장님?"

포탑 안쪽에서 포수인 알렉스 할리 소위가 묻자 프란 중장이 말했다.

"아니다. 우선 계속해서 추격하도록. 생각은 그다음에 해도 될 듯하군."

이른바 하이네센 추격전이라고 불리는 이 추격 작전은 독일어로 이곳이라는 의미인 하이네센 외곽의 명칭을 따온 것이다. 연합군과 독일군 간에 최초로 충파전에 따른 충돌이 있었던 전투였고 이 전투에서 결국 연합군 무적 4인방 중 1명인 프란 중장은 전투 중에 전사하게 된다.

"중장님! 현재 서쪽권 방향에서 독일군의 잔여 부대가 아군을 공격하고 있습니다."

"뭐? 그게 무슨…."

"동쪽도 마찬가지입니다! 아무래도 적의 함정인 듯합니다만…."

통신 소대장인 마크 에버른 중위의 보고에 프란 중장은 그제야 느낌이 이상하다는 것을 눈치 챘다. 이미 주변에는 독일군이 몇 안되는 병력으로 영국군을 공격하고 있었고 영국군은 그런 독일군을 상대하느라 사방으로 산개하기 시작한 상황이었다.

"흠… 독일이 이런 식으로 나온다 이건가? 그렇다면…."

프란 중장이 잠시 고민하더니 무전기를 들어 주변의 영국군에 타전했다.

"여기는 지휘 차량 커버넌터 A 17EE, 프란 중장이다! 지금부터 전 전차대는 파인드 컨트롤 벡터 전술로 들어간다! 보병들은 각개 백병전 모드로 전환 후 대기하라. 이상!"

파인드 컨트롤 벡터 전술, 이 전술은 기존의 기갑 운용 교리를 프란 중장이 독자적으로 재해석해 만든 전술로 적절한 기갑 전술

응용에 맞춰 보병 전술을 응용하는 전술이었다. 한마디로 적을 찾아내어 일격에 보병과 제병 합동으로 격파시키는 전략이었는데, 프란 중장은 이 교리를 보병이 먼저 적을 찾아낸 후 기갑으로 밀어버리는 정반대의 전략으로 썼다. 이런 독특한 반대의 전략은 프란 중장의 특기였고 보병을 선두로 내세워 기갑과 함께 적을 공격하는 전략은 그만의 군사적인 전술이었다.

"어떡할까요, 중장님? 이대로 전면으로 돌파합니까?"

무전기 너머로 영국군 기갑 중대장인 로이 카를 대위가 묻자 프란 중장은 잠시 생각했다. 이대로 독일군이 적은 숫자로 사방에서 협공하는 것은 분명 뭔가 믿는 구석이 있다는 뜻이다. 때문에 프란 중장은 그 믿는 구석이 무엇인지 먼저 파악할 필요가 있었다.

"선두! 보병들을 삼각형 대형으로 원형을 만들어라! 그리고 전차들을 그 삼각점마다 배치해 기동하라!"

프란 중장이 무전기에 대고 외치자 영국군의 보병들과 전차들이 일제히 대형을 만들었고 맨 선두에 (3대가 맨 선두에 양쪽에 두대씩) 3대의 전차들이 양쪽에 2대씩 합쳐서 총 7대가 영국 보병들을 에워싸고 기동했다.

"뭐지, 저 대형은? 전차 정지!"

그 모습을 티거 323호 포탑 위에서 쌍안경으로 살펴보던 슐츠 소령이 차량을 멈춰 세우자 한스 대위가 기어를 중립으로 변속했다.

"맙소사… 이런 식이면 상당히 곤란한데."

"포탑 후방으로 선회! 적의 종심부터 부순다! 철갑탄 장전하라!"

슐츠 소령의 외침에 탄약수인 에밀이 철갑탄 1발을 장전했고 포수인 라켄이 포의 고각을 조절했나.

"포이어!"

슐츠 소령의 짧은 외침과 함께 티거의 두꺼운 88밀리 구경 주포가 불을 뿜었다.

투쿠우우웅! BAOOOOOM! CUPAAAAAAU!

"명중!"

"아니다! 명중한 게 아냐… 저 대형은 분명…"

슐츠 소령이 낮게 중얼거리자 곧이어 한 발의 포탄이 티거 323호를 향해 날아들었다.

슈우우웅- 까아앙!

포탑 뒤에 설치된 게펙카스텐(공구함)에 명중하면서 튕겨진 셔먼의 106밀리 포탄은 굉장히 위협적이었다.

"다행이로군, 엔진에 명중하지 않아서."

안도의 한숨을 쉬며 슐츠 소령은 쌍안경을 들어 기동하고 있는 영국 전차들을 바라보았다. 좀전에 쏜 티거의 88밀리 포탄은 명중한 것이 아니었다. 포탄이 빗나간 것은 영국군의 전차대가 기동하는 과정에서 의도적으로 상대방의 포탄이 빗나갈 수 있게 차와 차 사이의 간격과 개별적인 기동 방식을 변형했기 때문이었다.

가령 예를 들어 88밀리 주포를 기동 중인 셔먼 3대에 사격했다고 하면 삼각형 구도로 기동 중이던 셔먼에서는 적의 사격 시에 일어나는 발사 화염을 포착하고 의도적으로 차량의 위치를 빠르게 전환하여 적이 쏜 포탄이 빗나가거나 명중한다 해도 미끄러지게 할 수 있도록 최대한 전차의 기동 중 등판 고저각을 조절한 것이다. 이는 영국군에서 상당히 숙련된 조종수나 차장이 아닌 이상 쉽게 할 수 있는 전술이 아니었고 프란 중장이 이러한 대형으로 기동시킨 이유가 이런 이유 때문이었다.

이론상으로는 셔먼은 티거의 88밀리 포탄을 최고 2,300m 거리에서 도탄시키는 것이 가능했고 이는 영국군이 미국으로부터 들여온 셔먼으로 노획한 티거를 이용해 시험한 결과였다. 여러 차례 시험해 본 결과 최고 2,300m부터는 티거의 장거리 사격 시에 이론상으로 셔먼이나 영국군의 크롬웰도 88밀리 포탄의 사격을 견디면서 도탄시키는 것이 가능했고 크루세이더는 최고 1,900m부터 도탄이 가능했다.

다만 명중 각도에 따라서는 그대로 관통할 위험이 있었기 때문에 영국군은 노획한 티거로 여러 차례 시험을 반복했고 관통 시험에서는 티거는 이론상으로 3㎞ 거리에서부터 적 전차를 격파할 수가 있었던 데다가(통상적으로는 2㎞ 거리로 규정하고 있으며 통상적인 교전 수칙에 따른 교전 거리는 1,200에서 1,300m이다) 장거리에서의 화력이 강력했기 때문에 소련군 역시 노획한 티거로 어떻게든 주력이던 T-34의 도탄 훈련과 실험을 반복했고 결과적으로 최고 2,500m 거리에서부터 티거의 88밀리 포에 명중되었을 때 그 각도에 따라 도탄이 가능하다는 결론을 냈다.

하지만 이는 티거 전차에만 규정한 것이었고 그 이상 급의 킹 타이거나 자이언트 티거 및 야크트 티거 등의 맹수 시리즈에 대해서는 아직까진 노획한 물건으로 관통 실험을 계속하고 있는 실정이었다. 그중에서 킹 타이거는 이론상 사정거리가 2,000m가 좀 넘는 2,500m였고 통상적으로는 보이지도 않는 3㎞부터의 교전거리를 가졌다.

티거와 별로 다를 것이 없는 사정거리에 중장갑까지 지닌 킹 타이거로 실험한 결과로는 오히려 3㎞에서도 도탄 시험이 모두 실패했다는 결론이 나왔다고 한다. 족족 모조리 도탄되지 못하고 격파되어 오히려 승무원들의 손실이 커지자 킹 타이거 이상 급부터는 도탄 훈련이 아예 불가능하다는 결론을 내린 연합군에서는 전투 시 상대적으로 도탄이 가능한 티거 전차부터 잡자는 목소리가 나오게 된다.

하지만 아무리 도탄할 수 있는 거리를 확보했다고는 해도 이론상의 이야기일 뿐이었고, 실전에서는 티거의 주포에 명중 시에 도탄거리 확보에도 격파당하는 경우도 많았다. 그 이유는 독일군이 1960년대 이후부터 기존의 티거에 장비하던 88밀리 56구경 장포를 88밀리 67구경 장으로 대폭 개선된 포로 장비했기 때문인데 이러한 티거의 주포 교체는 사정거리 안에서 연합군의 전차가 아무리 애써도 도탄시키는 것을 더욱 어렵게 만들었고, 연합군에서는 1964년에 노획한 티거 전차로 실험을 했던 결과이므로 기존의 방식으로는 도탄시키는 것이 웬만해서는 어렵다는 결론을 내리게 된다.

결국 이러한 이유가 겹치면서 미국과 영국군은 도탄시키는 것보다 새로운 신형 슈퍼 전차를 개발하여 킹 타이거에도 충분히 대항 가능한 전차 양산에 나섰고 그렇게 해서 개발된 차량이 A39 토토스와 T28이었다.

미국이 개발한 T28 초중전차는 통상적으로 가까운 지근거리인 1㎞ 권역에서도 킹 타이거에서 발사한 71구경 장 88밀리 포를 견뎠고 심지어 강력한 위력을 가진 마우스 전차의 128밀리 55구경 장포도 견딜 만큼 강력한 장갑 방어력을 자랑했다. 영국의 A39 토토스 역시 비슷하게 대등한 방어 능력을 가졌다고 알려져 있다. 장갑 두께는 기본적으로 차이는 있으나 두 전차 모두 독일의 맹수 전차에 충분히 대항 가능한 상황이었고 때문에 현재 전선 곳곳에 연합군이 이 초중전차들을 양산화하여 배치한 상황이었다. 이웃한 소련 역시 KV-5를 개발해 실전에 120대가량을 생산해 배치했다.

독일의 마우스 전차보다 뛰어나고 더 신뢰성 있는 초중전차들이 속속 개발되자 더 이상 독일군이 설 자리가 없어졌다. 더불어 세계 대전의 판도 역시 오래전에 이미 뒤집힌 형국이었다. 상황이 이러할진대 과연 독일군 수뇌부는 이 전쟁에서 이길 것이라고 생각하고 있을까?

"전방에 영국의 전차대를 먼저 격파한다! 거리 1,200m, 포이어!"

슐츠 소령의 외침에 라켄이 주포 격발 페달을 밟았고 곧 큰 굉음과 함께 티거의 88밀리 주포에서 포탄이 발사되었다.

"지금이다! 좌우로 산개하라!"

바로 그때 티거에서 발사하기를 기다리던 영국군 전차대에서 지휘관인 크리스 에버튼 대위가 소리치자 삼각 대열로 기동하던 보병들과 전차들이 사방으로 흩어졌다.

씨이이잉- 퍼엉!

쿠콰아아앙!

"목표 명중!"

"아니, 명중하지 않았다! 망할 영국 놈들… 설마 그걸 피하다니!"

슐츠 소령이 혀를 차며 잠망경으로 전방을 주시하자 조종수인 한스 대위가 고개를 저으며 말했다.

"아무래도 영국군에서 우리의 전력이 다소 약해졌다는 것을 깨달은 모양이군요…"

"그 문제가 아니다! 이미 그 문제는 오래전부터 기정사실화되었어."

슐츠 소령이 짧게 한마디 하자 포수인 라켄이 전방을 주시하다가 외쳤다.

"전방에서 포격이 개시되었습니다! 속히 차량을 빼는 것이…!"

QWAUOOOOOOOOOOOOOOO! BAOOOOM!

연속적으로 명중되는 포탄들, 포탄에 명중할 때마다 티거 323호의 차체가 심하게 요동쳤다.

"크윽! 이대로 가다간 우리까지 죽게 생겼습니다요!"

한스 대위의 외침에 슐츠 소령은 전방에서 오는 영국군의 A39 토토스를 바라보았다.

아무래도 영국군은 저 초중전차를 전면에 내세울 모양이다.

"이봐, 한스 대위. 지금 즉시 전속 전진한다."

"네? 뭐라고 하셨습니까?"

"전속 전진하여 저 전차에 최대한 접근하라!"

"말도 안 됩니다. 소령님, 저 전차의 장갑은 최대한 근접한다고 해도 못 뚫습니다…."

라켄이 옆에서 말렸으나 슐츠 소령은 무슨 생각인지 전차를 전진하라는 말만 계속했다.

"전차를 속히 전진하라. 나한테 다 생각이 있다!"

슐츠 소령의 말에 한스 대위는 불평하면서도 이내 기어를 조작해 티거를 전진시켰다.

크르르르르르르르르르르르르르-

"전속 전진! 전진하여 측면으로 붙는다! 붙는 즉시 포탑을 9시 방향으로 선회하라!"

"으아아아아아! 소령님! 적 전차의 포신이 이쪽을 향했습니다!"

라켄의 말에 슐츠 소령이 외쳤다.

"전진하면서 적의 포가 정조준을 못하게 하라! 지그재그식 기동으로 전환하라!"

"오케이! 알겠습니다!"

한스 대위가 대답한 후 기어를 연속적으로 빠르게 전환해 전차가 지그재그식으로 기동하도록 유도했다.

키기기기기기긱!

크르르르륵-

궤도가 지그재그로 선회할 때마다 들려오는 거친 기계음과 지면 가는 소리가 들려왔다. 그 궤적을 따라서 영국군의 A39 토토스가 주포를 조준하기 위해서 차체를 선회하고 있었다. 돌격포식으로 개발된 전차인지라 토토스는 목표를 조준하려면 차체까지 선회해야 했고 덕분에 큰 덩치를 선회하느라 약간의 시간이 필요했다.

슐츠 소령은 이런 토토스의 단점을 역이용할 계획이었다. 그는 선회 속도가 느린 초중 돌격포들의 특성상 후방의 엔진이 있는 곳까지는 어느 정도의 거리를 좁힐 수 있다고 하는 점에 착안하여 초중전차에 비해서는 좀 더 빠른 속도를 가진 티거를 이용해 토토스의 후방을 공격할 생각이었다.

"소령님! 이런 식으로 가면 과연 성공할 수 있을까요?"

라켄의 물음에 슐츠 소령이 차분한 표정으로 정면을 응시하면서 중얼거렸다.

"나 역시 성공하길 바라는 마음뿐이다…"

솔직히 슐츠 소령 역시 이 작전이 과연 성공할지 불안했다. 아무리 토토스가 초중전차라고 해도 영국에서 개발되어 기계적인 신뢰성이 높은 데다가 의외로 독일 초중전차에 비해 높은 기동성을 가졌다는 것을 감안했을 때 이 작전은 유효하지 않을 수도 있다. 오히려 선회 속도가 슐츠 소령의 예상보다 빠르다고 가정했을 때 323호 티거로는 격파하는 것이 불가능할지도 모른다.

하지만 슐츠 소령은 해 볼 수 있는 데까지 해 볼 계획이었다. 이 대로 물러날 수는 없다. 토토스는 현재 단 1대뿐 이외의 초중전 차들은 보이지 않는다. 이것은 절호의 기회였고 연합군의 초중전 차를 1대라도 박살 낼 수 있는 좋은 방편이었다.

"서둘러라! 서둘러서 적의 배후로 돌아라!"

티거 323호가 마침내 좌현으로 선회하여 토토스의 후방으로 들어섰다. 기회다. 티거 323호의 주포 88밀리가 토토스의 후방 엔진부를 겨냥했고 반대로 토토스 쪽에서는 워낙 무거운 탓에 아무리 엔진의 신뢰성이 좋아도 선회가 느려 완전하게 티거를 정 면으로 보지 못하고 있었다.

"지금이다! 2연사 포이어!"

슐츠 소령이 외치자 티거 323호의 88밀리 주포가 2연사사격 으로 토토스의 상대적으로 얇은 장갑에 둘러싸인 엔진을 강타 했다.

투쿠우웅! 파콰아아앙! 파카아앙!

이내 요란한 소리와 함께 금속 장갑판에 균열이 가는 날카로운 파공음이 울려 퍼졌다.

"명중!"

"잡은 건가?"

연막 같은 포연이 서서히 걷히자 슐츠 소령이 해치를 열고 밖으로 모습을 드러내 토토스를 바라보았다.

검은 연기 사이로 언뜻언뜻 보이는 붉은 화염. 격파되었다…! 격파된 토토스의 해치가 열리면서 안에 타고 있던 승무원들이 다급히 탈출하고 있었고 그제야 안도의 한숨을 쉰 한스 대위는 담배를 꺼내어 물었다.

"휴… 격파 불가능할 거라고 여겼던 것을 마침내 잡았군."

퍼어엉!

BAOOOOM! DEK!

바로 그때 어디선가 날아온 포탄이 티거 323호의 측면 장갑을 때리면서 도탄되었다.

"뭐야? 이건 또…?"

"이런. 너무 전장 깊숙이 들어왔군…."

"전속 전진! 저 티거를 노획하라!"

바로 뒤에서 영국군의 커버넌터 A 17EE 지휘 차량이 323호 티거를 향해 진격하고 있었고 그 주변으로 수십 대의 영국군 전차들이 따르고 있었다.

"커버넌트의 지휘 차량이다! 포탄 재장전! 포탑 선회 속행! 목표를 커버넌트로 옮긴다!"

슈츠 소령의 말에 포수인 라켄이 포탑 조정 핸들을 돌려 포탑을 후방으로 향하도록 조정했다.

"조정 완료!"

그의 보고에 슐츠 소령이 외쳤다.

"포탄 장전! 목표 6시 방향! 커버넌트! 포이어!"

"앗! 중장님! 정면의 티거가 이쪽으로 포신을 돌렸습니다! 속히 회피 기동을…"

"이런 젠장할! 차체를 긴급 반전하라! 피해라!"

퍼어어엉! 씨이이이이잉- 투쿠우우웅!
BAKOOOOM! TUKWOOOOOOOOOO!

"*끄아아아아악!*"

다음 순간, 날카로운 파공음과 함께 프란 중장이 탄 커버넌터 A 17EE 지휘 차량에 88밀리 포탄이 명중하면서 전방 장갑이 뚫려 큰 폭발을 일으켰다. 뒤이어 검은 연기와 함께 차체가 폭발 충격으로 한 바퀴 선회하면서 옆에 있는 진창에 기울며 내려앉았다. 포탑은 분리되면서 파괴되진 않았으나 폭발 충격으로 크게 손상되었고, 커버넌터의 해치 위로 프란 중장이 겨우 빠져나오고 있었다.

"앗! 중장님의 지휘 차량이!"

"속히 반전하여 중장님을 구출하라!"

그 모습을 본 다른 영국군 전차들이 급히 반전하여 파괴되어 진창에 처박힌 커버넌터의 주위로 몰려들었다. 파괴된 커버넌터 지휘 차량에서 겨우 빠져나온 프란 중장은 파괴된 전차 궤도 밑까지 탈출해 떨어졌고 이내 더 이상의 생명 반응 없이 그대로 미동도 하지 않았다. 한때 유럽 전역에서 독일군을 상대로 하여 연합군 무적 4인방으로 이름을 떨친 프란 중장치고는 굉장히 허무한 죽음이었다. 그것도 티거 단 1대에 의해 말이다.

"맙소사! 프란 중장님이…."

"흠… 아무래도 내가 적의 고위 지휘관을 잡은 것 같군."

슐츠 소령이 티거의 포탑 해치 위에서 잠시 동안 그 모습을 바라보다가 중얼거렸다. 프란 중장의 전사는 연합군에게 있어서 대단히 큰 손실이었고 이로써 연합군의 무적 4인방은 3인방으로 줄

어들었다.

"소령님! 적이 다른 곳에 신경 쓰는 동안 속히 탈출하겠습니다!"

한스 대위가 조심스럽게 말하자 슐츠 소령이 고개를 끄덕였다.

"후퇴한다. 이곳도 이 정도면 정리된 것 같군."

낮게 중얼거린 슐츠 소령이 이내 해치를 닫고 티거 안으로 사라지자 티거 323호가 천천히 기동하면서 현장을 이탈하기 시작했다. 현장에는 파괴된 커버넌터의 잔해와 함께 중장의 시신을 수습하는 영국군들만이 남았을 뿐이었다.

4부
버닝 리버 작전

시간이 흘러 어느새 2월 달에 접어들었다.

전회의 전투 기록으로부터 거의 7일이 지난 이날, 슐츠 소령의 티거 323호는 기동하여 베를린 동부 일대의 방어전에 먼저 투입되었다.

크ㄹㄹㄹㄹㄹㄹㄹㄹㄹㄹㄹㄹㄹㄹㄹ-

여기저기서 바쁘게 움직이는 모습과 대조적으로 잿빛 하늘은 여전히 어두웠고 지상의 독일군들은 그런 하늘에 관심을 가지지 못할 만큼 매우 바쁜 나날들을 보내고 있었다. 연합군의 베를린 진입은 이제 완전히 기정사실화되었고 그때까지 남은 시간은 이제 고작 90일 남짓 남았을 뿐이었다.

"전차 정지!"

슐츠 중령이 포탑 해치 위에서 외치자 한스 대위가 티거 323호를 제자리에 정차시켰다.

지난번의 전투에서 연합군의 무적 4인방 중 1명을 격퇴하고 쓰러뜨린 공으로 슐츠 소령은 다시 중령으로 진급했다. 그리고 더불어서 백엽검 기사 철십자장까지 수여받았다. 또한 그의 티거 323호는 대대적으로 개수하여 주포를 킹 타이거 전용의 71구경장 88밀리로 교체했으며 차체도 약간 더 크기를 키운 형태로 개량했다. 짧은 시간 동안 많은 변화를 거친 슐츠 중령의 티거는 이제 본격적인 베를린 전투에 나설 준비가 끝났고 남은 건 베를린의 최후 공세뿐이었다.

"서둘러라! 어서 장비들을 안으로 옮겨."

여기저기서 독일군들이 호 안으로 장비와 물자들을 옮겼고, 바로 근처에서 독일군의 판터 중전차들이 기동하고 있었다. 슐츠 중령은 티거 323호 위에서 이제는 익숙해진 이 광경들을 하나하나 눈에 새겼다. 그러다 이내 고개를 돌려 하늘을 올려다보았다.

세계 대전의 말. 세상의 끝에서 불타고 있는 세계를 함께 끌고 가리라. 그것이 설령 멸망과 종말일지라도.

"중령님! 이제 곧 동부 전선 일대에 접어듭니다."

한스 대위의 말에 슐츠 중령이 주변을 살피다가 문득 한 빌딩 안에서 상당수의 보병들이 기관총과 기관포 거치대를 옮기는 것을 보고는 고개를 저었다. 그만큼 독일 제3 제국은 그 앞에 패배만이 남아 있었고 연합군의 공습이 가까워진 만큼 어떻게든 수뇌부는 전황을 되돌리려고 하고 있었다. 하지만 그것은 어리석고 보잘것없는 일, 이미 베를린 코앞까지 온 연합군에는 아직 무적 3인방이 남아 있었고 다양한 차량과 대규모의 물자가 준비되어 있었다.

작전명 버닝 리버 작전이 개전하는 2월 초부터 한 달 동안 계속되는 이 작전은 연합군이 실행한 그 어떤 작전 중에서 가장 많은 수량의 병력과 물자가 동원된 전투였다. 동시에 독일 패망을 앞당긴 원인이 된 전투이기도 했다. 그만큼 이번 작전이 연합군에게 있어서는 대단히 중요했고 이 작전을 위해서 연합군은 모든 장비와 병력을 독일 베를린 코앞의 다리인 쾰른 브릿지에서 집결시켰고 모든 계획을 천천히 준비시켰다.

그리고 마침내 2월 4일, 소련군에서 먼저 155밀리 곡사포를 한발 발사한 것을 시작으로 본격적인 버닝 리버 작전의 서막이 올랐다.

슐츠 중령의 티거 323호 차량은 소방수 역할을 위해 동부 일대에서 따로 차출되었고 일대의 43전차교도사단과 합류해 연합군이 공격을 개시한 쾰른 브릿지 방향으로 향했다. 쾰른 브릿지 방면에는 이미 독일군 약 23만 명이 싸우고 있었고 전차교도사단이 보유한 전차의 수량은 겨우 60대 남짓, 그나마 수량이 풍부한 차량은 판터 5호 전차들뿐이었고 나머지는 3호 돌격포였다. 티거 같은 중전차를 하나도 보유하지 못한 부대였기 때문에 부대 내에서 그나마 유일하게 기동하는 티거는 슐츠 중령의 323호였고, 그렇기에 중대 내에서 상당히 귀한 대접을 받았다.

중대 내에서도 가동 가능한 판터는 고작 7대 남짓, 나머지는 고장 나 수리가 필요했지만 당장 수리 가능한 자원과 인력이 일대에 부족한 관계로 가동 가능한 전력들만이 우선적으로 기동을 개시했다.

43 전차교도사단 안에서 특히 눈에 띄는 것은 유일하게 가동하는 1차 대전 당시 전차인 A7V였고 하노마크 장갑차들이 이 전차 주변을 호위하면서 정찰 임무까지 수행했다. 이 A7V의 차량 번호는 883, 1차 대전 당시에는 중대 기호가 둥근 원 안에 알파벳 J가 쓰인 문양이었고 차체에는 차량의 애칭인 쾨니히스베르크가 쓰여 있었다. 그나마 독일군이 현장에 투입한 A7V중에서 몇 안 되는 본래의 구경을 장비한 차량으로, 57밀리 속사포를 장비한 883호 A7V는 하노마크들의 호위를 받으면서 그 거대한 차체를 천천히 앞으로 이동하고 있었다.

"중령님…."

"알고 있다. 그래도 몇 안 되는 제대로 된 무장을 갖춘 A7V다. 실전에서는 별다른 도움은 안 될 테지만…. 그래도 없는 것보단 낫겠지."

"흠… 아무래도 연합군들이 쾰른 브릿지를 넘어서 모든 강 일대와 다리들을 점거하려는 모양입니다. 이곳 쾰른은 다리 중에서 가장 최고의 점령 포인트니까요."

한스 대위의 말에 슐츠 중령이 고개를 끄덕였다.

"맞는 말이다. 이곳이 점령당하면 이제 남는 것은 베를린 한 곳 뿐이다! 그러니 우리 모두는 한마음으로 힘을 모아서 최대한 적을 막아야만 한다."

"도착했습니다!"

한스 대위가 보고하자 슐츠 중령이 해치를 열고 밖으로 나와서 쌍안경으로 멀리 쾰른 브릿지 건너를 살펴보았다. 이미 다리 반대편에는 연합군, 특히 소련군이 집중적으로 배치되었고 다수의 소련제 전차들 역시 곳곳에 배치된 상황이었다.

"망할… 이건 아무래도 힘들겠는걸."

짧게 중얼거리며 슐츠 중령이 고개를 돌려 아군의 수송대 쪽을 바라보았다. 독일군의 수송대는 이미 전선에 들어섰고 수십 대의

2호 전차들과 룩스 L형 경전차가 트럭들을 따라서 길게 줄지어 다리 쪽으로 향했다. 슐츠 중령은 이 전쟁의 처음 시작과 끝이 결국은 하나로 연결되리라는 걸 직감했다.

강 반대편의 독일군 진영에는 이미 2일 전부터 목재로 만든 가짜 전차들 역시 수십 대가 배치되었는데, 이는 아군의 전차 수량이 많은 것처럼 보이게 하려는 수뇌부의 계책이었다. 하지만 막상 전투에 들어가게 된다면 이 가짜 전차들은 오히려 전력이 되지 못할 것이다.

"중령님! 적의 탄막 사격이 개시되었습니다!"

한스 대위가 다급히 외치자 슐츠 중령이 고개를 들어 하늘을 올려다보았다. 하늘에 보이는 수십 개의 붉은 점들, 그건 바로 소련군의 다연장 로켓포인 카투샤 BM-16이었고 로켓의 탄도 방향은 정확히 독일 수송대 쪽이었다.

"맙소사!"

DOKOOOOOOOOM! BAWUOOOOOOOOOM!
쿠쿠쿵!

이내 섬광이 번쩍이더니 독일군의 수송대에서 화염과 함께 폭발이 대량으로 발생했고 트럭들과 경전차들이 날아오는 카투샤 로켓에 맞아 파괴되면서 사방으로 파편을 흩뿌렸다. 그 모습은 흡사 지옥에서 지옥 불이 활활 타면서 세상의 무엇인가를 태우는 듯한 모습이었다.

"망할 놈들…!"

"으아아아아아아!"

"으악! 살려줘…!"

곳곳에서 살아남은 독일군들이 바닥을 나뒹굴면서 외치자 두 번째 카투샤 공습이 개시되었다. 이번에 날아오는 방향은 A7V와 가짜 전차들이 대기 중인 곳이었다.

투학! 콰우우우우우우우웅!

콰콰콰쾅!

지축을 흔드는 굉음. 그 굉음 끝에서 살아남는 것은 없었다. 그나마 건지는 것이라고는 실낱같은 한 조각의 희망뿐. 살아남더라도 어차피 그 이후에 벌어지는 참상에서 결국 죽는다. 그래도 전장에서는 가장 중요한 것은 어떻게든지 계속 살아남는 것뿐이었다.

"중령님! 이제 어쩝니까?"

한스 대위가 조심스럽게 묻자 슐츠 중령이 아무런 표정의 변화 없이 멍하게 정면의 화염이 치솟는 아군 쪽을 바라보며 말했다.

"지금의 상황에서는 어쩔 수 없다. 역시 처음부터 무리였던 것인가?"

"중령님! 소련군이 다리를 건너기 시작했습니다!"

라켄이 포대경으로 정면을 주시하다가 소리치자 슐츠 중령은 정신이 아득해졌다. 이미 쾰른 일대에 대기 중이던 독일군의 대다수가 공습으로 인해 뿔뿔이 흩어졌고 상당수의 전차와 장비들이 파괴당했다. 이런 상황에 슐츠 중령이 할 수 있는 일은 아무것도 없었다.

"어찌할까요?"

한스 대위가 묻자 슐츠 중령은 잠시 손으로 해치를 짚은 채 말없이 서 있다가 조용히 말을 꺼냈다.

"아군의 A7V 쪽은? 역시 격파당했나?"

"그런 것 같습니다. 아까부터 교신을 해 보려 했는데 아무런 연락도 없습니다."

한스 대위가 보고하자 슐츠 중령은 조용히 고개를 끄덕인 후 해치를 닫고 안으로 들어왔다.

"이보게, 한스 대위. 이만 본부로 철수하지. 아무래도 적의 작전은 저지 불가능할 듯하다."

슐츠 중령의 말에 한스 대위가 한동안 말없이 침묵하다가 고개를 끄덕였다.

"알겠습니다. 기동합니다."

틱- 틱- 부르릉-

한스 대위가 티거의 계기판을 조작하자 이내 티거 323호에 시동이 걸렸다. 그대로 한스 대위가 기어를 조작해 후진하자 무거운 티거 323호의 차체가 천천히 후진하면서 전장을 이탈했고 마침내 전선 일대에서는 독일군의 그림자를 찾기 어려워졌다. 이미 일대에 있던 독일군 다수가 좀전의 카투샤 공습으로 인해 괴멸했고 일부는 뿔뿔이 흩어져 전선을 이탈했다.

이로써 2월 공습 작전인 버닝 리버 작전의 서막이 올랐고 소련군은 쾰른 브릿지를 거의 유혈 없이 그대로 점령, 그대로 인근의 또 다른 다리인 브레스크 브릿지로 이동해 그곳을 본격적인 베를린 공방전의 전투 교두보로 삼기 위한 계획에 들어간다.

한편 전장을 이탈한 슐츠 중령의 323호 티거는 베를린 초입에

다다르자 바로 근처 코앞의 다리인 생 마슐렌 브릿지로 다시 이동, 그곳에서 베를린 공방전 때까지 대기하면서 방어전을 수행하게 된다.

크르르르르르르르르-

독일군의 A7V가 느리지만 묵직한 존재감을 드러내며 티거 323호 옆을 지나가자 슐츠 중령이 해치를 열고 고개를 밖으로 내밀어 주변을 살펴보았다.

924호 A7V 차량의 애칭은 가디언이었다. 말 그대로 수호한다는 의미였고, 주포를 50밀리 Pak 50으로 교체한 타입이었다. 무장은 여전히 빈약했지만 그나마 탑승 정원 정수를 완전히 채운 유일한 A7V였다. 그나마 절반은 일반 노동자들이었지만 이들은 이미 며칠 전에 인근의 훈련장에서 사격 훈련을 받았기 때문에 전투력에 큰 문제는 없었다.

문제는 이미 베를린 코앞까지 몰려온 연합군들이었다. 베를린 근교의 다리의 전체 70% 정도가 이미 연합군에 의해 점령된 상황이었다. 일부 독일군이 다리 탈환전에 나섰으나 상당수가 격파되었고 그만큼 독일군의 전력이 손실되어 더 이상의 교두보 확보에 나서는 것이 힘든 상황이었다.

"휴… 아무래도 우린 이곳 일대에서 방어에 돌려지려나 봅니다."

한스 대위가 티거 323호의 조종수용 해치 위로 나오며 말하자 슐츠 중령이 멀리 하늘 저편을 바라보며 말했다.

"이보게, 한스 대위… 이 전쟁은 과연 처음부터 우리가 옳았던 것일까? 전쟁을 벌인 것이 과연 잘한 것인지 모르겠군…"

"글쎄요… 듣기로는 개전 초반엔 상당히 우리 독일이 우세했다고는 하는데, 막상 전쟁이 끝날 때쯤이 되니 아무래도 우리가 처음부터 질 수밖에 없는 게임이었나 봅니다."

"그런가? 어쩌면 이 전쟁은 이 싸움은 고독하지만, 그 끝이 허무하진 않을 듯하군."

"그럴 수도 있죠."

한스 대위가 주머니에서 미제 담배를 꺼내 물며 대꾸하자 슐츠 중령은 생각했다.

수많은 전장을 넘나들며 싸워왔지만, 오늘날처럼 이토록 무겁고 버거운 싸움은 없었다. 이 싸움은 어쩌면 처음부터 역사가 운명을 정해 놓았는지도 모른다.

"슐츠 중령님! 연대의 지휘관께서 찾으십니다!"

바로 그때 한 장교가 티거 쪽으로 달려오며 외치자 슐츠 중령은 생각을 정리하고 고개를 끄덕이며 티거에서 내렸다.

"알겠네. 가지."

슐츠 중령이 앞장서자 장교가 그를 안내했다. 연대의 지휘관 막사는 슐츠 중령의 티거가 있는 곳으로부터 불과 1m 떨어진 곳에 위치했고 슐츠 중령은 막사의 천막을 걷으며 안으로 들어서며 안에서 기다리고 있던 연대 지휘관인 프란첼 폰 에르프 대령에게 경례했다.

"조국을 위하여!"

"어서 오게, 슐츠 중령. 지금 전황이 몹시 안 좋아 따라서 지금부터 자네의 티거 323호에 특별한 명령을 하달하겠네. 금일 오전 11시부터 인근의 다리인 하인켈 폰 뒤르쉬 대교로 이동하여 그곳의 방어전에 투입되었으면 하네. 그나마 내가 보유한 전차들에는 야크트 티거가 상당수 있으니 그들과 함께 기동하게. 알겠나?"

"야크트 티거의 총 수량은 어떻게 됩니까?"

"못해도 약 18대는 될 걸세. 슐츠 중령, 자네만이 이번 작전을 성공시킬 수가 있네. 부디 조심하게나."

"알겠습니다. 지금 바로 출격 준비하겠습니다."

슐츠 중령이 경례한 후 막사를 나와 티거 323호 쪽으로 향했

다. 인근의 뒤르쉬 대교까지는 이곳에서 불과 2㎞ 떨어져 있다

"저기 오시는군. 슐츠 중령님! 그래 연대에서는 뭐라고 합니까?"

한스 대위가 티거의 전면 장갑 위에 걸터앉아 있다가 슐츠 중령을 향해 장난스럽게 묻자 슐츠 중령이 티거로 가까이 다가서며 말했다.

"금일 오전부터 인근의 뒤르쉬 대교로 이동해 그곳의 방어전을 수행할 걸세. 한스 대위, 차량에 시동부터 걸어 두게. 곧 출격할 것이니."

"보급창에 충분한 연료와 정비가 배정되었다고 한번 말씀해 주시죠, 중령님. 그럼 보급창에서도 지금 상황에 상응하는 어떤 일말의 조치를 취해 줄 텐데."

"알고 있네만, 그건 안 될 말일세. 그리고 내가 그런 거짓말은 안 하는 거, 잘 알잖나."

"참 숭고하십니다, 거짓말을 안 하는 주의시니. 그럼 전 이만 시동부터 걸어 놓겠습니다."

한스 대위가 몸을 돌려 해치를 열고 티거 안으로 사라지자 슐츠 중령은 잠시 고개를 저으며 한숨을 쉬고는 티거에 올랐다.

2008년 2월 7일 오전 11시경, 독일군은 베를린 근교의 다리인 생 마슐렌 브릿지에서 인근의 하인켈 폰 뒤르쉬 대교로 이동, 대교 방어전에 나서게 된다. 다리의 건너편에는 이미 상당수의 연합군이 포진했고 야크트 티거 7개 중대와 함께 다리 일대에 도착한 슐츠 중령의 티거 323호는 곧바로 곳곳에 병력을 산개해 배치하여 전투 준비에 들어갔다.

오후 2시경, 다리 건너편에서 대기 중이던 연합군의 전차 부대인 영국 왕립 제9 기갑사단을 포함한 상당수의 연합군이 마침내 전선 공격에 나섰고 몰려오는 연합군 전차대를 향해 다리 주변에서 위장망으로 숨어 있던 독일군의 티거와 야크트가 일제히 포격을 개시했다.

투쿠우웅!

카캉! 파콰아아앙!

씨잉- 터어엉!

전방에서 빠른 속도로 진격해 오던 연합군의 전차 중 상당수가 야크트 티거의 128밀리 주포에 관통되어 격파되자 맨 선두에서 처칠 90밀리 화력 지원형 전차들이 셔먼 전차들과 함께 일제 사

격을 가했고 포탄들은 야크트 티거의 정면 장갑에 명중하면서 도
탄되었다.

"각도가 나쁘군. 전방 2시 방향! 거리 900m 셔먼부터 잡는다.
포이어!"

슐츠 중령이 소리치자 라켄이 주포의 격발 페달을 밟았다.

Clack-
BAOOOOOM! DOKOOOOM!

"명중!"

전방에서 포격 중이던 미군의 셔먼이 71구경 장 88밀리 포에 얻
어맞으면서 포탑이 분리되어 화염이 치솟으며 인근에 큰 소리와
함께 떨어졌다. 이에 처칠 보병 전차가 포탑을 선회해 티거 323호
쪽을 겨냥했다.

투쿠우웅!
DOUM!

90밀리 포탄은 강화된 티거의 128밀리 전면 장갑에 명중하면

서 튕겼고 티거 323호는 곧바로 주포를 정면의 처칠을 향해 조
준했다.

"포이어!"

투쿠웅! 철컹!

BUNCH!

BHUOOOOM!

"격파 완료!"

라켄의 보고에 슐츠 중령은 그다음 목표를 12시 방향의 크롬웰
로 변경했다.

"다음, 목표 거리 1,000m 12시 방향이다! 크롬웰, 포이어!"

콰앙!

수직으로 수평 사격된 티거의 88밀리 포는 정확하게 전방의 크
롬웰 정면 장갑을 뚫었고 크롬웰 전차는 순식간에 대응할 새 없
이 격파되었다.

"다음, 목표를 3시 방향에 있는 코밋으로, 포이어!"

그다음 목표인 영국의 순항 전차 코메트로 목표를 수정한 슐츠 중령이 외치자 라켄이 바쁘게 주포의 사격 페달을 밟았다.

BAOOOOOOOOM!

"격파 완료!"

포탄이 명중되어 화염이 치솟고 있는 코메트 순항 전차에서 승무원들이 다급히 빠져나오는 것을 바라보던 슐츠 중령이 전방에서 미군의 구축전차인 M10 울버린을 발견하고는 소리쳤다.

"전방에 울버린 출현! 포탄 장전 후 신속 사격 개시하라!"

철컥! 끼릭-

"장전 완료!"
"포이어!"

쿠콰아아앙!

"그렇지! 명중입니다!"

라켄이 잔뜩 흥분한 채 외치자 한스 대위가 전방 관측창으로 정면을 주시하다가 슐츠 중령을 향해 소리쳤다.

"중령님! 전방 약 1,200m 지점에 연합군의 초중전차 출현! 아무래도 노획한 아군의 마우스 같습니다."

"마우스라고? 설마…"

슐츠 중령이 다급히 차장용 잠망경으로 전방을 주시했다. 1,200m 거리에서 이쪽 방향을 향해 천천히 이동하고 있는 전차는 바로 아군의 연합군 노획 사양의 마우스 초중전차였고 총 2대의 마우스 전차가 188톤의 거체를 앞으로 이동시키고 있었다.

"2대로군. 다리를 끊어야겠다. 한스 대위! 화약이 가득 든 고성능 폭약이 다량 필요하다! 마우스가 더 이상 접근하지 못하게 하려면 다리를 끊어야 한다!"

"알고 있습니다, 중령님! 안 그래도 아군이 일대에 만일에 대비해 다리를 끊기 위해서 설치한 폭약이 있을 겁니다. 그걸 터뜨리도록 하죠."

"좋아. 각 차량에 무전을 띄워라! 즉시 작전 내용을 하달한다! 본 작전은 다리를 끊는 것을 최종 목표로 삼는다!"

"알겠습니다요!"

한스 대위가 무전기를 들어 즉시 주변 차량에 무전을 보내자 슐츠 중령은 고개를 들어 전방에서 다가오는 마우스 초중전차들을 바라보았다. 이곳 뒤르시 대교는 188톤의 초중전차인 마우스의 중량도 버틸 만큼 튼튼했기 때문에 폭파하려면 상당한 양의 폭약이 필요했다. 문제는 그 많은 수량의 폭약을 어디서 공수하나는 것이었다. 당장 물자와 자원이 부족한 독일군이 다리를 폭파할 만큼의 폭약 수량을 확보하지 못한 상황에서 현재 시점에서 다리를 폭파한다고 해도 균열만 조금 갈 뿐 완전히 끊지는 못할 것이다.

"다리를 완전히 끊진 못할 것이다, 한스 대위! 지금 우리가 설치한 폭약으로는 절대로 이 다리를 무너뜨릴 수가 없다!"

"그럼 어떡합니까?"

한스 대위의 물음에 슐츠 중령이 잠시 고민했다. 확실히 방법이 없었다. 부족한 화약을 어디 가서 구한단 말인가?

"지금으로서는 방법이 없다! 그저 싸우면서 기회를 노릴 수밖에!"

"하지만 상대는 초중전차입니다! 절대 우리 전차의 포로는 못 뚫습니다!"

라켄의 외침에 슐츠 중령은 점점 가까워져 오는 마우스 초중전차를 바라보며 생각했다. 적은 이미 베를린으로 진입할 모든 준비를 끝냈다는 것을 안다. 사실상 연합군이 모든 전력을 총동원한 이 작전이 어떻게 보면 독일에 있어 굉장히 큰 업보였고 그야말로 전장은 지옥 불 속에서 싸우는 기분이었다. 상황이 이런데, 독일군 수뇌부는 도대체 무슨 생각으로 이 전쟁을 지속하는 것일까?

"어쩌면… 이 전쟁도 슬슬 끝날 때가 온 것 같군."

낮은 어조로 중얼거린 슐츠 중령이 한스 대위를 향해 말했다.

"한스 대위, 마지막 저항일세. 저 마우스의 전방 관측창을 노릴 걸세. 라켄! 포 발사를 준비하라!"

슐츠 중령의 말에 라켄이 주포 페달 위에 발을 올린 후 말했다.

"이미 모든 준비는 끝났습니다!"

"좋아. 포이어!"

슐츠 중령의 외침에 라켄이 페달을 밟았고 곧 티거 323호의 88밀리 주포 머즐 브레이크에서 포구 화염과 함께 포탄이 격발되었다.

KAM!

"명중했습니다만, 도탄되었습니다!"

라켄의 보고에 슐츠 중령은 할 수 없다는 듯 고개를 저으며 말했다.

"후퇴한다! 더 이상의 싸움은 의미 없는 소모전이 될 것이다."

"결국 후퇴로군요⋯. 알겠습니다."

한스 대위가 조용히 티거의 기어를 변속하며 천천히 핸들을 돌리자 티거 323호가 선회를 시작했다.

"마우스에서는 포격을 안 하는군."

"당연하다. 마우스는 지금 그저 전력 과시 목적으로 다리 위에 투입된 거니까. 위급한 상황이 아니면 직접적인 싸움은 안 하려 할 거다."

"이제 어디로 갑니까, 중령님?"

한스 대위가 묻자 슐츠 중령이 깊게 한숨을 쉬었다. 지켜야 할 다리는 이미 적에게 점령당한 것이나 마찬가지다. 이대로 연대로 돌아가기에는 너무 멀리 왔다. 때문에 슐츠 중령은 방향을 돌려 곧바로 베를린 안으로 들어가기로 했다.

"베를린 시내로 들어간다! 그곳에서 아군 부대에 합류할 수밖에."

베를린 시내로 이동한 직후 슐츠 중령의 티거 323호는 베를린 방어군인 뮌헨 베르크 기갑사단에 편제되어 베를린 공방전에 대비하게 된다. 연합군이 본격적으로 베를린 시가지 안으로 입성하여 교전한 시점은 2008년 3월 스피릿 파이어 작전 개시부터였다. 이후의 전황은 날이 갈수록 심각해져 독일군은 스피릿 파이어 작전 직후부터는 더 이상의 전투가 불가능할 만큼 전력을 손실하게 된다.

한편으로는 독일 나치의 패망이 독일군 장교의 시점에서 기술되는 이번 편에서 전쟁을 일으킨 주범인 독일 최후의 광기와 마지막 모습을 슐츠 중령의 심리에 투영하여 비추는 만큼 이번 작은 심히 그 내용 자체가 심오하고 무거워질 수밖에 없겠다. 아무튼 슐츠 중령은 뒤르쉬 대교를 벗어났고 곧바로 베를린 동부로 들어갔다. 그리고 그곳에서 친위대 소속의 A7V인 566호 그란델과 마주치게 된다.

투르르르르르르르르-

"티거 323호다! 동문을 개방하라!"

오후 7시경, 베를린 동쪽에 위치한 정문인 쾨니히스부르크 문으로 들어선 슐츠 중령의 323호 티거 전차는 정문을 지키고 있던 독일군 괴링 사단의 대공포 부대의 사열과 함께 문의 차단기를 넘어서 마침내 베를린 시내에 다시 발을 들였다.

"휴… 드디어 도착했군. 연료도 얼마 없는데 말이지."

슐츠 중령이 해치를 열고 밖으로 나오자 대공포 중대의 관측 장교인 닉 헤세 대위가 앞으로 나오며 말했다.

"다리 방어는 어떻게 된 겁니까? 설마 이번에도 실패한 겁니까?"

그의 물음에 슐츠 중령은 아무런 말도 할 수가 없었다. 적의 군세에 밀려 다리를 지키지 못했고 결국 일방적으로 후퇴를 개시한 그였기에 슐츠 중령은 아무 말 없이 고개를 돌려 베를린 시가지를 바라보았다. 아직까진 깨끗하고 정돈된 시가지였지만 막상 베를린에 대한 공방전이 개시되면 모든 것이 폐허가 될 것이고 결국 파멸만이 역사에 기록될 것이다.

철컹! 끼이익-

"휴… 겨우 돌아왔네! 연료가 필요한데…."

한스 대위가 조종수 해치를 열고 밖으로 나오자 슐츠 중령이 티거의 포탑 위에서 뛰어내렸다.

"어디 가십니까, 중령님?"

한스 대위가 묻자 슐츠 중령이 잠시 그 자리에 선 채 대꾸했다.

"아무래도 구스타프 소장님을 만나야겠다. 그것만이 이 전쟁을 끝낼 수 있는 유일한 돌파구다."

"하지만 중령님. 구스타프 소장님은 동부 시내 중심에 계실 텐데요? 여기서부터 찾는 것은 다소 무리입니다만."

한스 대위의 말에 슐츠 중령은 몸을 돌려 시가지 안쪽을 바라보았다.

"결국 나의 조국도 파멸의 길을 걷는군 그래…. 한스 대위."

짧게 중얼거리며 슐츠 중령은 결국 포기한 듯 티거의 궤도에 기대어 앉았다. 한순간의 선택이 얼마나 큰 위험 부담을 안기는지 잘 아는 그였기에 지금으로서는 최선의 방책이 베를린 의사당 일대에서 마지막까지 항전하는 것뿐이었고 연합군이 베를린으로 입성하는 그 순간이 독일군 수뇌부에서 말한 세계를 불타는 파멸로 끌고 가는 날이라고 그렇게 생각했다. 하지만, 어떻게 보든 간에 이 전쟁은 이미 끝이 보이고 있었고 결말이 이미 정해져 있었다. 사실상의 패배가 임박한 지금, 슐츠 중령은 할 수 있는 것이 아무것도 없었다.

"중령님, 이 전쟁은 이미 우리가 패배했습니다. 그건 자명한 사실입니다."

한스 대위가 티거에서 내려와 슐츠 중령의 옆에 앉으며 말했다. 그러자 슐츠 중령 이 조용히 고개를 들어 하늘을 올려다보며 말했다.

"이보게, 한스 대위. 우리 조국은… 이미 전쟁에서 패했네. 하지만 나는 아직도 믿고 싶네. 전쟁에서 조국이 패할지언정 나 자신은 조국을 위해 달려야 한다고 말일세."

"알고 있습니다…. 그러니까 다시 이곳으로 돌아온 것 아닙니까?"

한스 대위의 말에 슐츠 중령이 고개를 끄덕였다.

"이 전쟁은 어쩌면 우리에게 수많은 교훈을 주고 있는 건지도 모르네, 수많은 사람들이 전쟁에 내몰려서 희생됐어. 그건 자명한 사실일세."

슐츠 중령의 말에 한스 대위가 조용히 고개를 들어 석양이 지는 하늘을 바라보았다. 언제나 꿈꿔 왔다. 이 전쟁이 끝나고 나면 꼭 고향으로 돌아가서 평범한 정비공으로 살겠다고. 하지만 전쟁은 종식되지 않았고 한스 대위가 바라던 그 꿈은 어쩌면 먼 미래일지도 모른다.

"한스 대위! 그만 이동하지. 동부 사령부로 가서 연료가 있으면 좀 보급받고 의사당 방면으로 이동해 방어전에 나설 걸세."

티거에 올라타면서 슐츠 중령이 말하자 한스 대위가 고개를 끄덕이며 대답했다.

"알고 있습니다, 중령님. 평범하게 사는 그날까지 끝까지 함께 가겠습니다요."

슐츠 소령이 티거의 포탑 해치를 열고 안으로 들어가자 한스 대위 역시 티거에 올라 해치를 열고 안으로 들어갔다.

"기동하라! 목표는 동부 사령부다!"

* * *

독일군의 베를린 동쪽을 방어하는 동부 방위군은 그 규모가 약 5만 명 규모로 1개 군단 급의 병력이 주재하고 있었다. 사령관은 구스타프 소장, 슐츠 중령과는 임관 때부터 알고 지낸 사이였고 더불어 서로의 가족 간에도 왕래하고 있었다.

"어디까지나 개인적인 관계일 뿐, 그 이상도 이하도 아니다. 이 것이 나의 지론이지."

기동 중인 323호 티거의 해치 위로 모습을 드러낸 슐츠 중령이 고개를 돌려 베를린 동부 권역에서 있을 궐기 대회 장면을 바라보았다. 동부 궐기 대회를 주최한 인물은 다름 아닌 전 독일군 참

모인 하인리히 폰 루테였고 그는 현재의 독일 제3 제국이 어떻게 방향을 잡고 나아가야 할지를 두고 동부 광장에서 단상 위에 올라 연설하고 있었다. 그 연설 장면을 티거 전차의 위에서 바라본 슐츠 중령은 현재 독일의 국내 상황이 너무도 안 좋다는 것을 실감할 수가 있었다. 이 세상에서 슐츠 중령이 할 수 있는 일은 고작 이 전신 저 전선을 돌아다니면서 소방수의 역할을 하는 것뿐.

"휴… 이것도 이것대로 힘들군. 한스 대위, 어떤가? 인근에 연료를 공급받을 만한 곳이 있는가?"

슐츠 중령의 물음에 한스 대위가 관측창으로 주변을 둘러보다가 인근에서 아군의 보급창을 발견하고는 말했다.

"10시 방향, 거리 약 700m쯤 아군의 보급소가 있습니다. 한번 가 볼까요?"

"가 보는 게 낫지. 연료가 부족한 상황이니까 말이야."

슐츠 중령의 대답에 한스 대위가 고개를 끄덕이며 티거의 조향 장치를 조작해 차체를 10시 방향으로 돌렸다.

"기동합니다."

그르릉! 키리리릭- 그르르르르르르르르르르르르르르-

이내 323호 티거가 무거운 엔진음과 함께 궤도를 앞으로 전진시켰고 독일군의 보급소를 향했다. 이미 보급소에는 다수의 판터 전차들이 수리를 위해 대기 중이었고 연료는 겨우 티거 3대에 채울 분량만이 남아 있었다.

크르르르르르르르르르르르-

"제자리 정지!"

보급창 앞을 지키던 보병의 말에 티거 323호가 제자리에 멈추자 해치를 열고 슐츠 중령이 밖으로 나와 말했다.

"베를린 방어전에 투입할 티거일세. 연료가 부족하니 이곳에서 연료 좀 넣어 주게나."

"알겠습니다. 티거를 이쪽으로 이동시켜 주십시오."

보병 사관의 말에 티거 323호가 천천히 보급창 소대장의 지시를 받으면서 한쪽으로 이동했다.

"정지!"

"연료를 주입하겠습니다"

보급소의 사관들이 티거를 향해 달려오며 말하자 슐츠 중령이 고개를 끄덕이며 안쪽에 대고 말했다.

"모두 잠시 이곳에서 하차한다! 연료를 넣을 동안 주변을 탐문한다!"

"그러지요, 중령님."

한스 대위가 대답한 후 먼저 조종수 해치를 열고 밖으로 나서자 포수인 라켄과 탄약수인 에밀이 뒤따라 티거에서 내렸다. 베를린 동부 일대는 이미 전투에 대비한 준비가 모두 끝난 상황이었고 따라서 이제부터는 시간과의 싸움만이 남아 있었다.

"연료를 완전히 채울 때까지 얼마나 걸리겠나, 한스 대위?"

슐츠 중령이 묻자 한스 대위가 대답했다.

"앞으로 약 30분 정도 걸릴 것 같습니다. 그동안에 주변에서 필요한 것들을 좀 구해 보도록 하죠, 중령님."

한스 대위의 말에 슐츠 중령이 고개를 끄덕이고는 말했다.

"현재 필요한 물자가 무엇이 있지?"

"보급창을 통해서 보급품을 몇 가지 얻어야 합니다. 그리고 포탄도 보급이 필요하고요."

"남은 포탄의 수는? 얼마나 있나?"

슐츠 중령이 포수인 라켄에게 묻자 라켄이 대답했다.

"현재 포탄은 약 20발 정도 남았습니다. 보급이 절실한 상황입니다."

"좋아. 그럼 45분 후에 모든 준비를 끝내고 다시 323호 앞에서 보도록 하지, 제군들!"

"알겠습니다!"

티거 323호에 연료와 탄약을 공급할 동안 슐츠 중령은 인근에 서 연설 중인 전 참모인 루테의 연설이 한창인 광장으로 이동했 다. 루테는 그때까지 연설대 위에서 독일의 앞으로의 행보에 관 해 말하고 있었고 슐츠 중령은 단상 근처에서 그의 연설을 바라 보았다.

그의 연설은 약 40분 동안 이어졌다. 주로 독일이 현재 처한 현 실과 연합군이 앞으로 베를린에 입성할 경우의 경우에 관한 이야 기였다. 그렇게 지루한 연설을 듣던 슐츠 중령은 생각했다. 앞으 로 조국 독일이 어떤 방향으로 나아가야 할지를.

"우리 독일이 앞으로 나아가야 할 방향에 대한 미래 비전이 제 시될 필요가 있다! 더 이상의 전투는 무의미하다. 때문에 더욱더 현실을 직시할 필요가 있다!"

솔직히 현재 상황에서 슐츠 중령이 할 수 있는 일은 티거의 전 차장으로서 전선에서 어떻게든지 연합군의 베를린 입성을 저지 하는 것뿐이었고 따라서 지금부터는 모든 보급 문제를 해결해야 만 했다. 보급 문제가 해결되지 않으면 향후 전선에서 전투하는

데 큰 걸림돌이 될 테니 말이다.

현재 그의 323호 티거 전차는 대대적인 개수 작업을 했기 때문에 2,000m 거리에서부터 연합군의 전차를 격파할 수 있었고 탑재 가능한 포탄의 수는 약 126발이다. 현재 보급창에는 남은 88밀리 71구경 장포탄의 수량이 상당해 무려 1만 발 가까이가 보급창에 쌓여 있었기 때문에 탄약 보급은 걱정할 이유가 없었다.

문제는 연료였다. 티거 3대에 겨우 보급할 수 있는 연료만을 비축한 동부 보급창은 323호에 주유를 하고 나면 2대 분량밖에 남지 않게 되니 어떻게든 가용 가능한 전차들의 연료 문제 해결이 시급했다.

"중령님! 연료의 주유가 완료되었고 포탄도 적재 완료했습니다! 이제 어찌할까요?"

때마침 한스 대위가 보급창 쪽에서 슐츠 중령을 향해 뛰어오며 말하자 슐츠 중령이 조용히 몸을 돌려 그를 향해 말했다.

"한스 대위, 지금부터 우리는 의사당이 있는 서쪽 방면으로 향할 것이다. 그곳에서 최후의 일전을 준비하도록 한다! 알겠나?"

"여부가 있겠습니까? 중령님의 뜻대로 하겠습니다요."

한스 대위가 대답하자 마침 포수인 라켄과 탄약수 에밀이 저쪽에서 걸어오며 슐츠 중령을 향해 소리쳤다.

"중령님! 모든 준비가 완료되었습니다! 모든 보급을 끝냈고 이제 기동하기만 하면 됩니다."

"좋다! 지금부터 다시 재기동에 들어간다! 모두 승차! 목표는 베를린 서부의 의사당 방면이다."

슐츠 중령이 외치자 한스 대위가 먼저 시동을 걸기 위해 티거에 올라탔고 에밀과 라켄이 뒤이어 승차했다. 슐츠 중령은 제일 마지막에 올라탔다.

"판져 마르쉬! 전차 전진!"

슐츠 중령이 해치 위에서 소리치자 티거 323호가 무거운 기계음을 내며 천천히 앞으로 움직였다.

2월 내내 이루어질 연합군의 버닝 리버 작전이 이후의 베를린 돌입 작전인 스피릿 파이어 작전에 큰 영향을 끼친다는 것을 이때는 누구도 예상하지 못했고 그렇게 슐츠 중령의 티거 323호는 기동을 재개해 의사당이 있는 베를린 서쪽을 향했다.

벌써부터 독일군 내에서는 조금씩 탈영자들이 속출하기 시작했고 친위대에서는 그런 탈영을 막기 위해서 색출과 함께 체포에 나섰다. 이후 수많은 탈영자들이 친위대에 의해 즉결처분 당한다. 전쟁 말, SS 친위대의 이러한 최후의 발악은 전후 연합군이 친위대 조직 자체를 부정하는 계기가 된다. 또한 친위대에 의해 희생당한 탈영자들의 명단을 친위대 행정장교인 더글라스 바이콜른 중령이 공개하면서 이러한 전쟁 범죄 문제는 연합군에 의해 철저하게 다루어진다.

아무튼 2월의 한 달 동안 슐츠 중령의 티거 323호는 중앙 광장 일대에 잠깐 집결했다가 2월 22일부터 본격적으로 의사당 일대에 디기 II 3대와 함께 배치되어 베를린 최후의 공세에 참여한다. 물론 이후 스피릿 파이어 작전으로 인해 독일군 수뇌부가 공세 전환에 실패하기 시작하면서부터 상황은 달라지지만 말이다.

2월 23일, 오후 1시경, 베를린 중앙의 도로를 따라서 323호 티거 전차가 제국 의회와 의사당이 위치한 브란덴부르크 문 일대까지 기동하고 있었다.

슐츠 중령은 티거의 해치 위에서 베를린 전도를 살펴보며 향후 전투에 대비한 작전을 구상 중이었다. 한스 대위는 언제나 그래 왔듯이 티거의 조종을 책임졌고 에밀과 라켄은 역시 각자도생에 주력하고 있었다. 어느새 2월도 마지막에 가까워 온다.

연합군의 버닝 리버 작전은 95% 성공했고 이미 베를린 교외의 다리들 전부가 연합군의 수중에 들어갔다. 연합군은 각 다리에 수많은 부대를 주둔시켰고 베를린으로 최종적인 입성을 준비하고 있는 상황이었다. 때문에 슐츠 중령의 입장에서는 어떻게든지 최후의 한순간까지 싸워야 할 필요가 있었다. 조국인 독일을 위해, 오로지 자신의 군인으로서의 사명을 다하기 위해서…. 슐츠 중령은 믿어왔다.

우리는 뭉쳤을 때 강하다. 설사 모든 전선이 붕괴하고 조국이 패망할지라도 그렇게 되면 불타는 세상을 파멸로 끌고 갈 것이다.

언제나 그래왔듯이 슐츠 중령은 자신의 신조에 따라 행동했고 독일 수뇌부의 명령만 잘 따른다면 이 전쟁을 끝낼 수 있다고 믿었다. 그것이 바로 군인의 소임이고 사명이니까 말이다.

크르르르르르르르르르르-

"중령님…."

"음, 그래. 보고 있다. 아무래도 연합군의 베를린 돌입이 시작될 분위기로군."

"아무래도 조만간 시작될 것 같습니다…."

한스 대위가 말하자 슐츠 중령은 친위대 소속의 하노마크 장갑차 중대가 동부 방면을 향해 기동하는 것을 조용히 바라보았다.

하노마크에 타고 있던 친위대 장교가 그를 향해 경례하자 슐츠 중령은 티거의 포탑 위에서 그를 향해 경례했다. 친위대의 하노마크 중대가 서서히 멀어져 가자 슐츠 중령은 길게 한숨을 쉬었다.

"전쟁이 곧 끝날 것이다. 그때까지는 모두 버텨야 한다."

짧게 중얼거리며 슐츠 중령은 고개를 돌려 4시 방향에서 독일군의 4호 전차대가 기동하는 것을 보았다. 4호 H형 중(中)전차 약 30대가 동부 방향으로 기동했고 판터 전차 10대가량이 1시 방향에서 서쪽 방면으로 이동하고 있었다. 티거 전차는 기동하는 동안 거의 눈에 띄지 않았고 그만큼 독일군에 중(重)전차가 부족하다는 것을 슐츠 중령은 실감할 수가 있었다.

"2월 23일부터 30일까지 약 10일 동안은 최후의 공세에 대비한 물자 확충에 주력할 것이다! 그러니 우리는 우리대로 대기하면서 전투에 대비해야 한다."

슐츠 중령의 말에 한스 대위가 담배를 피워 물며 말했다.

"젠장맞을…. 티거의 속도 향상 좀 병기국에서 신경 썼으면 좋았을 텐데, 너무 느려서 좀처럼 장거리 이동이 버겁단 말이지."

티거 중(重)전차의 통상적인 순항 거리는 약 100㎞ 주행에 535리터를 소비하니까 총 100㎞밖에 나오지 않는 수준이었고 티거의 연료량이 534리터인 것을 감안해 보면 통상적인 주행 거리와 항속 거리가 짧은 편이었다. 그만큼 느리고 무게에 비해 출력이 상당히 떨어지는 상황인데, 병기국에서는 기동성 향상을 위한 개량을 하려 하지 않았고 오로지 차기 중(重)전차 개발에만 주력했다. 그래서 후기형까지 기동성이 나쁘고 연비가 나쁜 단점을 그대로 물려받아 현재는 가동 중인 티거의 대부분이 연료의 부족으로 장거리 기동을 거의 하지 못하는 실정이었다.

티거의 중량당 마력은 12.3 PS/t, 최고 속도는 45㎞ 수준이었지만 지나친 중량 때문에 엔진 출력이 따라주질 못해 결국 후기형 이후부터는 엔진만을 개량하여 탑재하는 식으로 겨우겨우 출력을 조정했다. 하지만 그마저도 이제는 한계였고 여전히 티거의 항속 거리는 길어봐야 128㎞ 수준이었다. 이는 소련군의 주력인 T-34보다도 현저하게 떨어지는 수준이었고 500㎞ 수준의 항속 거리를 확보한 T-34에 비하면 티거의 항속 거리는 너무 짧았다.

가뜩이나 티거 전차의 연비가 안 좋은데 킹 타이거나 자이언트 타이거 전차 또한 연비의 심각한 문제를 그대로 이어받았다. 킹 타이거는 항속 거리가 110㎞였고 자이언트 티거는 항속 거리가 겨우 115㎞에 불과해 고질적인 연비 문제와 함께 중량으로 인한 기동성의 결핍이 항상 대전 기간 내내 따라 다녀야만 했다. 킹 타이거 전차의 연료량은 860리터, 소비하는 양은 100㎞ 이동하는

데 무려 782리터를 소모했고 자이언트 티거는 더욱 심각해 최대 적재 연료량인 920리터 중에서 100㎞ 주행에 880리터를 소모할 정도였다.

놀랍도록 기동성과 연비가 결핍되는 문제 탓에 자이언트 티거는 처음 양산을 시작한 1953년 이후 2년 뒤에야 엔진과 함께 서스펜션의 대대적인 개량 작업을 거쳤다. 이때 약간의 기동성 개선은 있었지만 100㎞ 주행에 여전히 700리터 수준의 연료를 소모했다. 소련군의 중전차인 스탈린 전차의 연비가 820리터 연료 적재에 100㎞ 주행하는 데 겨우 18리터가 소모되는 것에 비하면 상당히 연비가 떨어지는 편이었다. 소련군의 최신형인 스탈린 5호 전차가 큰 덩치에 비해 연료를 880리터 적재하는데 100㎞ 주행에 겨우 22리터의 연료를 소모하는 것에 비하면 큰 차이를 보이는 것이었다.

소련군의 전차들보다도 연비와 출력이 떨어지는 독일군의 중전차들은 티거를 포함해 페르디난트 같은 거대 돌격포에 이르기까지 상당했고 그나마 신형에 해당하는 라테 초중전차나 몬스터 P2000 자주포 전차 역시 연비가 그렇게 좋은 편은 아니었다. 연료의 적재량이 엄청났기 때문에 몬스터 P2000은 거의 양산되지 못했고 그나마 양산된 라테 전차들 역시 대전 말기가 되자 연료 부족으로 대다수가 버려졌다. 연합군은 이러한 버려진 독일군의 차량을 노획하여 전선에 투입하고 있었다. 아군의 승리를 위해 만든 무기가 오히려 적들에게 좋은 상황이니 정반대의 입장이 된 상황이었다. 향후 베를린 공방전에서도 상당수 독일 전차들이 연료의 부족으로 버려지면서 연합군이 이 전차들을 노획해 운용하게 되는 형국이 되고 만다.

현재의 323호 티거 역시 연비 문제만큼은 어쩔 수 없었고 따라서 장거리 기동은 최대한 피해야 하는 입장이었다.

"흠…? 아무래도 연합군의 공격이 임박한 듯하군. 야보(공중 공격 강습기)들이 베를린 상공을 비행하고 있다."

슐츠 중령이 베를린 상공을 올려다보며 말하자 한스 대위가 티거를 몰면서 대꾸했다.

"우리의 과거 영광은 이제 그만 잊어야 할 듯합니다, 중령님. 너무 멀리 왔어요."

"그러게 말일세. 우리 제국의 영광이 이미 퇴색했으니…. 이는 어쩔 수 없는 사실이지."

슐츠 중령이 깊게 한숨을 쉬자 한스 대위가 다시 말했다.

"아무래도 의사당에 거의 도착한 것 같은데…."

"한스 대위! 저쪽 900m 전방에 의사당이 있다! 11시 방향이다!"

"오, 감사합니다, 중령님. 관측창으로 보니까 너무 시야가 제한적이라서 안 보이는군."

한스 대위가 연신 불평하자 슐츠 중령이 제국의 의사당 방향을 바라보며 말했다.

"800m, 곧 의사당에 접근한다! 의사당 인근에서 아군의 전차대와 합류해 방어할 것이다!"

"오케이! 알겠습니다요."

한스 대위가 대답하자 포수인 라켄이 탄약수용 해치를 열고 밖으로 모습을 드러냈다.

"휴… 이제 좀 숨통이 트이려나?"

"명심해라. 우리는 함께 뭉쳤을 때 강하다. 라켄, 이것은 나의 신조이기도 하지만 동시에 우리 조국을 위한 주문이기도 하다."

슐츠 중령의 말에 라켄이 고개를 끄덕였다.

2008년 2월의 마지막 주, 그 기간 동안 양측은 각자도생을 위해 준비했고 3월 첫 주에 마침내 연합군의 베를린 돌입 작전인 스피릿 파이어 작전이 개시되어 독일군은 최후의 공세를 위해 동부 일대에 병력을 집중시키게 된다.

"중령님! 의사당 앞에 도착했습니다"

한스 대위의 보고에 슐츠 중령이 포탑 위에서 지면으로 뛰어 내렸다. 이미 의사당 일대에는 킹 타이거 3대와 판터 1대가 배치되어 있었고 이 전차들은 전부 독일군 뮌헨베르크 사단 소속이었다. 티거 323호 역시 일시적으로 이 사단에 편제되어 이후 베를린 공방전에서 싸우게 된다.

"아무래도 상황이 심상치가 않군…."

의사당의 주변에는 이미 상당수의 판터 전차들이 토치카처럼 포탑을 제외한 차체가 땅속에 묻혀 있었고 제국을 상징하는 의사당 주변을 지키기 위해 상당수의 보병들 역시 일대에 배치되어 있었다. 의사당 인근에만 독일군 약 7만 명이 대기 중이었고 전차는 약 100대 정도가 배치되었으며 이중 절반 이상이 토치카 역할로 땅에 묻은 판터 G형들이었다. 나머지는 킹 타이거 6대와 4호 전차 및 돌격포들이었고 티거 전차는 슐츠 중령의 323호 단 1대뿐이었다.

"우리 티거가 이 일대에서 유일한 모양이다. 더 이상의 티거는 없는 듯하군."

슐츠 중령이 중얼거리자 한스 대위가 조종수 해치를 열고 밖으로 모습을 드러내며 말했다.

"휴… 연합군이 베를린에 진입하면 분명히 이 일대는 초토화가 될 겁니다, 중령님."

"알고 있다. 그러니 우리가 분전할 수밖에…"

짧게 대꾸한 슐츠 중령이 고개를 돌려 토치카로 묻은 판터 100호 차량에서 포탄을 공급하는 모습을 바라보았다. 76밀리 포탄역시 상당한 수량이 남아 있었기 때문에 그런대로 모든 토치카판터에 포탄을 공급할 수 있고 76밀리 포탄을 원래 정수보다많은 수량을 채워 넣은 토치카 판터들은 이후 베를린 공방전에서큰 위력을 발휘하게 된다.

"이제부터는 기다리는 일만 남았다, 제군들. 곧 연합군이 베를린으로 들어오려 할 것이다."

슐츠 중령의 말에 한스 대위가 고개를 끄덕이며 말했다.

"그렇겠지요…. 연합군이 베를린에 들어오면 틀림없이 전쟁은종식될 겁니다, 중령님."

"아마 그렇겠지. 전쟁이 종식되고 나면 우리 모두는 더 이상 싸울 필요가 없다. 그때가 되면 323호 티거 역시 연합군에 의해 처분되겠지."

"아마도 그렇겠지요. 연합군이 남은 전차들을 그냥 버릴 리는없으니…"

한스 대위가 대꾸하자 라켄이 하늘을 바라보며 말했다.

"중령님, 야보들이 상공을 비행하는 시간이 너무 깁니다. 아무래도 심상치 않은데요?"

"알고 있다. 어쩌면 야보가 먼저 공중 공습을 수행할지도 모르지."

슐츠 중령이 하늘을 올려다보며 말하자 한스 대위가 담배를 꺼내 물며 말했다.

"에이, 망할. 전쟁은 졌고… 이거 이러다가 우리까지 죽는 건 아닐지 모르겠군."

"모두 명심해라. 우리는 흩어지지 않고 뭉쳤을 때 강한 법이다! 조국을 위해 마지막까지 최선을 다해 싸운다! 제군들 우리 모두는 강하다! 때문에 충분히 연합군과 마지막까지 싸울 수가 있다!"

슐츠 중령의 말에 라켄과 한스 대위가 고개를 끄덕였다.

다음 달인 3월부터 시행하는 스피릿 파이어 작전은 연합군이 본격적으로 베를린으로 돌입하는 전투였고 초입부터 시작해 독일의 수도 베를린은 천천히 차례대로 폐허가 된다. 특히 소련군에 의한 전투 피해가 극심해지는데, 이는 그동안에 독일군에 쌓인 감정 때문이기도 했다. 이후 베를린에 처음 입성한 소련군이 독일군 포로들을 대량 학살하는 것 또한 비슷한 이유였다.

연합군 측에서는 이러한 소련군의 행태에 대해 공방전 기간 동안 일체의 학살을 금지하라고 경고하지만 소련군은 같은 편인 연합군의 만류도 듣지 않고 공방전 기간 내내 독일군을 학살한다. 이에 전쟁이 종식된 후 연합군 총사령관인 베링 아이젠하워 대장은 소련군의 이러한 행태와 만행이 독일과 다를 것이 없다며 해당 관계자들을 엄중하게 처벌할 것을 소련군 원수인 주코프에게 건의하게 된다.

물론 주코프 원수 본인은 자국의 붉은 군대가 전쟁 기간 중에 저지른 만행에 대해 연합국 수뇌부에 사과하고 관련자들을 색출하여 처벌하는 등 나름대로 소련군 원수 중에서는 관대하게 업무를 수행했다. 하지만 향년 110세가 넘은 주코프 원수가 독일과 마찬가지로 과학의 힘을 빌려 수명을 연장해 온 기간 동안 소련군이 저지른 전쟁 범죄의 다수는 결국 해결되지 못하고 역사 속에 묻히게 된다.

독일의 패망 후 남은 SS 친위대와 국방군 잔존 세력들은 그 지위에 따라서 국제 재판에 넘겨졌고, 다수가 연합군의 재판에 따라 최고 사형에서 무기 징역을 선고받는다. 전후에 연합군은 독일의 전쟁 범죄를 철저하게 조사했고 공식 문건에서 친위대에 관련한 모든 정보가 삭제되고 부정되었을 만큼 전쟁 범죄의 해결은 이후에 연합군 수뇌부에게 있어 해결해야 할 큰 문제로 자리 잡는다.

> 전쟁 범죄를 철저하게 규명하고 해결하는 일은
> 후대의 세대나 앞으로의 미래에 대한 큰 숙명이자
> 앞으로의 인류가 다시 도약하는 데 큰 시발점이 될 것이다.
>
> -엘틴 라이거-

5부

스피릿 파이어

다시 달이 바뀌어 3월이 되었다. 어느새 연합군은 베를린으로 들어갈 모든 준비를 끝냈고 독일군 역시 최후의 공세를 펼칠 준비가 완료된 상황이었다.

대대적인 베를린 공방전에 앞서 먼저 야보(강습 폭격기)들이 상공에서 비행하면서 독일군의 주요 거점에 대한 폭격을 실행했다. 3월 3일부터 작전명 스피릿 파이어가 발동하면서 야보들이 먼저 베를린 상공에서 폭격을 개시했고 오후 2시부터 시작된 대규모 폭격은 6시경까지 지속되어 베를린 동부 일대는 완전히 거의 초토화되었다. 독일군 역시 대공 전차들을 동원해 상공의 야보들을 잡기 위해 싸웠고 지상에서는 7시경을 기해 본격적으로 연합군 보병들과 전차들이 베를린 안으로 진입을 시작했다.

"연합군이 몰려온다! 전투 준비!"

독일군 상급 장교가 동문인 쾨니히스부르크 문 근처에서 소리치자 동문을 방어 중이던 대공포 부대와 교도사단이 전투 준비에 들어갔고 연합군이 300m까지 접근해 오자 공격을 개시했다.

쿠쿠쿵! 콰콰앙!

퍼퍼엉!

우우우우우우웅! 투아아아아앙!

연합군의 신형 전폭기인 MX-500A 전폭기들과 아파치 헬기들이 일제히 지상의 공격 포인트를 향해 공격했고 곧 지상에서 공격 중이던 대공 포대와 진지들이 잇달아 격파되었다.

"기세를 놓치지 마라! 베를린 안으로 총공격 돌입하라!"

연합군 지휘관인 마크 룬 중령이 외치자 영국과 미국의 전차 연합대가 베를린으로 들어가는 관문인 쾨니히스부르크 문을 돌파, 채 1시간도 되지 않아 동부 초입을 점령하고 소련군이 들어오길 기다린다. 1시간 후 소련군 중앙방면군이 베를린에 입성하자 주코프 원수는 군을 5개로 나누어 독일군의 각 거점을 돌아 들어가 공격하게 했고 소련군 30개 사단이 일제히 5개 방향으로 나뉘어 베를린 안쪽 깊숙이 들어가기 시작한다.

"중령님! 마침내 베를린 공방전이 개시가 되었습니다! 이제 남은 것은 연합군이 이곳 의사당까지 들어오는 것을 저지하는 것뿐입니다."

라켄의 말에 슐츠 중령은 잠시 고개를 돌려 공방전이 개시된 동부 권역 쪽을 바라보았다. 이미 동부 일대에서는 검은 연기가 하늘로 치솟고 있었고 수없이 많은 총성과 포성이 울렸다.

"이곳도 이제 안전하지 않겠군. 제군들, 지금까지 전쟁에서 살아남은 우리다. 이곳은 어떻게 해서든 끝까지 사수해야 한다."

슐츠 중령의 말에 티거 323호에 탑승한 모두가 고개를 끄덕였다. 공방전이 개시된 지금 이제 남은 것은 이곳 의사당 일대에서 어떻게든 방어전을 수행하는 것뿐이었다.

[치지직- 치직- 슐츠 중령! 여기는 뮌헨베르크 사단 본부다! 현재 동부에서 연합군의 공격으로 공방전이 개시되었다! 지금부터 작전을 하달한다! 귀관의 티거 323호는 지금부터 기동하여 베를린의 동부 중앙 교외 방어에 나선다! 판터 3대와 함께 움직이도록! 이상!]

때마침 본부로부터 온 무전에 슐츠 중령은 고개를 끄덕인 후 한스 대위를 향해 말했다.

"이보게, 한스 대위! 기동 개시하게! 동부 중앙 시가지로 이동할 걸세."

그의 말에 한스 대위가 고개를 끄덕이며 기어를 조작했다.

철컥! 끼리릭- 부릉- 부릉- 그르르르르르르르르르-

날카로운 엔진음과 함께 티거 323호가 천천히 앞으로 움직였고 그 뒤를 3대의 판터 전차들이 따랐다.

"일대에 배치된 아군 전차들의 현황은 어떤가?"

슐츠 중령이 한스 대위에게 묻자 한스 대위가 운전하면서 대꾸했다.

"현재 바르켄 가도와 루이쉔 일대에 아군의 4호 전차들이 2호 경전차들과 다수 배치되었고 랑 가도 일대에는 판터 전차 10대가량이 토치카 형태로 배치되었습니다."

"흠… 전황이 너무 안 좋군. 이대로 가면 독일은 끝장이야."

슐츠 중령이 중얼거리자 동부로 들어가는 중간 다리인 에리히 브란덴교에 접어든 티거 323호가 갑자기 제자리에 멈춰 섰다.

"왜 그러나, 한스 대위?"

"중령님, 아무래도 동부가 괴멸된 모양입니다. 아니면 연합군의 진격 속도가 빠른 것일지도 모르고요. 벌써 중앙 시가지가 폐허가 되었습니다!"

한스 대위가 관측창으로 전방을 주시하며 한탄하자 슐츠 중령이 동부 일대를 돌아보면서 경악을 금치 못했다. 이미 베를린의 동부 일대는 연합군의 맹공으로 폐허가 되다시피 했다. 곳곳에서 포성이 울렸으며 야포들의 강력한 파괴력에 의해 곳곳에서 건물들이 무너지고 있었다.

"망할… 벌써 이곳까지 진격할 줄이야."

슐츠 중령이 전방을 주시하며 중얼거리자 한스 대위가 망연자실한 표정으로 중얼거렸다.

"제발… 이번에도 무사하기를…."

"한스 대위! 일단 주어진 명령은 그대로 이행한다! 다시 진격하라! 어찌 되든 간에 우선 적으로 주어진 임무에 충실하도록 한다!"

슐츠 중령의 말에 한스 대위가 고개를 끄덕인 후 다시 티거를 앞으로 전진시켰다.

투쿠우우웅!

곧이어 들려오는 야포의 포성. 소련군의 야전 야포인 203밀리 궤도식 트랙터 야포가 베를린 중앙 시가지를 포격했고 곳곳에서 포탄에 명중당한 건물들이 무너지면서 연합군이 진격할 길이 뚫렸다.

"서둘러라. 앞으로 10시간 내로 베를린 중앙까지 점령해야 한다."

소련군 야전 사령관인 이반 코네로프 소장이 지휘 전차 위에서 중얼거리자 소련군 2개 연대가 중앙 시가지를 향해 돌격을 시작했다.

"전군 돌격 개시!"

"우라!"

수천 명의 소련군이 중앙 광장으로 진격하자 주력인 T-34 전차들이 뒤따르면서 주변에 산개한 독일군 진지들과 전차들을 포격으로 처리했다.

"소련군의 진격 속도가 상당하군."

그 모습을 멀리서 지켜보던 영국군 장교인 폴 홀랜트 대위가 한마디 하자 미군 지휘관인 에릭 크란셀트 대령이 고개를 끄덕이며 대꾸했다.

"어쩌면 이번 공방전은 상당히 장기전이 될 듯하군."

베를린의 중앙 방면 공격에 나선 소련군은 중앙방면군 소속의 제79 근위여단과 제7 차량화기동여단 등 10개의 전력이 중심이 되었고, 이 군 전체를 지휘하는 사람은 소련군 원수인 헤즈볼라

콘스탄틴 루이체르노프 원수였다. 사실상 중앙방면군에서 선봉을 맡은 원수인 헤즈볼라 원수의 부대는 총 8개 군이 연합한 부대였고 그 수만 약 34만 명에 이르렀다.

"곧 중앙 광장 일대다! 서둘러라!"

소련군이 중앙 광장으로 어느 정도 접근해 오자 슐츠 중령은 광장 한가운데에 정지한 후 포격을 준비했다.

"전 차량! 일제 전투 배치! 전방 1,000m, 12시 방향! 소련군 전차들부터 노린다! 포이어!"

콰아앙!

퍼엉! 펑! 펑!

연속적으로 티거와 판터가 사격을 개시하자 전방에서 기동 중이던 소련군 전차들이 포탄에 명중되어 격파되었고 소련군 보병들과 장갑차들이 일제히 티거와 판터를 향해 사격을 개시했다. 이어서 T-34 전차들과 SU-122 자주포 등 상당수의 전차들이 스탈린 2호 전차들과 함께 공격을 가했다.

투쿠우웅!

BAOOOOOM!

BABABABABABABABABA!

 곳곳에서 들려오는 기관총 소리와 포성들. 스탈린 전차들이 가장 앞으로 치고 나오자 슐츠 중령은 5시 방향의 스탈린 44호 전차를 노리고 포격을 유도했다.

 "방향 5시, 거리 800m, 스탈린 전차! 포이어!"

투쿠우웅!

퍼어엉! DOKOOOOM!

 티거의 장포신 71구경 장 88밀리 포에 직격당한 스탈린 44호 전차가 검은 연기를 뿜으며 멈추자 나머지 스탈린 전차들이 사방으로 흩어지면서 티거 323호를 향해 122밀리 주포를 발사했다.

콰앙!

KAM! KAM!

연속으로 날아오는 122밀리 포탄을 도탄시킨 티거 323호가 다시 주포를 사격했고 또 1대의 스탈린 전차가 연기를 뿜으면서 파괴되었다

"명중! 다음, 9시 방향 스탈린 전차! 포이어!"

바쁘게 명령을 하달하는 슐츠 중령의 말에 포수인 라켄이 9시 방향에서 기동 중이던 스탈린 전차에 88밀리 포탄을 명중시켰다. 스탈린 전차는 그대로 다운, 화염에 휩싸였고 안에서 생존한 전차병들이 해치를 열고 밖으로 빠져나왔다.

투쿠우웅!
KAM!

도탄되는 122밀리 포탄. 4시 방향에서 티거를 향해 122밀리 곡사포를 사격한 자주포인 SU-122가 이어진 티거의 사격으로 격파되자 승무원들이 밖으로 빠져나왔다. 또 다른 자주포인 SU-76M은 11시 방향에서 티거를 향해 포격했지만 역시 도탄, 이어진 티거의 장거리 포격에 때려 맞아 화염이 치솟았다.

슐츠 중령의 티거 323호는 중앙 광장 일대에서만 소련군 전차 약 50대가량을 격파했다. 나머지 판터들은 총 합쳐서 22대를 파

괴했고 80대에 이르는 전차들을 손실한 소련군은 일단 중앙 광
장에서 후퇴해 동부 권역으로 퇴각했고 전투는 약 3시간 만인 4
시경에야 끝났다.

오후 1시부터 시작한 이 전투에서 80대가량의 소련군 전차들
을 격파한 슐츠 중령의 전차 소대는 이후 상부의 또 다른 명령에
따라 베스타 초거대 야포가 배치된 북부 일대로 이동했고 그곳
을 점령한 미군과 영국군 연합군과 싸우게 된다.

크르르르르르르-

"중령님, 이미 북부권도 연합군이 점령한 듯합니다."

한스 대위의 말에 슐츠 중령이 해치를 열고 밖으로 나와 북부
일대를 둘러보았다.

베를린 북부 역시 영국과 미국이 맡아 철저하게 독일군을 격파
시켰다. 이미 폐허가 되어 버린 북부 시가지 일대에는 몇 대의 아
군 전차들과 헝가리군 전차들이 보병들과 함께 베스타 초거대
야포가 위치한 거점으로 이동하고 있었다.

"우리의 목적은 베스타 야포 3문을 완전히 파괴하는 것이다! 이
미 일대에는 연합군이 깔렸으니 최대한 조심해서 기동한다."

"여부가 있겠습니까?"

한스 대위의 대답에 슐츠 중령은 전방에서 미군의 M4 셔먼 전차들이 모습을 드러내자 해치를 닫고 안으로 들어왔다.

"7시 방향에 셔먼 전차, 포이어!"

투쿠우웅!

BAOOOOM! DOKOOOOOM!

티거의 88밀리 포에 공격당한 셔먼 전차의 포탑이 분리되면서 화염이 치솟자 인근의 또 다른 셔먼에서 티거 323호를 향해 76밀리 포를 사격했다.

퍼어엉! 펑!

KAM!

"명중 각도가 나쁘군. 망할 미국 놈들⋯. 3시 방향 셔먼, 포이어!"

슐츠 중령의 외침에 라켄이 페달을 밟았고 이내 셔먼 전차에서 폭발과 함께 화염이 치솟았다.

"좌측에 9시 방향, 셔먼이 3대! 포이어!"

슐츠 중령이 곧바로 다음 명령을 하달하자 88밀리 주포가 연속적으로 불을 뿜었고 셔먼 전차들은 대응할 새 없이 화염에 먹혀 버렸다.

"명중!"

라켄의 외침에 슐츠 중령은 전방을 계속 주시했다. 323호 티거는 계속해서 베를린 북부 시가지의 도로를 주행했고 곳곳에서 연합군의 보병들과 전차들이 공격해 왔지만 모두 격파했다.

"전방에 대전차포 5문 발견! 거리 900m, 방향은 각각 4시 방향 3문에, 5시 방향 1문, 9시 방향 1문이다! 9시 방향부터 잡는다. 포이어!"

슐츠 중령이 전방에 연합군의 90밀리 대전차포대를 발견하고는 소리치자 라켄이 9시 방향으로 포탑을 선회해 주포를 사격했다.

DOKOOOOM!

짧은 명중음과 함께 격파된 90밀리 대전차포는 포가가 주저앉으며 바퀴가 빠진 채 파괴되었다. 공격을 알아챈 나머지 90밀리 대전차포들이 일제히 사격을 개시하자 슐츠 중령은 다시 소리쳤다.

"다음! 목표를 수정하라! 5시 방향 대전차포, 거리 800m, 포이어!"

콰콰앙!
콰당! 퍼퍼엉!
BAOOOOOM!

바퀴가 빠지면서 주저앉은 대전차포 주변으로 뒤따르던 독일군 보병들이 산개해 남은 연합군을 공격했고 이내 총탄이 빗발치면서 남은 대전차포들이 포격을 시작했다.

"망할!"

한스 대위가 나지막하게 불평하자 슐츠 중령이 차장용 잠망경을 통해 전방을 주시하다가 소리쳤다.

"4시 방향 대전차포 3문! 가운데 먼저 파괴한다! 포이어!"

콰아앙!
BUHUOOOOOOOOM!

곧이어 들려오는 명중음. 90밀리 대전차포대가 산산조각나면서

포를 운용하던 연합군 포병들이 사방으로 나뒹굴었다. 곧 이어
진 또 한 발의 사격에 좌측의 대전차포마저 격파되어 나머지 1문
의 대전차포는 공격을 중단하고 후방으로 도주하기 시작했다.

"나머지 대전차포가 도주한다!"

"놓치지 마라! 포이어!"

BAKOOOOM!

"격파했습니다!"

라켄의 보고에 슐츠 중령은 안심한 듯 해치를 열고 밖으로 모
습을 드러냈다. 곳곳에서 격파당한 연합군의 대전차포와 전차들
이 화염에 휩싸인 채 거리에 나뒹굴었다. 보병들 역시 독일군에
의해 소탕되어 일부를 제외하고는 거의 보이질 않았다.

"가자! 곧 거포가 있는 곳이다!"

슐츠 중령의 말에 한스 대위가 티거를 다시 앞으로 전진시켰다.

그르르르르르르르르르르르르-

"중령님! 좌현 9시 방향에서 영국군의 코메트 순항 전차들과 처

칠 보병 전차입니다! 파이어 플라이도 보입니다!"

라켄이 보고하자 슐츠 중령이 바로 명령을 내렸다.

"9시 방향, 거리 1,200m 코메트부터 잡는다! 포이어!"

콰아앙!

쿠쿠웅! DOKOOOOOOOM!

"독일군이다! 쏴라!"

코메트 순항 전차 1대가 포탄에 맞아 화염이 치솟자 다른 코메트 전차 위에서 전차장인 헨리 위스나트 소령이 소리쳤다. 그러자 나머지 영국군 전차들이 산개하면서 티거를 향해 사격했다. 슐츠 중령은 차분하게 다음 목표를 헨리 소령의 코메트로 집중했다.

"다음! 목표 거리 1,200m, 방향은 10시 방향! 포이어!"

쿠쿠우웅! 철컹!

탄피가 포미에서 배출됨과 동시에 들려오는 명중음. 헨리 소령의 코메트 역시 티거의 88밀리 포탄에 측면에 관통되면서 파괴되었고 헨리 소령은 겨우 코메트에서 뛰어내려 탈출했다.

"망할 독일 놈들…."

"아직 안 끝났다! 거리 1,000m, 방향은 4시 방향! 셔먼 파이어 플라이, 포이어!"

슐츠 중령이 재차 외치자 라켄이 포대경으로 전방의 셔먼 파이어 플라이를 조준 후 페달을 밟았다.

파콰아아아아앙!

"명중!"

연속적으로 공격해 들어온 영국군 전차대는 이 교전에서 일방적으로 전차 30대 중에서 무려 20대를 잃었고 지휘관인 헨리 소령은 전차도 잃은 채 남은 영국군과 뒤로 후퇴했다.

"일대에서 적을 구축했습니다만, 거포가 문젭니다. 중령님."

한스 대위가 티거를 다시 전진시키면서 말하자 슐츠 중령이 고개를 끄덕이며 말했다.

"맞는 말이다. 거포가 현재 아군이 있는 방향을 향해 사격을 개시하고 있다. 우리만이 거포를 파괴할 수 있는 만큼 신속히 전개해야 할 것이다."

"알고 있습니다, 중령님."

독일군의 초거대 야포인 빅 베스타 500밀리 구포는 원래 독일군이 대공포처럼 전용하던 포였다. 빅 베르타의 차기 개량형이었기 때문에 구경이 450밀리에서 500밀리로 대폭 개량된 타입이었다. 총 3문이 제작되어 베를린 북부에 배치되었는데 북부를 연합군이 점령하면서 전용했고 이 포는 이후 독일군을 포격하다가 323호 티거에 의해 포대가 격파되면서 3문 모두 파괴된다.

"중령님! 곧 베스타 거포가 배치된 거점입니다!"

한스 대위가 보고하자 슐츠 중령이 해치 위에서 쌍안경으로 거포가 위치한 방면을 둘러보았다. 거포 주변에는 이미 미군이 대량으로 포진했고 상당수의 셔먼 전차들과 칼리오페 다연장 로켓 전차들이 주변에 배치되어 있었다. 그 수량만 해도 50대가 넘었고 거포가 있는 기지에는 다수의 보병이 주둔하고 있었다.

"적이 너무 많군."

슐츠 중령이 쌍안경을 내리면서 중얼거리자 뒤따르던 독일군 4호 전차들이 일제히 좌우로 산개해 전투 준비에 들어갔다.

"아무래도 적이 일대에 또 있는 모양이군."

크르르르르르르르르르르르르르-

말이 끝나기 무섭게 2시 방향과 11시 방향에서 연합군 전차들이 약 70대가량 모습을 드러냈다. 슐츠 중령은 조용히 한숨을 쉬며 해치를 닫고 안으로 들어왔다.

"이번에도 무사히 지나가길…."

한스 대위는 티거를 정지시킨 후 짧게 중얼거렸다. 다시 전투에 들어갈 시간이다.

"전방 12시 방향에 거리 1,200m, 셔먼 전차, 포이어!"

슐츠 중령의 외침과 함께 티거 323호의 88밀리 주포가 전방을 향해 불을 뿜었고 포탄은 셔먼 전차에 직격으로 명중하면서 내부로 뚫고 들어갔다.

쿠콰아앙! 화아악!

이내 화염이 치솟으며 셔먼이 정지하자 또 다른 셔먼 전차가 좌현에서 포를 쏘며 치고 나왔고 역시 티거 323호의 공격에 격파되었다.

"명중!"

"남은 포탄의 수량은 얼마나 남았나?"

슐츠 중령이 묻자 탄약수인 에밀이 보고했다.

"현재 남은 탄약 약 70발, 아직까진 충분합니다!"

"좋아! 적을 완전히 소탕하라!"

슐츠 중령의 말에 라켄이 연속해서 주포의 격발 페달을 밟았고 그렇게 격파시킨 전차만 45대에 이르렀다. 남은 연합군 전차들은 결국 티거에 밀려 후퇴하기 시작했고, 마침내 전투 개시 2시간 만에야 슐츠 중령의 323호 티거는 거포가 위치한 일대에 도착했다.

"망할 셔먼!"

"전방에 3시 방향, 거리 1,000m, 셔먼 전차! 포이어!"

슐츠 중령이 외치자 라켄이 주포를 사격했고 셔먼 1대가 화염에 휩싸인 채 검은 연기를 뿜었다.

"다음! 10시 방향 셔먼! 포이어!"

연이은 전투에 티거 323호는 거포 주변의 셔먼 전차와 칼리오페 전차를 합쳐서 23대를 격파시켰고 잇달아 3문의 베스타 거포까지 파괴, 인근의 연합군을 완전히 구축했다. 일대로 들어온 독일군은 다음 전투를 위해 일대에 진지 구축에 착수했다. 무려 1시간 반 동안 거포 주변을 날려 버린 슐츠 중령의 티거 323호는 곧바로 의사당이 위치한 서부로 다시 향했고 중간에 다시 모습을 드러낸 연합군 전차들과 교전에 들어간다.

"어떤가, 한스 대위? 전방에 뭐가 보이나?"

기동 중인 티거 323호 안에서 슐츠 중령이 한스 대위를 향해 묻자 한스 대위가 관측창으로 전방을 주시하다가 말했다.

"아무것도 없습니다, 중령님. 아무래도 이 일대는 소탕 완료한 것 같군요."

쿠쿠우웅!

"응? 어라?"

말이 끝나기 무섭게 울리는 한 발의 포성. 인근에서 기동 중이던 아군의 4호 전차들이 어디선가 날아온 포탄에 연속적으로 명중되어 파괴되자 슐츠 중령이 전방에서 모습을 드러낸 미군의 셔먼 칼리오페 전차들을 발견하고는 소리쳤다.

"전방 거리 1,000m, 11시 방향! 칼리오페다! 포이어!"

콰아잉!
퍼퍼엉! DOKOOOOOOOOOM!

"1대 명중!"

라켄이 보고하자 슐츠 중령이 관측창으로 전방을 주시했다. 88밀리에 직격된 셔먼 칼리오페 전차는 포탑이 분리된 채 화염이 치솟았고 이내 또 1대의 셔먼 칼리오페 전차가 1시 방향에서 모습을 드러내며 티거를 향해 105밀리 로켓탄을 사격했다.

투아아! 투아아!
파콰아앙! 쿠쿠웅!

무려 40발의 로켓탄이 티거와 그 주변을 강타했고 105밀리 로켓이 명중했음에도 티거 323호는 별다른 타격 없이 곧바로 포격을 개시했다. 칼리오페 전차는 그대로 다운되어 화염에 휩싸였다.

"휴… 이것도 이것대로 힘들군."

짧게 한마디 하며 한스 대위가 담배를 물자 슐츠 중령이 소리쳤다.

"전방 1,000m, 8시 방향! 코메트 전차, 포이어!"

전방에서 순시 중이던 영국군의 코메트 순항 전차가 티거가 발사한 88밀리 포탄이 명중하면서 화염이 치솟자 슐츠 중령은 잠시 몸을 일으켜 해치를 열고 밖으로 나와 주변을 둘러보았다. 이미 완전하게 폐허가 된 북부 시가지와 서부의 일부 시가지 일대는 연합군이 이미 깊숙하게 들어왔고 일대에서 독일군이 축출된 지는 오래였다.

"젠장맞을…"

짧게 불평하며 슐츠 중령은 연기가 피어오르는 의사당 근처를 주시했다.

"의사당으로 이동한다! 그곳에서 싸우는 게 좋을 듯하군."

슐츠 중령의 말에 한스 대위가 고개를 끄덕이며 말했다.

"맞는 말씀입니다, 중령님. 이제 곧 북부를 벗어나 의사당으로 이동합니다!"

"얼마나 걸리겠나, 한스 대위?"

슐츠 중령의 물음에 한스 대위가 잠깐 생각하더니 말했다.

"빨라도 1시간은 걸리지 않을까 싶습니다."

"1시간…. 뭐 상관없다. 속히 기동하라!"

"알겠습니다요!"

투쿠우우웅! 쿠쿠웅!

또다시 들려오는 포성. 아직 베를린에서 온전한 곳은 남부와

서부의 제국 의사당이 있는 곳뿐이다.

"중령님! 전방에 아군의 지휘소입니다!"

라켄이 포대경으로 전방을 주시하다가 소리치자 슐츠 중령이 쌍안경으로 아군의 지휘소가 있는 방향을 살펴보았다.

"노틀란트 사단인 듯하군. 우선 저들이 있는 곳으로 이동한다!"

"알겠습니다."

슐츠 중령의 말에 한스 대위가 기어를 변속해 독일군 노틀란트 사단 지휘부가 있는 방향을 향해 기동했다. 노틀란트 사단이 주둔한 베를린의 성당 일대에는 장갑차 100대 정도만이 주둔하고 있었고 전차라고는 보이지 않았다.

"전차는 없는 것인가?"

슐츠 중령이 티거 위에서 탄식했다. 노틀란트 사단의 장갑차인 sd. kfz 234 장갑차에서 sd. kfz 221에 이르기까지 수십 대의 장갑차들이 성당 주변에서 전투 대기 중이었고 곳곳에서 친위대가 탈영자들을 이동시키고 있었다.

"이런 맙소사! 결국엔 이쪽도 뚫린 건가?"

포수인 라켄이 해치를 열고 밖으로 나오며 말하자 인근에서 탈영자들을 이송 중이던 친위대 장교가 티거를 향해 경례했다.

"저들도 응당 받아야 할 것을 받겠군."

라켄이 포탑 위에서 이송 중인 탈영자들을 바라보며 중얼거리
자 슐츠 중령이 말했다.

"명심해라. 우린 이미 빠져나갈 수가 없는 입장이다! 뭉쳐야지
산다! 그것만이 지금의 전부다!"

"흩어지지 않고 한곳으로 뭉쳐서 하나가 되었을 때 강하다…."

"이제 곧 의사당 근처다."

슐츠 중령의 말에 라켄이 해치를 닫고 티거 안으로 들어갔다.

끌려가는 탈영자들을 바라보며 슐츠 중령은 전쟁의 막바지에
친위대가 최후의 발악을 한다고 생각했다. 저들을 조국에 대한
배신의 본보기로 처형하면 틀림없이 남은 병력은 끝까지 싸울 것
이라고 판단했을 것이다. 하지만 현실은 결코 그렇지 못했다. 오
히려 강력한 연합군의 공격에 곳곳에서 탈영이 속출했고 그때마
다 친위대에서는 그들을 체포했으며 조국을 배신했다는 이유만
으로 즉결 처분했다.

슐츠 중령은 자신은 친위대와 다르다고 생각했다. 전쟁 범죄를
저지르는 친위대와 달리 자신은 오로지 조국을 위해서만 싸우는
존재라고, 자신이 티거에 탄 이유는 오로지 친위대와 다르게 일
반 민중들과 조국을 지키기 위함이라고 말이다.

"중령님! 아무래도 탈영이 속출하는 것 같습니다."

한스 대위가 기어를 조작하면서 말하자 슐츠 중령이 고개를 끄덕이며 대꾸했다.

"그렇군. 행렬이 계속해서 이어지는 걸 보니 그런 듯하다."

"이제 어쩝니까? 베를린 의사당으로 향할까요?"

한스 대위가 묻자 슐츠 중령이 말했다.

"그게 낫겠지. 우린 원래 의사당 일대의 방어를 맡았으니까 말이지."

"알겠습니다. 그럼 의사당으로 가겠습니다요."

베를린 의사당 방향으로 선회한 티거 323호가 전진하기 시작하자 무전기 너머에서 또 다른 명령이 타전되었다.

[치직- 치지직- 슐츠 중령! 여기는 기갑척탄병 사단인 쾨니히스부르크 사단이다!
현재 서부에서 남부로 연결되는 전선 사이에 연합군의 전력이 집중되었다! 속히
일대로 남하하여 적에 대한 교전에 들어가라!]

"이런… 또 다른 전투 명령이로군."

짧게 중얼거리며 슐츠 중령이 해치를 닫고 안으로 들어와 한스 대위에서 말했다.

"한스 대위! 지금 바로 남부로 연결되는 다리 일대로 향하도록 하게. 그곳에서 연합군과 싸울 걸세."

"그러지요, 중령님."

한스 대위가 다시 기어를 조작해 티거의 방향을 남쪽으로 돌렸고 323호 티거는 곧바로 남쪽으로 통하는 다리인 오스펜 교각으로 이동했다. 그곳에서 다리를 점거한 연합군 전차 22대를 격파한 슐츠 중령의 323호 티거 전차는 남부 시가지 일대에 있는 중앙 광장으로 들어섰다.

"주변이 왠지 조용하군. 불안한데…"

슐츠 중령이 포탑 위에서 쌍안경으로 광장 주변을 살피며 말하자 갑자기 주변에서 폭음과 함께 붉은 연막이 피어올랐다.

"이런 젠장맞을!"

"전속 전진하게, 한스 대위! 적의 공습일세!"

슐츠 중령이 급히 해치를 닫고 안으로 들어오며 외치자 한스 대위가 전속으로 티거를 전진시켰다. 이내 상공에서 수십 기의 연합군 전폭기들이 나타나 지상을 향해 폭탄을 투하했다. 티거 323호는 연속적으로 떨어지는 폭탄을 피하며 기동을 개시했고 뒤이어 연합군의 아파치 헬기들이 나타나 지상의 티거를 향해 기관포를 사격했다. 그 사격을 피하면서 티거 323호는 인근의 건물 안으로 숨어들었다.

쿠와아아아아아아! 덜컹! 끼이이익!

거의 절반은 무너져가는 건물 잔해 안으로 숨어든 티거 323호에서 한스 대위가 조용히 고개를 돌려 말했다.

"모두 괜찮은 겁니까?"

"아직은 괜찮은 것 같군 그래, 한스 대위. 이제부터는 누군가 나가서 길을 찾아야 하는데…"

슐츠 중령의 말에 라켄이 먼저 말했다.

"중령님, 그렇다면 에밀을 보내십시오."

"뭐라고? 잠깐만… 그건 안 될 말이야."

한스 대위가 라켄의 말에 반대를 표하자 슐츠 중령은 라켄에게 물었다.

"음… 그 이유를 물어봐도 되겠나?"

"중령님, 안 됩니다! 그는 너무 불안정해요, 잘못하다가는 오히려 역효과가 날 겁니다."

한스 대위의 말에 라켄이 말을 이었다.

"물론 녀석은 심리가 약하죠, 하지만 동시에 그것이 녀석의 마음을 키우는 데에 도움이 될 겁니다. 차장님은 전차 지휘를, 저는 포수를 맡아야 합니다. 그렇다고 조종수를 보낼 순 없습니다. 탄

약수가 없더라도 제가 두 가지 일을 모두 하면 되니 녀석을 보내
십시오."

라켄의 말에 슐츠 중령은 잠시 망설였다.

물론 탄약수가 없다고 해도 전투에 지장은 없다. 당장 포수가
그 역할을 대행할 수가 있으니까. 하지만 반대로 생각해 보면 역
시 없어서는 안 되는 전력이다. 그는 잠시 고민했다.

티거를 제대로 운용하려면 최소 3명 이상이 필요하다. 슐츠 자
신은 티거 323호를 지휘해야 한다. 라켄은 전차에서 가장 중요한
주포를 조작해야 하고 한스는 조종을 수행해야 한다. 현재로서는
갈 만한 사람이 에밀 1명뿐이었고 결국 슐츠 중령은 결정한 듯
고개를 돌려 에밀을 불렀다.

"에밀! 이쪽으로 와라."

슐츠 중령의 말에 탄약을 정비 중이던 에밀이 그를 향해 다가
왔다.

"에밀, 잘 들어라, 지금부터 안전한 길을 찾는 작업을 위해 누군
가 1명 나가야 한다. 나는 널 보내기로 결정했다."

"넷? 하지만…"

"걱정할 것 없다. 크게 위험한 건 아니니까. 그냥 밖으로 나가
서 정찰하면서 티거가 이동할 만한 안전한 길목을 확보만 하면

된다. 할 수 있겠나?"

슐츠 중령이 묻자 에밀은 잠깐 망설이더니 대답했다.

"알겠습니다. 제가 가도록 하죠."

그의 대답에 슐츠 중령이 티거 내부에 걸려있던 MP40 기관단총을 꺼내어 그에게 건네며 말했다.

"받아라. 이제부터는 혼자서 잠깐 동안 생존해야 한다."

슐츠 중령의 말에 에밀이 고개를 끄덕이며 티거의 해치를 열고 밖으로 나갔다.

"휴… 이게 과연 잘하고 있는 건지 모르겠군."

한스 대위가 낮은 어조로 중얼거리자 슐츠 중령은 곧바로 차장용 잠망경을 통해 에밀의 동선을 살폈다. 티거 밖으로 나간 에밀은 기관단총으로 주변을 경계하면서 인근의 200m 전방의 무너진 교각 사이로 이동했고 그곳에서 잠시 주춤하는가 싶더니 기둥 뒤에 몸을 숨기고 주변을 두리번거렸다.

"예상 외로 잘하고 있군."

슐츠 중령이 중얼거렸다. 그 순간 갑자기 지축을 뒤흔드는 굉음과 함께 인근에서 아군의 손상된 4호 전차 1대가 에밀이 있는 방향으로 기동하고 있는 것이 눈에 띄었다. 4호 전차는 심각하게 손상을 입은 듯 이리저리 비틀거리며 기동했고 뒤이어 미군의 서먼 5대 정도가 그 뒤를 추격하면서 포격을 개시했다.

"이런 맙소사! 저건…"

슐츠 중령이 뭐라 말하려는 찰나 이내 아군의 4호 전차는 포격에 피탄되어 지면을 미끄러지듯 굴렀고 이어서 에밀이 몸을 숨긴 교각에 부딪치면서 격렬한 폭발을 일으켰다. 그리고 그 과정에서 에밀의 모습이 사라졌고 슐츠 중령은 계속해서 잠망경으로 주변을 둘러보았지만 에밀은 그 어디에도 보이질 않았다.

"젠장할… 에밀을 놓쳤다!"

슐츠 중령의 말에 라켄이 고개를 저으며 말했다.

"뻔한 겁니다. 녀석은 도망간 거라고요…"

"그럴 리가! 설마 우릴 놔두고 혼자 도망갔을라고?"

한스 대위가 반문하자 슐츠 중령은 잠망경을 돌려 인근의 무너진 건물 사이로 지나가는 연합군의 대규모 전차대를 바라보았다. 거리는 겨우 600m, 수십 대가 넘는 연합군의 전차대가 근처를 지나가고 있었다. 시간이 없다. 이제부터는 알아서 생존할 수밖에.

"안 되겠군, 한스! 기동하게! 이동을 재개해야겠어."

"옛? 하지만 에밀은 어떡하고요?"

한스 대위가 반문하자 슐츠 중령이 재차 말했다.

"어쩔 수 없다. 우선 우리부터 안전한 곳으로 이동할 수밖에."

슐츠 중령의 이 같은 말에 한스 대위가 고개를 젓고는 조용히 티거에 시동을 걸었다.

그르릉- 그릉-

"그럼 출발합니다…"

한스 대위가 한마디 하고는 핸들을 꺾어 한쪽 벽면을 향해 티거를 전속 전진시켰다. 323호 티거는 육중한 동체로 벽면을 그대로 밀고 나갔고 벽이 무너지면서 큰 구멍이 뚫렸다.

"어디로 갑니까, 중령님?"

한스가 묻자 슐츠 중령이 대답했다.

"서쪽으로, 의사당 방면으로 간다"

* * *

2008년 3월 11일, 티거 323호에서 하차한 후 나는 정찰을 위해서 인근의 교각 방향으로 이동했다. 그곳에서 나는 아군의 4호 전차 1대가 이쪽 방향을 향해서 기동하는 것을 보았고 뒤에서 미군 전차들이 추격하는 것을 보았다. 4호 전차는 그대로 격파되어 교각에 부딪혔고 곧 엄청난 폭발을 일으켰다. 이 전쟁은 과연 언제 끝이 날까? 모든 것이 두렵다… 과연 살아서 돌아갈 수 있을까? 나는 살아서 돌아가고 싶다….

이 글은 323호 티거의 탄약수인 에밀이 남겨놓은 마지막 기록이다. 이 수기는 전쟁이 끝난 직후에 베를린 일대에서 전사한 독일군의 시신들을 처리할 때 발견되었고 소원과 달리 에밀은 끝내 살아서 돌아오지 못했다.

나중에 의사당 일대에서 최후의 전투를 수행할 때 슐츠 중령은 에밀을 사지로 내몬 것을 후회하는데 이와 관련한 이야기는 앞으로 천천히 전개될 것이다.

그르르르르르르르르르르르르-

"정지! 의사당 일대에 도착했다!"

슐츠 중령이 해치를 열고 밖으로 나오며 말하자 한스 대위가 뭔가 계속 마음에 걸리는지 입맛을 다시며 말했다.

"이럴 줄 알았으면 애초부터 그냥 고향에 처박혀 있는 게 마음 편했겠군…."

"어쩔 수 없다, 한스 대위! 이미 상황은 벌어졌으니…."

슐츠 중령이 나지막이 한마디 하고는 고개를 돌려 뮌헨베르크 사단의 전구를 돌아보았다. 의사당 주변에 집결한 독일군은 거의 7만 명 규모로 토치카 판터 56대와 킹 타이거 6대 외에 판터 12대 및 장갑차 10대 등 총 80대의 차량이 집결해 있었다.

"휴… 우선은 일대에서 적을 막을 수밖에 없겠군."

짧게 중얼거리며 슐츠 중령이 티거 전차에서 하차했고 한스 대위가 해치를 열며 밖으로 모습을 드러냈다.

"그래도 판터 전차들이 더 많아서 그나마 다행이로군."

이미 독일군의 전선은 무너졌다. 남은 곳은 이곳 의사당 주변과 브란덴부르크 문 일대 및 베를린 역 일대까지 약 45㎞ 반경에 이르는 구역뿐이었고 이미 동쪽 일대와 남부 및 북부는 연합군에 의해 철저하게 파괴된 상황이었다.

"이보게, 한스 대위. 어쩌면 우리 조국은… 독일은 패망을 넘어서 완전히 멸망할지도 모르겠다."

슐츠 중령이 브란덴부르크 문을 바라보다가 한스 대위를 향해 돌아보며 말하자 한스 대위가 조용히 옆으로 다가와 담배에 불을 붙이며 말했다.

"어쩌면 멸망하는 것이 다는 아닐 겁니다. 설사 멸망한다고 해도 우린 최선을 다했고 끝까지 싸웠습니다. 그걸로 된 겁니다"

"과연 그럴까? 이 세상에서 우리가 할 수 있는 건 고작 전선을 돌아다니며 소방수 역할을 하는 것뿐이다. 그것이 전부였고 지금까지 그래왔듯이 우린 마지막까지 뭉쳐야만 하는 입장이니까 말이야."

"하지만 중령님 다르게 생각하면 또 이런 인생도 나름대로 괜찮았습니다. 한번 사는 인생 원 없이 싸웠고 또한 원 없이 즐겼으니까요."

한스 대위의 말에 슐츠 중령이 쓴웃음을 지었다.

연합군이 앞으로 의사당 일대까지 들어오기까지는 겨우 한 달뿐이었다. 한 달 안에 어떻게든지 살 방법을 찾아야 한다. 의사당에서 남은 독일군을 지휘하는 베른하우저 장군이 과연 앞으로 어떤 선택을 하게 될지, 그것이 앞으로의 판도를 결정할 것이다. 그리고 그 선택이 독일의 향후 운명을 결정할 것이다.

"중령님! 남은 병력은 전부 의사당 일대에서 연합군과 싸우라는 타전이 왔습니다!"

때마침 포수인 라켄이 티거 위에서 소리치자 슐츠 중령이 다시 한번 고개를 돌려 브란덴부르크 문을 바라보면서 말했다.

"한스 대위, 자넨 어째서 이 전쟁에 뛰어든 것인가? 어떻게든 고향에서 버티며 지낼 수 있었을 텐데 말이지."

슐츠 중령의 물음에 한스 대위가 피우던 담배를 바닥에 던지며 말했다.

"글쎄요…. 저도 이제 와 생각해 보면 왜 독일군에 들어왔는지 그것이 궁금합니다. 애초에 저는 딱히 군인이 될 마음도 없었는데 말이죠. 단지 운전을 할 줄 안다는 이유로 티거의 조종수가 되었고 결국엔 여기까지 왔습니다."

"전쟁은 참 비참하지. 마지막엔 모든 걸 무너뜨리고 부수거든. 결국 마지막에 남는 것은 겨우 전투로 인한 상처뿐인데…."

슐츠 중령이 잠시 하늘을 올려다보았다. 잿빛 하늘. 그것은 이제 곧 패망할 독일의 앞날을 의미했고 슐츠 중령은 그런 하늘에서 끝없는 새 시대를 보았다. 전쟁이 없는 세상… 그날은 분명 올 것이다. 반드시 말이다

"이만 가지, 한스 대위. 곧 여명의 시각일세. 곧 있을 전투를 준비해야지."

슐츠 중령이 한스 대위를 향해 말하자 한스 대위가 고개를 끄덕였다.

"여부가 있겠습니까? 언제든지 함께 싸울 준비가 되었습니다요."

그의 대답에 슐츠 중령이 고개를 끄덕인 후 먼저 몸을 돌려 티거를 향해 걸어갔다. 그리고 그런 그를 따라서 한스 대위가 티거를 향해 걸어갔다.

훗날 슐츠 중령은 마지막 순간에 회상했다.

내가 어렸을 때에 단 한번 친구들과 함께 물건을 훔친 적이 있다. 그런 나에게 아버지는 관대하셨고 덕분에 나는 두 번 다신 그런 일을 하지 않을 수가 있었다. 나는 티거 323호의 전차장, 마리우스 폰 슐츠 중령이다! 내가 가는 길이 곧 정의였고 내가 선택한 길이 곧 나의 인도였다.

마지막까지 최선을 다했으며 또한 최후까지 생존한 한 사람으로서 나는 말한다. 준비된 이별은 또 다른 하나의 추억이 되지만 준비되지 못한 이별은 오직 고통과 상처만을 남긴다고 말이다.

> 전쟁의 고통 속에서 준비되지 못한 이별과 함께 역사의 변화는
> 언제나 인간과 함께해 왔다. 다만 이별과 역사의 변화로 인한
> 또 다른 세계는 언제나 아름답다.
>
> -드뷔시 떽로그리거-

6부

엑스칼리버

그 후 수십 일이 지났고 마침내 베를린 공방전도 4월에 접어들고 있었다.

그동안 연합군은 의사당 일대에 대한 최후의 공격을 준비했고 독일군 역시 나름대로 최선을 다해 수비에 나섰다. 애초에 이 전쟁은 잘못된 선택이었고 또한 잘못된 길이었다. 그걸 알기에 나는 지금도 세상 앞에서 나와 싸우고 있고 이렇게 살아 있다

이제 얼마 남지 않은 독일의 운명은 과연 어느 방향으로 흘러가게 될까? 패망 이후에는 연합국이 독일의 영토를 관리하게 될 것인데 어떤 사태가 일어날지 지금으로서는 예측하기가 어렵다.

작전명 엑스칼리버. 2008년 4월 한 달 동안 이어지는 이 작전은 베를린 일대를 거의 점령한 연합군이 최후의 기세로 수행하려 하는 전투였고 때문에 독일군은 어떻게든지 의사당으로 연합군

이 진입하는 것을 막아야만 했다.

투르르르르르르르르르르르-

"제자리 정지!"

슐츠 중령의 외침에 티거 323호가 의사당의 서쪽 일대인 바이슐펜 시가지 중앙에 멈춰 섰다

"소련군의 전폭기들이 상공에서 정찰하고 있군."

한스 대위가 낮게 투덜대자 슐츠 중령은 고개를 돌려 그나마 베를린 시내에서 유일하게 온전한 서부 시가지 일대를 둘러보았다. 이곳도 이제 얼마 지나지 않아서 적의 공격에 폐허가 되겠지….

"중령님! 뮌헨베르크 사단 본부로부터의 무전입니다! 내용은 금일 오후 1시부터 연합군의 원거리에서의 공격이 개시될 거라고 합니다. 따라서 본 대대는 지금부터 적의 원거리 사격에 대비한 방어전 수행에 나서랍니다."

라켄의 보고에 슐츠 중령은 말없이 고개를 끄덕인 후 의사당 방향을 바라보았다. 의사당의 주변에만 토치카 판터들이 30대 넘게 배열되었고 킹 티거만 6대가 배치되었다. 강력한 전력인 만큼

연합군도 쉽게 돌파하진 못할 터.

"이제부터가 진짜 공방전이다! 한스 대위, 앞으로의 상황에 따라서 우리의 생환이 결정 날 듯하군."

그의 말에 한스 대위가 고개를 끄덕인 후 곧바로 해치를 닫고 안으로 들어갔고 슐츠 중령은 포탑 위에서 쌍안경으로 멀리 동부 방향을 바라보았다. 이미 베를린 동부 일대는 연합군에 의해 완전히 점령되었고 남은 것은 이제 의사당 주변을 포함한 서부 일대뿐이었다.

[바덴 중대가 뮌헨베르크 아흐트에게! 지금부터 각 중대는 기동하여 적이 공격해 올 길목을 차단한 후 교전에 들어간다. 각자 장비한 무기로 어떻게든 연합군이 의사당으로 진입하는 것을 막도록! 이상!]

때마침 들려오는 무전에 슐츠 중령은 조용히 몸을 숙여 해치를 닫고 티거 안으로 들어왔다. 남은 인원은 이제 3명. 슐츠 본인과 조종수인 한스 대위 그리고 포수인 라켄뿐이었다. 티거를 제대로 운용하기 위해서는 최소한 3명이 필요하다. 정수인 5명은 아니어도 지금으로서는 최소한의 운용 가능한 수준을 맞추었고 슐츠 중령은 곧 있을 연합군의 대규모 공격에 대응하기 위해 티거 323

호를 기동할 이유가 있었다.

"한스 대위, 지금부터 명령을 하달한다. 우리 323호 티거는 이 일대에서 남방향에서 올라오는 적을 맡는다. 전쟁의 끝이 마침내 보이고 있으니 모두 마지막까지 최선을 다해 주기 바란다."

"알겠습니다, 중령님"

"라켄! 포탄 장전하라! 철갑탄으로 장전한 후 대기하라!"

"넷! 알겠습니다!"

라켄이 대답한 후 곧바로 벽에 걸린 88밀리 철갑탄을 꺼내어 포미에 넣었다.

모든 준비는 완료. 남은 것은 적이 오길 기다리는 것뿐이었다.

"중령님! 이 소리가 들리십니까?"

한스 대위가 조금씩 땅이 미묘하게 울리는 소리에 슐츠 중령을 향해 묻자 슐츠 중령이 고개를 끄덕이며 말했다.

"왔다…. 남쪽 일대에서 적이 올라오는 소리다."

베를린 남부 지역에서 서쪽을 향해 올라오는 부대는 소련 우크라이나 해방전선군이었고 캅카스 전구에 해당하는 부대였다. 총병력 38만 명, 전차는 무려 3만 대에 이르렀고 대다수가 스탈린 2호를 포함한 중전차들이었다. 이들은 캅카스 전구 사령관인 이

조르스키 호네프 원수의 지휘를 받았고 부대는 총 30개 사단이 연합한 부대 규모였다.

"하필 소련군인 것 같군."

슐츠 중령의 말에 한스 대위가 왠지 모르게 묘한 표정으로 말했다.

"아무래도 이번 전투는 상상을 초월할 만큼 큰 전투가 될 듯합니다, 중령님."

"뭐가 보이나, 라켄?"

슐츠 중령이 묻자 포대경으로 전방을 주시하던 라켄이 대답했다.

"아무것도 안 보입니다."

"규모가 상당히 클 것 같다. 내 예상으로는 소련군의 다른 방면군 같군."

투쿠우우웅! 퍼어엉!

"시작되었습니다!"

소련군의 탄막 사격이 개시되었다.

"각 전차들은 본 차를 기점으로 산개하라! 최대한 거리를 벌려

놓고 적을 격파한다!"

슐츠 중령의 무전에 주변에 있던 중대 전차들이 일제히 산개해 넓게 진영을 갖추었고 진영이 만들어지고 불과 30분 후, 마침내 소련군 전차들이 멀리 5,000m 거리에서 모습을 드러내기 시작했다. 선두에 선 전차는 주력인 T-34/85와 자주포인 ISU-152였고 또 다른 주력인 T-80U 중전차들이 측면에서 기동하고 있었다. 상공에서도 전폭기인 일류신 JU-90D 폭격기들이 기동 중이었다.

거리가 3,000m까지 좁혀들자 슐츠 중령은 잠망경으로 전방을 주시하면서 말했다.

"아무래도 소련군의 전력 중에서도 정예인 캅카스 전구 부대 같다."

"거리 2,500m, 곧 전투 시작합니다."

라켄의 말에 한스 대위가 잔뜩 긴장한 표정으로 전방을 주시하며 중얼거렸다.

"제발 아무 일도 없기를…."

"거리 2,000m!"

"지금이다! 포이어!"

슐츠 중령의 외침에 라켄이 페달을 밟았고 곧 티거 323호의 주포가 심하게 요동치더니 88밀리 포탄이 발사되었다.

콰우웅! 투콰아앙!

　선두에서 이쪽을 향해 진격해 오던 전차 대열에 날아온 88밀리 포탄에 T-34 전차가 명중되면서 연기가 뿜어졌고 나머지 소련 전차들이 일제히 좌우로 흩어지면서 포격을 개시한 것을 시작으로 본격적인 최후의 공방전이 개시되었다.

　"공격이 개시되었다! 각 전차는 지금부터 반드시 살아남아라!"

　슐츠 중령이 무전기에 대고 한마디 하자 한스 대위가 고개를 저으면서 말했다.

　"이번 전투가 우리의 최후 보루가 되겠군요."

　"그럴지도 모르지, 어쩌면…."

　슐츠 중령이 짧게 대답한 후 고개를 들어 전방에서 이쪽을 향해 기동 중인 스탈린 중전차를 보며 거리를 쟀다.

　"좋아, 시작하자. 거리 1,000m, 목표 3시 방향 스탈린, 포이어!"

　슐츠 중령의 말에 포수인 라켄이 주포인 88밀리 포가 아래에 위치한 격발용 페달을 밟았다.

　투쿠우웅! 퍼엉!

88밀리 포가 발사되면서 포미에서 흰 연기와 함께 탄피가 배출되었고 이내 붉은 섬광과 함께 날아간 88구경 포탄은 정확히 스탈린 전차의 전면 바이저 관측창을 뚫고 들어가면서 큰 폭발을 일으켰다.

"명중!"

포탄이 명중했는데도 슐츠 중령은 재차 스탈린 전차를 향해 사격 명령을 내렸다.

"다시! 재장전 후 스탈린을 향해, 포이어!"

"옛? 하지만 명중…."

퍼어엉!

투콰아앙!

라켄이 뭐라 말하기도 전에 날아드는 122밀리 포탄. 포탄은 정확히 323호 티거의 코앞에 떨어져 터졌고 그제야 아직 적이 죽지 않았음을 깨달은 라켄이 급히 88밀리 포탄을 장전했다.

"장전 완료!"

"포이어!"

투쿠웅! 퍼엉!

BAOOOOOOOOOM! GWAUOOOOOOOOOO!

88밀리 포탄에 또다시 명중된 스탈린 전차가 그대로 화염에 휩싸이면서 침묵했고 슐츠 중령은 이내 다음 목표로 수정을 시작했다.

"다음, 목표를 2시 방향의 SU-76M으로 포이어!"

슐츠 중령의 말에 라켄이 포대경으로 전방 700m까지 근접해 사격 중인 소련군의 자주포 SU-76M을 향해 사격을 개시했다.

DOKOOOOOOOOOOOM!

"명중입니다!"

"망할! 적이 너무 많습니다요, 중령님…!"

한스 대위가 소리치자 슐츠 중령은 아무 말 없이 다음 명령을 내렸다.

"목표를 8시 방향으로 수정하라! 거리 800m, T-34/115 포이어!"

슐츠 중령의 명령이 연이어 이어지자 라켄의 손도 덩달아 바빠졌다. 베를린의 의사당 방향을 향해 공격해 오는 소련군 전차의 수는 못해도 1,000대가 훨씬 넘었다. 대규모 물량으로 공격을 개시한 소련군을 상대로 과연 얼마나 버틸 수가 있을지 아무도 예상할 수가 없었다.

"최대한 버텨야 한다! 서둘러 포격 속행!"

슐츠 중령의 외침에 라켄이 다음 탄을 포미에 장전해 넣었다. 이미 500m 거리까지 진격해 온 소련군 전차들은 일제히 독일군 전차들을 향해 맹렬하게 포격을 개시했고 상당수의 독일 전차들이 이미 격파되어 화염을 뿜고 있었다. 이대로 간다면 의사당의 함락은 시간문제였다.

슐츠 중령은 어떻게든 의사당 주변 일대에 대한 방어를 수행하기 위해 전방에 보이는 소련군 전차 중에서 가장 강력한 화력을 보유한 전차부터 격파하기로 하고 라켄에게 사격을 지시했다.

"라켄! 전방 12시 방향, 거리 450m, 소련군 스탈린 중전차, 포이어!"

슐츠 중령의 말에 라켄이 곧바로 포대경으로 조준 후 페달을 밟았고 발사된 88밀리 포탄은 정확하게 전방에서 사격 중이던 스탈린 2호에 섬광을 뿌리며 명중했다. 스탈린 전차는 그대로 다운되어 검은 연기를 뿜었다.

"중령님! 탄약이 부족합니다!"

다음 포탄을 재장전하며 라켄이 소리치자 슐츠 중령이 당황한 표정으로 물었다.

"몇 발 남았나?"

"그것이… 대략 23발 남았습니다…"

23발. 너무도 적은 탄약이었고 이런 수량으로는 장시간 교전이 불가능했다. 당장 몰려오는 소련군의 전차들이 1,000대가 넘는데 23발로는 겨우 동등한 23대만을 잡을 수가 있었고 당장 탄약의 지원이 시급했다.

"크윽! 예비 포탄이 더 필요하다! 뮌헨베르크 사단 본부에는 88 밀리 포탄이 얼마나 있다던가?"

슐츠 중령이 한스 대위에게 묻자 한스 대위가 무전기를 집어 들며 대답했다.

"지금 바로 무전을 해 보겠습니다."

"서둘러라. 예비 탄약이 빨리 보충되어야 한다."

슐츠 중령이 중얼거리자 라켄이 페달을 다시 밟았고 88밀리 포탄은 전방에서 치고 나오던 소련군의 구축전차인 SU-100에 직격했다.

"명중!"

"남은 탄약은 22발이로군…."

걱정이 가득한 표정으로 슐츠 중령이 중얼거리자 한스 대위가 한숨을 쉬더니 잠시 후 무전을 종료하고 말했다.

"중령님! 본부에서는 더 이상 지원할 탄약이 없다고 합니다…. 그냥 이대로 싸우라고 합니다. 어찌할까요?"

"말도 안 되는 소리! 탄약도 없이 어떻게 싸우란 말인가? 탄약이 없다는 말이 확실한가?"

슐츠 중령이 기가 막히다 는 표정으로 되묻자 한스 대위가 고개를 끄덕이며 말했다.

"아무래도… 탄약이 부족한 관계로 후퇴해야 할 듯합니다만…."

"어디로 간단 말인가? 이미 모든 곳이 다 막혔는데…."

슐츠 중령이 되묻자 한스 대위가 잠시 생각하더니 말했다.

"그렇다면… 인근의 베를린 역 쪽으로 이동하는 것이 어떻습니까? 역 일대에는 아군의 토치카가 상당한데 그 일대에서 남은 탄약으로 버티면서 싸우는 편이 나을 것입니다."

"일리 있는 말이로군. 좋아, 라켄! 포격을 중지하고 후퇴한다! 남은 탄약은 몇 발이지?"

"20발 남았습니다…."

라켄의 대답에 슐츠 중령은 고개를 끄덕인 후 몸을 일으켜 해치를 열고 밖으로 모습을 드러냈다. 이미 의사당 앞까지 몰려온 소련군 전차들은 상당수가 의사당과 주변 일대를 향해 포격을 개시했고 곳곳에서 독일군의 전차들이 격파되어 화염에 휩싸여갔다. 이제 남은 것은 베를린 중앙역으로 이동하여 그곳에서 의사당 주변을 방어하는 것뿐.

"후퇴하라! 의사당 인근의 베를린 중앙역으로 이동한다!"

✳ ✳ ✳

투ㄹㄹㄹㄹㄹㄹㄹㄹㄹㄹㄹㄹㄹㄹㄹㄹㄹㄹㄹㄹ-

베를린의 동부 일대. 소련군의 스탈린 중전차인 24호 전차가 폐허가 된 잔해 사이를 헤치면서 서쪽 의사당 방향을 향해 천천히 이동하고 있었다.

거리의 중간중간마다 격파된 독일군 전차들, 특히 맹수 티거 전차가 한 귀퉁이에서 궤도가 화염에 휩싸인 채 격파된 모습을 바라보며 24호 스탈린 전차의 전차장인 니콜라이 이신도르프 상급 중위는 잠시 그 옆을 지나갈 때 고개를 숙여 묵념했다. 길목의 중간마다 격파된 독일군의 토치카들과 파괴된 건물들 그리고 검은 연기를 뿜고 있는 전차들의 잔해, 이 모든 것이 꿈은 아니었다.

이것은 전쟁이었고 또한 역사적인 날이기도 했다. 독일 나치의 수도인 베를린이 연합군에 의해 점령되어 전쟁이 완전하게 종식되는 순간, 이 순간을 얼마나 기다려왔던가? 조국인 소련이 나치 독일에 짓밟힌 지 거의 30년 이상이 흐른 후에야 마침내 소련군은 연합국의 일원으로서 베를린 공방전의 선봉으로 서는 영광을 안았다. 하지만 날이 갈수록 독일의 저항은 거세져만 갔고 덕분에 자국인 소련군의 피해는 갈수록 커져만 가고 있다.

이신도르프 상급 중위는 원래 중앙방면군인 주코프 원수의 소속인 제80 중기동화력지원 사단에 편제되어 있었고 중앙방면군에서도 그의 화력 지원 중대는 가장 강력한 위력을 발휘했다. 덕분에 그의 중대는 전원이 베를린 서쪽 방향을 향해 독립적으로 기동할 권한을 가졌고 이 권한은 원수인 주코프가 직접 수여한 권한이었다.

"전차 정지! 아군이로군. 뭔가를 하고 있는데?"

때마침 전방 200m 인근에서 아군인 소련군 제65 근위여단과 44 친위여단의 병력이 한곳에 모여 무언가를 하는 것을 발견한 이신도르프 상급 중위가 전차를 정지시키자 스탈린 2호 24호 전차가 무거운 기계음과 함께 제자리에 정지했다.

"오! 이신도르프 상급 중위 동지, 때마침 오는군 그래."

인근에서 담배를 태우던 같은 상급 중위인 류바 마키노프가 반갑게 그의 스탈린 전차를 향해 다가오자 이신도르프 상급 중위가 전방을 주시하며 물었다.

"지금 이곳에서 뭘 하는 겐가? 속히 서쪽으로 진출하지 않고? 뭘 하고 있는 거야?"

이신도르프 상급 중위가 묻자 류바 상급 중위가 슬쩍 아군이 몰려 있는 곳을 바라본 후 대꾸했다.

"뭘 하긴…. 지금 아군이 성대하게 베를린 공방전에서 사로잡은 포로들을 예우하는 중이지."

"예우라고? 분명히 공방전이 개시되는 시점에 주코프 원수 동지께서 연합군의 강령에 어긋나는 행동을 금하셨을 텐데?"

이신도르프 상급 중위의 반박에 류바 상급 중위가 슬쩍 그의 눈치를 보더니 말했다.

"난 아무 상관도 없다네, 동지. 그저 명령받은 대로 실행할 뿐, 부대의 지휘관은 내가 아니라 표트르 로바숍스키 대좌 동지일세. 따지려면 그에게 가서 따지게나."

"어디 계신가, 대좌 동지는? 내가 직접 얘기하겠네."

이신도르프 상급 중위가 연이어 재촉하자 류바 상급 중위가 잠시 망설이더니 아군이 몰려 있는 방향을 손으로 가리키며 대답했다.

"저곳에 계신다네."

그의 말이 끝나는 것과 거의 동시에 전차에서 뛰어내린 이신도르프 상급 중위가 천천히 앞을 향해 걸어가면서 상황을 살폈다. 이미 폐허가 된 동부 중앙 광장 일대에는 소련군에 포로로 잡힌 독일군들과 민간인들이 대거 몰려 있었고 그런 그들을 향해 소련군이 군법으로 따지면 거의 불법에 가까운 행위를 저지르고 있었다.

"흐로프 자 흐로프 크로프 자 크로프(빵에는 빵으로 피에는 피로)…."

타이앙! 탕! 탕!

연속적으로 베를린 동부 광장에 울려 퍼지는 총성. 이신도르프 상급 중위는 서둘러 발걸음을 옮겼고 마침내 아군이 무엇을 하고 있는지 정확하게 판단할 수 있었다.

소련군 몇 명이 권총과 기관단총으로 포로들을 몇 명씩 광장으로 끌고 와서는 일방적으로 학살하고 있었다. 이신도르프 상급 중위는 그 모습을 보자마자 더 이상 묵과할 수가 없다고 판단하여 광장 한가운데로 걸어갔다.

"자, 마지막이로군. 네가 이번 학살의 마지막이다!"

소련군 상급 장교인 마라키바 고류노프스키 대위가 장전된 마우저 권총을 포로로 잡힌 독일군인 히틀러 유겐트 소년병의 머리에 겨누자 소년병은 그저 아무 말 없이 고개를 숙였다.

"끝이다."

마지막 한마디와 함께 대위가 권총의 방아쇠를 당기려는 그 순간, 이신도르프 상급 중위가 재빨리 그의 손을 덥석 잡으며 말했다.

"그만두십시오, 동지. 동지는 연합군의 행동 강령을 잊으신 겁니까? 분명 주코프 원수 동지께서 처음에 금지한 수칙이 있을 텐데요?"

이신도르프 상급 중위의 말에 마라키바 대위가 잠시 미간을 찌푸리고는 그의 손을 뿌리쳤다.

"어딜 감히! 상급 중위 동지, 귀관은 지금 상관이 전쟁의 여흥을 즐기고 있는 것이 안 보이나?"

"전쟁의 여흥이라고 하셨습니까? 말씀 잘하셨습니다, 대위 동지! 우리 자랑스러운 소비에트 연방의 붉은 전사가 이런 본분을 망각한 추잡스러운 행태로 명예를 실추시키는 것이 여흥입니까? 길을 걸어가는 사람들을 잡고 물어보십시오, 누구 말이 옳은가를."

이신도르프 상급 중위가 지지 않고 말하자 마라키바 대위가 권총을 그에게 겨누며 말했다.

"이보게, 동지. 귀관의 발언은 심히 거슬리는군. 지금 상황이 어떻게 돌아가고 있는지 모르나 본데, 내가 가르쳐주지."

"그게 무슨 말씀입니까?"

"뭣들 하고 있나? 나머지 포로들도 똑같이 처형하지 않고? 귀관은 이 자리에서 똑바로 바라보게. 이것이 우리의 할 일이고 또한 우리가 해결해야만 하는 잔재의 처분이라는 것을."

"아니 잠깐만! 동지, 이건…."

이신도르프 상급 중위가 뭐라 다시 말하려던 찰나 바로 뒤에서 다른 소련병이 소총의 개머리판으로 그를 후려쳤다.

퍼어억!

쿠웅- 털썩!

"자, 남은 여흥을 즐기도록 하지. 모두 앞으로 끌고 와라!"

마라키바 대위가 다시 권총을 소년병 쪽으로 겨누자 포로로 잡힌 독일 군종 장교가 앞으로 나서며 외쳤다.

"이 망할 이반 놈들…. 너희들은 신이 두렵지도 않느냐? 신께서 너희들의 이런 만행을 결코 좌시하지 않으실 것이다!"

"신…? 웃기는군. 애초부터 신이 있었다고 한다면 우리 소국을 너희 게르만스키들에게 짓밟히도록 내버려 두지 않았겠지. 우린 너희에게 당한 만큼 복수하는 것뿐이다."

"복수라고? 이 망할 놈들!"

"빵에는 빵으로, 피에는 피로 그것이 우리 소비에트 연방의 붉은 전사들이 가진 소명이다!"

"소명 같은 소리 하네, 망할 놈들…."

군종 장교가 거칠게 저항하며 외치자 소련병들이 일제히 그를 잡아서 바닥에 내동댕이쳤다. 그리고는 소총의 개머리판으로 그의 머리를 수없이 내리쳐 짓이겼다.

"자, 다시 시작해 볼까?"

"멈춰라!"

마라키바 대위가 소년병의 머리에 권총을 겨누며 말하는 그 순간 어디선가 소련군 헌병들이 몰려오더니 길을 열었다. 저쪽에서 걸어오는 사람은 소련군의 원수인 게오르기 주코프였다. 마라키바 대위는 그제야 상황을 파악하고는 조용히 권총을 아래로 내렸고 이내 가까이 다가온 주코프 원수를 향해 경례했다.

"조국 만세! 원수 동지…"

"지금 여기서 뭣들 하는 겐가? 벌써 남쪽 방면에서는 우크라이나 해방군이 의사당 방면으로 진입했는데."

"그것이… 실은 포로들을 처리하느라 잠시…"

"책임자는 어디 있나?"

주코프 원수가 재차 묻자 마라키바 대위가 아무 말 없이 경직된 채 그 자리에 서 있었다. 포로들에게 그동안의 쌓인 복수를 한다고 시작한 일이지만, 막상 주코프 원수가 전투 직전에 하달한 명령을 위반한 이상 아무래도 살아남기는 어려울 것이다. 그는 차마 아무런 변명도 할 수가 없었다.

"책임자는 어디 있냐고 물었네, 대위 동지."

주코프 원수가 그를 계속 주시하며 재차 묻자 마라키바 대위가 조용히 대답했다.

"현장 책임자이신 로바숍스키 대좌 동지께서는 저쪽에 계십니다. 지금 저곳에서도 이곳과 마찬가지로…"

철컥- 타아앙!

그가 말을 마치는 것과 거의 동시에 주코프 원수가 망설임 없이 허리의 마카로프 권총을 뽑아 그의 머리에 겨누고 방아쇠를 당겼다.

"어리석은 동지 같으니. 내가 분명히 붉은 군대의 위신에 해를 가하는 행위는 금지했을 텐데…"

주코프 원수가 무표정하게 아직도 연기가 피어오르는 권총을 아래로 내리면서 중얼거리자 헌병들이 나서서 대위의 시신을 양쪽에서 잡고 어디론가 옮겼다.

"크윽…. 뭐지 방금…?"

때마침 개머리판에 맞아 정신을 잃었던 이신도르프 상급 중위가 정신을 차리며 주변을 두리번거렸다. 그러다 저쪽에서 이미 죽은 마라키바 대위가 헌병들에 의해 한쪽 구석으로 옮겨지는 것을 발견하고는 재빨리 자리를 털고 일어났다.

"주코프 원수 동지!"

"걱정할 것 없네, 상급 중위 동지. 이곳은 내가 알아서 처리하도록 하지."

주코프 원수가 아무렇지 않은 듯한 표정으로 한마디 하자 이신도르프 상급 중위가 조용히 한걸음 뒤로 물러섰다. 곧 2분도 안 되어 현장 책임자인 표트르 로바숍스키 대좌가 주코프 원수가 있는 방향을 향해 황급히 뛰어오는 것이 보였다.

"주코프 원수 동지! 어서 오십시오! 제가 여기 책임자인 표트르…"

"귀관인가? 이런 추잡스러운 행태를 명령한 작자가?"

주코프 원수가 대뜸 표트르 대좌를 향해 묻자 표트르 대좌가 당황한 표정으로 더듬거리며 말 다.

"그것이 원수 동지… 그게 그러니까…"

"내가 분명히 처음에 경고했네. 연합군 간에 서로 마찰이 일어나면 같은 편끼리 싸우게 될 수도 있다고 말이지. 그걸 막으려고 명령을 직접 하달했는데 귀관의 부대는 그것을 못 들었나 보군."

주코프 원수가 차갑게 말하자 표트르 대좌가 당황한 표정으로 대답했다.

"아닙니다, 원수 동지. …저는 그저 소비에트의 붉은 전사들이 전쟁도 거의 끝났으니 여흥이 필요할 것 같아서…"

"여흥? 동지… 동지는 말이야. 아무래도 날을 잘못 잡은 것 같군."

"예? 그게 무슨…"

타앙!

쿠쿠웅! 털썩-

원수의 직권으로 이루어진 두 번의 직권 총살. 표트르 대좌 역시 마라키바 대위와 마찬가지로 주코프 원수의 권총에 사살되었고 그의 시신 역시 헌병들에 의해 어디론가 옮겨졌다. 두 사람을 처분한 주코프 원수가 애용하는 마카로프 권총을 허공으로 올리며 소리쳤다.

"이 자리에 모여 있는 소비에트 붉은 전사들에게 고한다! 나 게오르기 주코프 원수는 중앙방면군의 총사령관으로서 연합군 간에 정한 상호 규약 및 협의안을 철저히 지킬 것을 다시 한번 이 자리에서 확인하는 바이다! 따라서 금일 이 시간부로 나머지 포로들은 모두 석방하도록 한다! 명령을 따르지 않는 자는 좀전처럼 내가 직접 즉결 처분할 것이다! 알아들었으면 다시 기동 준비를 서두르고 포로들을 석방하도록. 이상!"

주코프 원수의 이와 같은 발언에 그 자리에 모인 소련군 병사들은 더 이상 포로들을 학살할 수가 없었다. 어느 누가 감히 군의 총사령관인 원수의 명령을 어길 수 있단 말인가.

"모든 소비에트의 붉은 전사들은 일제히 기동을 재개하라! 자랑스러운 스탈린 원수 동지 만세! 사회주의 만세!"

주코프 원수가 인근의 지휘용 장갑차에 오르며 외치자 모든 소련군이 일제히 함성을 질렀다. 의사당에 소련의 붉은 적기가 꽂히기까지 남은 시간은 이제 겨우 60일 남짓뿐이었다. 다시 이동을 시작한 소련군 중앙방면군을 바라보며 석방된 독일의 포로들은 그저 아무 말 없이 그들의 뒷모습을 바라보며 서 있었을 뿐이었다.

엑스칼리버 작전은 이제 겨우 전반전이었다.

* * *

키릭- 키릭- 끄르륵-

동 시각 베를린 북부 일대에서는 영국군과 미군의 혼성 전차부대가 남하하면서 베를린 의사당이 있는 방향으로 기동하고 있었다.

베를린에서도 특히 북부권에는 독일군이 연료 부족으로 버린 전차들이 유독 많았는데 이 중에는 킹 타이거를 포함한 맹수 시리즈가 다수였고 대공 전차들도 상당수가 버려져 있었다. 급하게 후퇴하느라 자폭시키지 못한 전차의 다수는 연합군에 의해 노획되었고 연합군이 연료를 주입한 전차들은 이제 자신들이 속했던 독일을 향해 포신을 겨누게 되었다.

VORRRRRRRRRRR!

"선두 제자리!"

미군 장교가 앞서가던 셔먼 105밀리 포 탑재형인 M4A2 포탑 위에서 외치자 헤쳐 38t 중대가 일제히 제자리에 정지했다. 노획한 독일의 구축전차인 헤쳐로만 구성한 미군의 노획 전차 중대는 총 3개 중대였고 이외에도 야크트 판터 2개 중대까지 총 5개의 노획 전차 중대를 보유하고 있었다.

맨 선두에 정지한 셔먼 M4A2 46호 포탑 위에서 미군 장교인 브레스트 웨어만 소위가 쌍안경으로 전방의 교회당 방향을 살펴보았다. 노르트란트 사단이 방어 중인 교회당 일대에는 이미 상당수의 독일군이 배치되었고 이들은 대다수가 국민 돌격대로 구성된 부대였다. 전차는 전무, 오직 소형의 장갑차로만 구성된 노르트란트 사단의 부대는 겨우 1만 명 규모였고 1개 여단급 수준의 전력이 전부였다.

"전방에 독일군 다수 포착! 포탄 장전하라! 장전 후 대기!"

웨어만 소위의 말에 탄약수인 히츠가 포미에 105밀리 포탄을 장전했고 포수인 웨인 글라크 상사가 포대경을 조절했다. 거리는 약 1,200m.

웨어만 소위가 쌍안경으로 전방을 계속해서 주시하면서 뒤에 대기 중인 헤쳐 구축전차를 향해 손으로 앞으로 나오라는 신호를 보내자 헤쳐 3대가 앞으로 천천히 기동해 나왔다.

"전 차량에 타전해! 즉시 모든 차량은 한 발씩은 장전해 놓으라고 말이야."

웨어만 소위가 약간 짜증 섞인 말투로 한마디 하자 바로 옆으로 기동한 헤쳐 226호 차량에서 미군 장교인 브레드 하르트만 소위가 해치를 열고 밖으로 나오며 말했다.

"지금부터 말해도 늦겠어. 안 그래도 독일 나치 놈들이 곳곳에서 게릴라식으로 산개해서 기습하고 있는 관계로 말이지."

"흥. 아무리 그렇게 나와도 전황을 되돌릴 수는 없지. 하사! 포탄은 장전했나?"

"옛! 장전했습니다요!"

탄약수인 히츠 하사가 대답하자 웨어만 소위가 쌍안경을 들어 다시 독일군 진영 쪽을 살폈다. 독일군 진영에서는 이미 수십 대의 장갑차들이 앞으로 나오고 있었고 그중에는 78밀리 단포신 보병포로 무장한 장갑차도 있었다.

"망할 나치 놈들…. 사격 준비!"

웨어만 소위의 외침에 전 전차들이 일제히 산개하면서 사격 준비를 시작했다.

"거리 1,000야드! 사거리가 되려나?"

탄약수인 히츠 하사가 중얼거리자 포수인 웨인 상사가 조용히 말했다.

"아직 아니야. 사거리는 최소 1,000야드부터지만 보통은 700야드 정도 접근했을 때부터 사거리 적용을 하거든."

"거리 950야드! 발사 준비하라고, 상사."

웨어만 소위의 말에 웨인 상사가 고개를 끄덕이며 말했다.

"알고 있습죠. 걱정 마십시오."

"거리 800야드."

전차장인 웨어만 소위의 말에 포수를 비롯한 전차 탑승원 모두가 긴장했다.

"거리 700야드."

어느새 거리가 700야드까지 좁혀지자 웨어만 소위가 쌍안경으로 다시 한번 독일군 진영을 살펴보고는 해치를 닫고 안으로 들어오며 외쳤다.

"사격 개시!"

"오케이! fire!"

퍼엉! 펑! 펑!

이윽고 서먼의 105밀리 6.3인치 곡사포가 불을 뿜었고 동시에 독일군 진영에서 역시 서먼을 향해 사격을 개시했다.

"미군이다! 일제 사격하라!"

독일군 장교가 외치자 장갑차인 sd. kfz 234/4 장갑차에서 76밀리 단포신과 장포신 포를 사격했다.

투쿠웅! 퍼어엉!

"망할 나치 놈들…."

"저항이 비교적 격렬하겠는데?"

짧게 중얼거린 웨어만 소위가 관측창을 이리저리 돌려가며 적의 장갑차 규모를 확인해 보았다. 총 24대가 전방에 포진되어 있다. 그나마 절반 이상이 sd. kfz 234/4였고 장포신으로 무장한 장갑차가 다수였다.

"망할…. 포탑 10시 방향으로 선회해! 이쪽을 향해 머리 내민 놈이 있어."

웨어만 소위의 말에 포수인 웨인 상사가 포탑 핸들을 돌려 10시 방향으로 셔먼의 포탑을 선회했다.

콰아앙!
KAM!

발사된 76밀리 포탄이 날아오면서 셔먼의 정면을 강타했지만 두꺼운 장갑 덕분에 관통은 피했다.

"제자리 정지! 거리 500야드 쏴!"

끄르르륵- 끼익!
퍼어엉!
DUM! DOKOOOOOM!

"그렇지! 명중했다!"

포수인 웨인 상사가 독일군 장갑차에 한 발 먹이고는 몹시 신이 나서 외치자 웨어만 소위가 다시 외쳤다.

"다음, 목표를 11시 방향으로 역시 같은 장갑차다! 거리 500야
드 발사!"

콰앙!

BAKOOOOOOOOOM! BAOOOOUM!

이내 또 1대의 장갑차가 셔먼의 105밀리 주포에 명중되어 격파
되자 독일군도 상당히 급했는지 육탄 돌격을 감행하기 시작했다.

"돌격 앞으로!"

"뛰어!"

독일군 장교가 권총을 들고 외치자 수백 명의 독일군이 일제히
토치카 밖으로 뛰어나오면서 미군 전차를 향해 돌격을 개시했다.
그런 독일군을 향해 미군 전차들은 탑재된 경기관총을 사격했다.

투두두두두두두두두두두두두두두!

"있는 대로 퍼부어!"

웨어만 소위의 외침에 탄약수인 히츠 하사가 동축기관총을 사

격했고 무전수인 볼튼 상병이 전방 기관총을 잡고 있는 대로 독일군을 향해 난사했다.

"명중하는 것이 어째 불안한데…"

포수인 웨인 상사가 포대경으로 전방을 주시하면서 중얼거렸다. 여기저기서 독일군이 기관총에 맞아 쓰러졌고 몇몇은 주포인 105밀리의 직접 유탄 사격을 받아 격파되어 갔다.

"헤쳐를 노려라! 전방 기관총이 없으니 쉽게 노릴 수가 있다!"

독일군 장교가 담벼락 뒤에 숨어서 소리치자 웨어만 소위가 인상을 찌푸리고는 소리쳤다.

"거리 400야드 방향은 4시 방향 발사!"

철컥- 우우우웅!

그의 명령과 함께 셔먼의 105밀리 주포 탑이 4시 방향으로 천천히 선회했다.

"저 망할 놈부터 죽여 버려야겠어. 쏴!"

콰아앙! 퍼엉! TOKUOOOOOOOO!

"명중입니다!"

"망할 것들 같으니라고! 앞으로 전진 개시해!"

웨어만 소위의 말에 조종수인 데릭 보어만 중사가 기어를 조작해 셔먼을 앞으로 전진시켰다. 그러자 셔먼 전차가 천천히 미끄러지듯이 궤도를 기동해 무너진 건물 잔해 위로 거칠게 요동치며 기동했다. 그런 셔먼의 뒤를 따라서 노획한 헤처 구축전차들이 따랐다.

"곧 교회당 일대도 우리 손에 넘어오겠군."

"망할! 돌파하지 못하게 하라!"

독일군 장교들이 외치자 장갑차들이 선두로 나오면서 포격을 했고 셔먼 46호 전차의 전면에 명중한 76밀리 포탄들은 전부 튕겨 나갔다.

"어림없지! 망할 나치 놈들… 발사!"

투콰아앙!

퍼엉! 파콰아앙!

연속적으로 명중한 포탄들에 의해 독일군의 장갑차들이 속절없이 격파되었고 이내 남은 독일군이 후퇴하기 시작했다.

"적이 도망간다!"

"쫓지 마라! 아직은…."

웨어만 소위의 말에 포수인 웨인 상사가 그제야 안도의 한숨을 쉬었다.

"휴…. 드디어 끝났군."

"아직 아니다! 교회당 건물 안쪽에 대한 수색을 개시한다! 전원 하차!"

웨어만 소위의 외침에 포수인 웨인 상사가 입맛을 다시면서 개인 화기를 집어 들고는 자리에서 일어나 해치를 열었다.

철컹- 끼이익!

"하차 후 신속하게 교회당 안을 소개한다! 어서 움직여!"

"자, 가자고! 전차병인 우리가 이 짓도 해야 하다니…."

짧은 불평과 함께 웨인 상사가 포탑에서 뛰어내리자 히츠 하사 역시 게런드 소총을 들고 전차에서 뛰어내렸다. 독일군이 후퇴하고 있는 지금, 이제 남은 것은 연합군의 승리뿐이라고 히츠 하사는 확신했다.

그르르르르르르르르르르르-

"응? 저거…."

바로 그때 교회당을 향해 발걸음을 옮기던 히츠 하사의 눈에
10시 방향에서 이쪽을 향해 이동 중인 전차가 눈에 띄었다. 티거
전차다! 그것도 개조된 티거였다!

"뭐야, 저거? 맙소사!"

"이런 제길! 전차로 돌아가!"

웨어만 소위가 다급히 소리쳤지만 이미 때는 늦었다.

투콰아앙!

DOKOOOOOOOOM!

"우리는 자랑스러운 게르만의 후예다! 망할 연합군 놈들…."

독일군 323호 티거 전차의 포수인 라켄이 당당하게 외치자 슐
츠 중령이 외쳤다.

"재장전! 거리 350m, 4시 방향 셔먼, 포이어!"

투쿠웅! 콰아앙!

투콰콰앙!
QWAUOOOOOOOOO!

연이은 포성과 함께 티거의 88밀리 포구에서 발사된 포탄은 정확히 웨어만 소위의 차량인 46호 셔먼을 뚫고 들어갔고 셔먼 전차는 그대로 다운되어 화염이 치솟았다.

"저 망할 놈들…"

"갑자기 어디서 나온 거야?"

사방으로 재빨리 흩어지며 포수인 웨인 상사와 탄약수 히츠 하사가 각자 담벼락 뒤에 엄폐하며 중얼거렸다. 전차장인 웨어만 소위가 권총을 뽑아 들고 티거의 관측창을 향해 사격했다.

탕! 탕! 탕! 탕! 탕!

"소용없다!"

DOKOKOKOKOKOKOKOKOKOKOKO!
파바바바바밧! 피잉! 핑!

"크윽… 이런 제길…."

재빨리 몸을 날려 담벼락 뒤로 숨으며 웨어만 소위가 권총을 재장전하자 티거 323호가 재빨리 기동 선회하면서 연속적으로 헤처들을 향해 포격했다.

투쿠웅! 퍼어엉!

DOKOOOOOOM! BAKOOOOOOOM!

연속된 88밀리 포의 사격에 지근거리에서 명중당한 미군의 노획 전차인 헤처가 3대나 불탔고 그 뒤로도 슐츠 중령의 티거 323호는 미국의 M4 전차 2대와 M26 경전차 2대를 추가로 격파했다. 남은 포탄의 수량은 이로써 10발. 베를린 공방전에서 최후로 의사당 근처에서 분전한 티거였으나 남은 탄약은 이제 서서히 포위해 오는 연합군을 상대로 하기에는 충분한 위력을 발휘할 수가 없었다.

"정지!"

GEBOBOBOBOBOBOBOBOBOBOBOBOBOBO!

이어지는 동축기관총인 MG42의 사격, 근처에서 대응하던 미군은 완전히 흩어졌고 이로써 어느 정도 시간을 번 티거 323호에서 해치가 열리면서 슐츠 중령이 모습을 드러냈다.

"바깥은 어떻습니까, 중령님?"

라켄의 물음에 슐츠 중령은 주변을 한번 둘러보았다. 이미 폐허가 되어 버린 베를린 교회당 인근은 파괴당한 연합군의 전차 잔해만이 불타고 있었고 곳곳에서 무너진 잔해 사이로 미처 빠져나가지 못한 시민들이 간간이 모습을 보일 뿐이었다.

애초에 베를린 중앙역으로 기동하려고 한 슐츠 중령의 323호 티거가 왜 이곳 중앙 교회당에 온 것인지는 별로 중요하지 않다. 다만 그들이 이곳으로 이동할 수밖에 없었던 이유, 그건 바로 중앙역 일대에서 이미 소련군에 의한 대규모 야전 포격이 개시되어 전차가 위험해지기 때문에 기수를 돌린 것이었다. 때마침 일대에서 미군의 전차 부대와 교전한 슐츠 중령의 티거 323호는 이제 노쇠한 호랑이처럼 전선을 누비는 신세가 되었다.

남은 포탄은 이제 겨우 10발. 10발 가지고는 더 이상의 대규모 전투는 불가능했고 때문에 슐츠 중령은 이곳 일대에서 한동안 전선 일대에 대한 확인 작업을 하기로 했다. 여기서 말하는 확인 작업이란 혹시 있을지 모를 탈출로 유무에 대한 여부를 확인하는 것을 의미한다.

상황이 안 좋아진 이상 이제 전투는 의미가 없었고 슐츠 중령은 더 이상의 전투 없이 베를린 외부로 탈출할 수 있는 길을 찾는 데에 주력하기로 했고 독일군이 모두 의사당 방향으로 후퇴한 텅 빈 교회당 일대에서 다시금 길을 내 볼 생각이었다.

"길을 내야겠다. 라켄, 인근에 아군이 소개하여 탈출할 만한 곳을 찾도록 한다."

슐츠 중령의 말에 라켄이 고개를 끄덕인 후 MP40 서브 머신건을 집어 들고는 해치를 열고 밖으로 나왔다.

"어디서부터 시작합니까, 중령님?"

라켄의 물음에 슐츠 중령이 교회당 인근을 둘러보다가 미군이 후퇴한 방면으로 시선을 돌렸다. 그곳은 베를린의 동쪽 방향이었고 베를린으로 통하는 동문인 쾨니히스베르크 문이 있는 방향이었다.

"자유의 문 일대로 한번 가보도록 하지. 서쪽으로 간다."

"알겠습니다."

슐츠 중령의 말에 한스 대위가 즉시 기어를 변속해 티거를 선회시켰다.

자유의 문이 위치한 베를린 의사당 서쪽 방면에는 독일군의

A7V인 476호 니벨룽겐이 있었고 슐츠 중령의 티거 323호가 그 일대에 도착했을 땐 이미 버려진 채 그 자리에 남아 있었다.

그날 저녁 12시가 다 되어서야 정의의 문 일대에 도착한 슐츠 중령의 티거 323호는 가장 먼저 일대의 아군이 위치한 곳부터 찾았다. 상황이 상황인 만큼 언제든 아군과 연계할 수 있게 하기 위해서였는데, 일대의 독일군은 겨우 1,000명 규모의 소수만이 남았고 전차는 버려진 A7V 니벨룽겐과 4호 전차 10대 정도였다. 그나마 4호 전차는 과반수가 연료 부족으로 기동이 불가능했고 포탄도 부족해 거의 제자리에서 토치카처럼 운용되고 있었다. 달릴 수 없는 전차는 그저 대포일 뿐 그 이상도 이하도 아니었다.

"A7V 쪽은 아무도 없는 모양입니다. 이미 도망간 듯한데요."

한스 대위의 말에 슐츠 중령이 해치를 열고 밖으로 몸을 일으켰다.

이날 의사당 방면에서의 끈질긴 독일군의 방어 덕분에 일시적으로 물러난 소련군은 다음날 다시 공격을 재개하게 된다. 4월, 약 한 달 동안을 연합군의 공격을 막아내면서 독일군은 필사적이었고 다음 달인 5월 22일에서야 더 이상의 전투가 불가능해진 독일군 수뇌부는 최후의 일격으로 작전명 '최후의 도박'을 준비하게 된다.

최후의 도박 작전은 이후 약 6월 3일까지 12일간 시행되었지만 별다른 성과는 없었다. 오히려 베를린 중앙역이 서문인 정의의 문 일대까지 같이 소련군에 점령당하는 상황을 만든다.

"달이 갈수록 전황은 더 안 좋아지기만 하는군. 한스 대위, 다음 달부터는 또 다른 작전을 내놓을 텐데, 어찌하면 좋겠나?"

슐츠 중령이 포탑 위에서 중얼거리자 한스 대위가 해치를 열고 나오며 말했다.

"뻔한 겁니다. 수뇌부도 이 전쟁에서 졌다는 것을 인정하기 싫은 거죠."

그가 담배에 불을 붙이자 슐츠 중령은 멀리 의사당 방향을 바라보았다.

"전투는 잠시 소강상태에 접어든 것 같군."

"소련군도 우리의 완강한 저항은 못 이겼나 보군요."

담배를 태우면서 한스 대위가 말하자 슐츠 중령은 고개를 돌려 정의의 문을 바라보았다. 1949년에 건립한 문은 히틀러가 '모든 지구상에서의 정의는 독일뿐이다'라는 문구를 맨 윗면에 새기면서 정의의 문이 되었다. 이제 베를린 일대에서도 문은 정의의 문, 단 하나만이 생존했고 더 이상의 희망은 없었다. 하루라도 빨리 수뇌부가 연합군에 항복하길 바랄 수밖에.

"자, 이제 곧 새벽이 될 것이다. 그전까지는 모두들 잠시 눈을 붙일 수 있도록 한다!"

"알겠습니다요. 안 그래도 꽤나 몸이 쑤셨는데 잘됐군요."

한스 대위가 피우던 담배를 바닥에 내던지며 말하자 슐츠 중령은 몸을 일으켜 티거에서 내렸다.

"어디 가십니까, 중령님?"

한스 대위가 묻자 슐츠 중령이 태연히 대꾸했다.

"인근의 아군 진지에 잠시 다녀와야겠어. 혹시 88밀리 예비용 포탄을 구할 수 있을지 모르니까 말일세."

"알겠습니다."

한스 대위의 대답에 슐츠 중령은 몸을 돌려 다시 아군 진지 쪽을 향해 발걸음을 옮겼다.

야경이 내려앉은 베를린 서부 일대에는 아군의 티거 전차는 1대도 없었다. 보이는 것은 오로지 아군의 버려진 A7V와 멀리 보이는 아군의 4호 전차 몇 대뿐이었다.

저벅. 저벅 . 저벅.

"누구냐? 이반인가? 아니면 아군인가?"

슐츠 중령이 아군의 진지 일대에 거의 도착했을 때쯤 갑자기 4호 전차의 서치라이트가 비추면서 전차 위에서 독일군이 소리치자 슐츠 중령은 앞으로 나서며 외쳤다.

"쏘지 마라! 같은 편일세. 난 인근에서 대기 중인 티거의 전차장인 슐츠 중령이다! 혹시 진지 내에 예비용 88밀리 포탄이 남았는가?"

슐츠 중령의 물음에 전차병이 포탑에서 내려오며 말했다.

"없습니다! 저희 진지 안에는 예비용이라고는 판져 파우스트밖엔 없습니다."

"흠… 그나마 수량이 풍부한 것뿐이로군."

짧게 중얼거린 슐츠 중령이 재차 물었다.

"이곳엔 아군의 전차가 총 몇 대인가?"

"4호 전차만 합쳐서 10대입니다. 그나마 절반은 연료가 없어서 토치카로 운용하고 있습니다."

대답은 곧바로 돌아왔다. 단 10대. 그것도 과반수는 기동력을 상실했다고 하니 이렇게 보면 이미 말은 다한 거였다.

"그럼 이제부터는 절망만이 앞에 펼쳐진 셈이로군."

낮게 중얼거린 슐츠 중령이 갑자기 들려오는 포성에 고개를 돌려 의사당 방향을 바라보았다.

쿠쿠웅! 쿠웅! 쿠구궁!

연속적으로 이어지는 포성들. 아무래도 상황이 심상치가 않았다.

"뭐지, 이 포성은? 설마 연합군이 야간 공습이라도 전개하는 건가?"

부다다다다다다다다다다다다다다다다!
우우우웅! 위이이잉!

포성이 잦아들고, 잠시 후 멀리 상공에서 연합군의 전투 헬기인 아파치 편대와 폭격기들이 모습을 드러냈다. 연합군의 폭격기와 아파치들이 향하는 방향은 슐츠 중령이 있는 베를린 서쪽 정의의 문이 있는 쪽이었다.

"이쪽으로 온다!"

"어떡하지? 당장 대공 사격을 할 만한 대공포도 없는데…"

독일 전차병들이 그 모습을 바라보며 모든 것을 포기한 듯한 어조로 한마디씩 했다. 그 모습을 바라보며 슐츠 중령은 생각했다.

‘인간은 힘과 권력이 있을 땐 한없이 강하지만 정작 모든 것을 잃고 나서는 한없이 작아지고 무뎌지는군…. 어쩌면 이 길도 나의 조국이 선택해야만 하는 길일지도 모르지. 모든 길엔 정도가 있는 법이니까 말이야.’

7부

베를린 최후의 공방전

작전명 최후의 도박

그 후 꽤 오랜 시간이 흘렀다.

어느새 달은 바뀌어 5월 하고도 벌써 중순에 접어들었고 그 사이 323호 티거는 베를린 의회당 앞에 위치한 사단의 킹 타이거 중대와 함께 의사당 주변 방어에 나섰다.

총 6대의 쾨니히스 티거 전차들과 토치카 판터 14대, 그리고 돌격포 4대까지 총 25대의 전차만이 현재 독일군이 가진 전차 전력의 전부였다. 정의의 문 일대에 이루어진 폭격으로 10대의 4호 전차를 손실한 후로는 더 이상의 전력투구는 불가능했다. 나머지 전차와 장갑차들은 전부 전투 중 연료 부족으로 유기되거나 파괴 당했고 연합군에 의해 노획된 차량도 수도 없이 많았다.

이런 상황 속에서 가용 가능한 전력도 부족해 총 10만 명 규모의 병력만이 남았다. 수도 방위 사령관인 베른하우저 장군은 최후의 공세로 작전명 최후의 도박을 전개했다.

"시작했군. 사단이 보유한 야포들로 먼저 탄막을 치기 시작했다."

뮌헨베르크 사단이 보유한 야포는 겨우 30문 내외. 그나마도 훈련용으로 쓰던 구형의 106밀리 포와 38밀리 대전차포가 전부였다.

"드디어 작전명 최후의 도박이 개시되는군요."

한스 대위가 티거의 조종석에 앉아서 말하자 라켄이 고개를 들어 포대경으로 전방을 주시했다.

"중령님! 전방에서 적 전차 다수 발견! 이쪽을 향해 오고 있습니다!"

라켄의 보고에 슐츠 중령은 가만히 고개를 돌려 아군의 진영을 둘러보았다.

현재 티거 323호에 남은 탄약은 겨우 8발. 지난 4월 말, 침입해온 스탈린 2호 전차에 2발을 사용했으니 이제 남은 탄약으로는 대규모 물량을 앞세운 연합군을 상대할 수가 없었다.

"휴… 그런대로 좋은 결과였다."

슐츠 중령이 짧게 중얼거리자 한스 대위가 고개를 돌려 슐츠 중령을 향해 말했다.

"중령님, 그동안 전장에서 수고하셨습니다요. 이제 모든 것을 내려놓을 때도 되었지요."

"알고 있다. 이것이 우리의 최후의 공세가 될 것이다."

"포탄 장전 완료!"

라켄의 외침에 슐츠 중령이 잠망경으로 전방을 주시하면서 외쳤다.

"전방 거리 1,000m, 8시 방향! T-34/85, 포이어!"

쾅아앙!
BAKOOOOM!

"명중!"

멀리 1,000m 전방에서 티거 323호에서 격발한 88밀리 포탄에 명중당한 소련군의 T-34/85가 검은 연기를 뿜으며 멈춰 서자 그 뒤로 소련군의 전차들이 계속해서 끊임없이 몰려오면서 공격했다.

남은 탄약은 7발. 이내 또 한 발이 포미로 빨려 들어간다

"장전 완료!"

"포이어!"

또다시 발사되는 포탄, 88밀리 철갑탄은 허공에 궤적을 그리며 날아갔고 소련군의 구축전차인 SU-100에 명중했다. 88밀리 포탄에 직격당하면서 피탄된 SU-100에서 승무원들이 다급하게 빠져

나오는 것을 보면서 슐츠 중령은 생각했다. 이제 곧 전쟁은 끝날 것이라고. 그리고 자신의 운명도 얼마 남지 않았다는 것을.

"중령님! 베를린 중앙역 일대에서 지원을 요청해오고 있습니다. 어떡할까요?"

한스 대위가 헤드셋을 벗으면서 묻자 슐츠 중령이 말했다.

"베를린 중앙역 일대라면 이미 킹 타이거 3대가 배치되었을 텐데?"

"그렇긴 합니다만, 아무래도 소련군이 워낙 막강해 킹 타이거만으로도 막기 힘든 모양입니다."

"할 수 없군. 방향을 돌려 중앙역 방향으로 이동한다!"

슐츠 중령의 말에 한스 대위가 기어를 돌려 티거를 선회시켰다.

베를린 중앙역 일대에는 이미 2만 명 규모의 독일군과 함께 돌격포 2대와 킹 타이거 3대가 분전하고 있었다. 이들은 벌써 200m 근방까지 소련군이 와 있는 상황에서 끊임없이 포격을 개시했고 얼마 안 가 소련군 전차들이 약 40대가량이 역 인근에서 잔해가 되어 불탔다.

하지만 이러한 킹 타이거의 신화도 여기까지였다. 전투에서 40대 넘게 전차를 상실했어도 여전히 소련군에는 1,000대 넘게 전차가 남아 있었고 이들은 끊임없이 돌격하면서 맹렬하게 포격을 개시했다. 결국 공격이 재개된 지 10분 만에 돌격포 2대가 격파되었고 킹 타이거도 3대 중에서 1대가 포위당해 엔진에 직격당하면서 기동이 불가능해졌다.

이런 마당에 과연 티거 전차 1대가 합류한다고 뭐가 달라질까?

"목표 거리 1,000m, 4시 방향! T-34/85, 포이어!"

슐츠 중령의 외침에 라켄이 격발 페달을 밟았고 소련군의 T-34 전차는 그대로 엔진에 직격당해 다운, 이로써 슐츠 중령의 티거 323호에는 5발의 예비탄만이 남았고 5발의 포탄만으로는 더 이상의 전투는 무의미했다.

"전투가 무의미해지겠군. 이제 곧 포탄이 다 떨어질 것이다."

슐츠 중령의 말에 라켄이 포격 페달을 밟으며 말했다.

"중령님, 아직입니다! 아직 싸울 수 있습니다!"

"라켄, 더 이상 추가로 사용할 88밀리 포탄도 없다. 각개 전투로 싸우는 건 자살 행위야."

한스 대위의 말에 라켄이 소리쳤다.

"아직이야! 저 망할 놈들을 내가 전부 부숴주겠어!"

철컹! 쿠쿠웅!

끼릭!

연속적으로 격발되는 포탄들. 무려 3대의 T-34 전차가 라켄이 발사한 88밀리 포탄에 명중하면서 검은 연기를 뿜었다.

"3대를 한 번에…. 제정신이 아니구만."

한스 대위가 어이없는 표정으로 한마디 하자 슐츠 중령이 조용히 말했다.

"의사당으로 돌아간다…."

"옛? 뭐라고 하셨습니까?"

한스 대위가 놀란 표정으로 되묻자 슐츠 중령이 조용한 목소리로 다시 한번 더 말을 꺼냈다.

"의사당으로 돌아갈 것이다. 지금 즉시 323호를 기수를 돌려라."

"아니, 갑자기 왜입니까?"

라켄의 물음에 슐츠 중령이 대답했다.

"더 이상 이 일대에서 교전은 불가능하다. 예비 탄약이 없는 것도 있지만 그보다 더 큰 문제는 연료도 지금 거의 바닥 났기 때문이다. 그러니 속히 의사당 인근으로 복귀해 그곳에서 베를린의 마지막을 함께 해야 한다."

"결국… 알고 계셨습니까? 연료가 떨어졌다는 것을…."

한스 대위가 낮게 한숨을 쉬며 묻자 슐츠 중령은 조용히 고개를 돌려 관측창 너머를 살펴보며 말했다.

"내가 언제까지나 모를 줄 알았다고 한다면, 그건 거짓말일세. 한스 대위, 난 이미 어제부터 연료가 다 떨어졌다는 것을 알고 있었으니까."

"어차피 남은 연료는 겨우 30리터뿐입니다. 그러니 다시 의사당 일대로 복귀하는 데에 문제는 없습죠."

"잘 됐군. 그럼 다음 사항은 뭔지도 잘 알겠군."

슐츠 중령이 묻자 한스 대위가 고개를 끄덕이며 말했다.

"물론입죠."

짧게 대꾸한 후 한스 대위가 기어를 조작해 티거의 차체를 선회했다.

"방향은 인근의 의사당 방면, 기동합니다!"

한스 대위의 보고에 슐츠 중령은 아무 말 없이 차장석에 앉아 두 눈을 감았다.

이곳이 곧 나의 길이요, 나의 무덤이 될 것이다. 그러니… 머지 않아 오는 최후의 성찬을 위해서 지금이 나의 마지막을 불태워야 할 때이다.

작전명 브란덴부르그

"남은 탄약은 겨우 2발이다."

라켄이 낮게 중얼거리자 한스 대위가 고개를 들어 전방을 주시했다.

이미 역 일대와 함께 서쪽의 정의의 문 일대는 소련군에게 점령된 상황. 이제 더 이상의 전투는 무의미했고 남은 것은 항복하는 것뿐이었다. 베를린 방어 사령관인 베른하우저 장군이 하루라도 빨리 항복을 해야 모두가 산다. 그래야지만 독일의 내일이 있다.

하지만 여전히 베른하우저 장군은 의사당에서 한 발자국도 나오지 않은 채 계속해서 저항하라는 명령만 내렸고 덕분에 여기저기서 수많은 독일군들이 죽어가고 있었다.

"망할… 의사당에라도 한 발 쏠까요, 중령님?"

한스 대위가 한마디 하자 슐츠 중령이 조용히 눈을 뜨며 말했다.

"쏜다면 어디에 먼저 쏘고 싶나?"

"에…? 아, 물론 농담으로 한 말입니다…. 진심으로 하신 말씀은 아니시죠?"

"난 진심일세, 한스 대위. 진심으로 저 무능하고 어리석은 베른하우저 장군에게 한 방 먹이고 싶군 그래. 어디가 좋겠나? 원하는 곳을 말해 보게나."

슐츠 중령의 말에 한스 대위가 순간 그의 말이 진심이라는 것을 깨닫고는 조심스럽게 물었다.

"그럼… 만일 쏜다면 중령님은 어디에 쏘고 싶으십니까?"

한스 대위의 이 같은 물음에 슐츠 중령이 일말의 망설임도 없이 대답했다.

"의사당의 정문 입구에 대고 쏘고 싶군. 그곳으로 저 무능한 인간들이 뻔질나게 드나드니까 말일세. 어떤가? 한번 쏴 보겠나?"

"휴… 그것 참 고민되는군요, 중령님. 아무리 그래도 의사당은 우리 제3 제국을 상징하는 곳인데…."

"상관없다! 이미 제국은 무너졌고 패망했으니까. 곧 독일은 새로운 세상으로 나아갈 걸세. 그러니 기존의 낡은 것들은 무너뜨려야겠지? 소련군의 포격에 의한 것이라고 둘러대면 그만이니, 쏘세나."

슐츠 중령의 이 같은 말에 한스 대위와 라켄이 서로 눈치를 보다가 어느 순간 한스 대위가 대답했다.

"휴… 좋습니다요. 정 원하신다면 정문 방향으로 차체를 선회하겠습니다요."

"잘 생각했네, 앞으로 이 상황을 후회하지 않게 될 걸세

Qiiiiiiiiiii! 철컹!

"포탑도 선회 완료했습니다!"

라켄의 말에 슐츠 중령이 잠시 고개를 들어 의사당을 바라보았다.

지난 40년 이상에 걸친 세월 동안 독일 제3 제국의 심장부 같은 역할을 한 베를린 의사당 건물. 이제 마지막으로 작별을 고할 때이다.

"중간의 기둥 하나를 노려라! 거리 1,000m, 포이어!"

철커덕- 투쿠우웅! 퍼어엉!
파콰아아앙! 쿠르르르르르르르!

티거의 88밀리 주포에서 격발된 대구경 포탄에 명중한 의사당

의 정문 기둥 하나가 막강한 화력에 의해 산산이 분쇄되어 부서지고 무너지자 그제야 한스 대위도 제3 제국의 패망이 실감 나는 듯 고개를 숙였다.

"곧 소련군이 의사당에 진입할 것이다. 그러니 우리는 우리대로 환영 인사는 해 줘야겠지?"

슐츠 중령이 짧게 중얼거린 후 해치를 열고 밖으로 모습을 드러냈다. 방금 전의 포격으로 의사당 정문에서는 검은 연기가 피어올랐고 여기저기서 요란한 음성과 함께 다급한 목소리들이 줄을 이었다.

"맙소사! 어디서 날아온 거야? 당장 화재 진압해!"

"으아아아아아아! 결국엔 의사당까지 공격 대상이 된 것인가?"

아직까지도 윗선들은 방금 전의 포격이 소련군에 의한 것이라고 생각되는 모양이었다.

"뭐… 별로 상관은 없겠군."

한순간 짧은 생각으로 슐츠 중령은 고개를 한번 젓고는 몸을 돌려 의사당을 향해 몰려오는 소련군을 바라보았다. 이미 의사당 주변에 포진하고 있던 킹 타이거 3대는 이미 포탄이 다 떨어져 유기되고 있는 상황, 이제 끝이다…. 끝이라는 표현이 너무나도 무색할 만큼 이 전투는 가혹했고 또한 너무 큰 손실을 남겼다.

"자, 이제 우리도 슬슬 정리하도록 하지. 제군들! 영업 종료다! 모두 그동안 수고했다."

슐츠 중령이 머리에 쓰고 있던 칠흑의 제모를 벗으며 말하자 한스 대위가 동감하듯 고개를 끄덕였다.

"휴… 드디어 끝이 났군요, 중령님"

"남은 한 발은 어찌할까요?"

라켄이 묻자 슐츠 중령이 하늘을 바라본 후 대답했다.

"나머지 한 발은… 베를린 공방전이 종료된 것을 미리 기념하면서 허공에 쏘도록 한다."

"일종의 예포로군요…."

한스 대위가 낮게 중얼거리자 라켄이 포의 고각을 최대로 올렸다.

"고각은 조절 완료했습니다. 포탄도 장전 완료!"

라켄의 보고에 슐츠 중령이 잠시 동안 두 눈을 감은 채 그동안의 모든 것들을 머릿속에 하나하나 떠올렸다. 진작에 끝냈어야 할 전쟁이었다. 하지만 너무도 오래 끌었고 결국 그 끝은 절망이었고 나락의 끝이었다.

하지만 슐츠 중령은 후회하지 않았다. 앞으로 베를린에는 독일에는 더 이상의 독재도 전쟁도 없는 세상이 올 것이니까 말이다.

"포이어!"

퍼어엉!

슐츠 중령의 외침과 함께 티거 323호의 주포에서 마지막 남은
포탄이 허공으로 격발되었다. 마침내 모든 것이 끝났다.

"끝났군…."

"남은 것은 항복하는 것뿐이군요…."

"항복을 한다고는 해도 소련군은 아니다. 소련에 항복하면 어떻
게 될지 모른다."

한스 대위가 짧게 한마디 하자 슐츠 중령이 고개를 돌려 주변
을 둘러보았다. 왠지 모르게 기분이 묘하다. 곧 전쟁이 끝나기 때
문인 것일까? 아니면 무엇 때문일까?

"아직 안 끝났다!"

바로 그 순간 슐츠 중령은 인근에서 들려오는 외침을 들었다.
그건 바로 마지막까지 광기를 포기하지 않는 인간의 표상이었다.

"디트리히 로젠하우어 대령…."

SS 친위대 출신의 독일군 킹 타이거 중전차 연대의 전차장인
로젠하우어 대령은 슐츠 중령도 익히 알고 있는 인물이었다. 게

슈타포의 심문실에서 취조를 받을 때 그를 호송해 온 사람이 바로 로젠하우어 대령이었고 이후로는 모습을 볼 수가 없었는데, 의사당 인근에서 보게 될 줄이야….

"전 친위대! 돌격 대형으로! 포위하라!"

로젠하우어 대령의 외침에 친위대 120명이 일제히 티거 323호를 향해 이동했고 그제야 슐츠 중령은 직감했다. 로젠하우어 대령은 소련군과 싸우려는 것이 아닌 자신을 노린다는 것을….

"망할 놈들… 내가 진작에 눈치 챘어야 했는데…. 로젠하우어 대령! 우린 같은 편이다!"

슐츠 중령의 외침에 로젠하우어 대령이 앞으로 나오며 소리쳤다.

"같은 편? 웃기는 소리! 너희들은 조국을 배신한 반역자일 뿐이다! 슐츠 중령, 귀관은 방금 전에 소련군 방향이 아닌 의사당 방향을 향해 포를 쐈다. 이건 명백한 반역 혐의다!"

"더 할 말이 남았나, 대령?"

슐츠 중령이 고개를 돌려 몰려오는 소련군을 바라보며 대답하자 로젠하우어 대령이 천천히 앞으로 다가오며 말했다.

"이 망할 자식들…! 당장 내려와! 오늘 끝장을 볼 테니까!"

"한스 대위!"

"옛! 중령님!"

"기동 개시한다! 마지막 손님들이니 정중하게 대우하도록."

"오케이! 그렇게 합죠!"

틱- 틱- 그르르릉!

"남은 연료는 16리터. 이 정도 양이면 충분합니다요!"

"짧고 굵게 가자! 저 망할 친위대 자식들을 밟아버려!"

"뭐라고? 저 자식이 감히…. 뭣들 하고 있어? 어서 쏴!"

로젠하우어 대령이 외치자 친위대가 일제히 소총을 티거 323호에 겨누었고 슐츠 중령은 포탑 위에서 소리쳤다.

"아둔한 놈들…. 지난 세월을 총통 곁에서 홀로 독식해 온 주제에 말들이 많군. 이제 다 끝났다! 지금이라도 항복한다면 모든 것을 용서해 주지."

"뭣? 용서? 망할 자식! 뭘 용서한다는 거냐?"

"흠…아직 정신을 못 차렸군 그래. 뭐 하고 있나, 한스 대위? 돌격하지 않고?"

슐츠 중령의 말에 한스 대위가 곧바로 기어를 조작해 티거 전차를 급선회시켰다.

"갑니다!"

그릉! 그릉! 그르르르르르르르르르르르르르르르르!
VORRRRRRRRRRRR!

"전속 전진! 밍할 친위대 놈들을 깔아 뭉개버려라!"
갑작스러운 티거의 돌격에 당황한 로젠하우어 대령과 친위대 병사들이 일제히 빠른 속도로 돌진해 오는 티거를 피해 사방으로 흩어지자 라켄이 동축기관총을 난사했다.

GeBOBOBOBOBOBOBOBOBOBOBOBOBOBO!

"으아아악!"
"이 망할 놈들이…!"
"뭣들 하고 있어? 어서 저 전차를 파괴해 버려!"
로젠하우어 대령이 포대 더미 뒤에 숨어서 소리치자 친위대 안에서 누군가 대전차 로켓인 RPG-7을 가지고 나와 티거를 향해 겨누었다.
"끝이다, 망할 놈들아!"

로젠하우어 대령의 외침과 함께 RPG-7의 로켓탄이 격발되어 티거 323호의 우현 궤도를 향해 날아갔고 이리저리 움직이며 동축기관총을 난사하던 티거 323호의 측면에 그대로 로켓이 명중하면서 큰 폭발을 일으켰다.

쿠콰아아아앙! 쿠우우우우우우우!
철커덕! 촤르르륵- 쿠우웅!

"우현 무한궤도 트랙 끊겼습니다!"
라켄이 보고하자 슐츠 중령이 포탑 위에서 발터 권총을 뽑아 들고는 티거에서 뛰어내리며 근접해오는 친위대를 향해 사격했다.

타앙! 탕! 탕!

"아직 발악하는군! 쏴라!"

퍼어엉!

"응? 어라…?"

하지만 다음 순간 로젠하우어 대령은 아무 말도 하지 못했다. 어디선가 날아온 122밀리 포탄이 그의 옆에 위치한 다량의 탄약 상자에 명중하면서 터졌고 그 폭발에 휩말려 로젠하우어 대령은 온몸이 새까맣게 탄 채 그 자리에서 즉사했다. 독일 나치를 뒤에서 받쳐온 SS 친위대의 일원으로서 마지막까지 싸웠던 한 인간의 최후는 너무나도 비참했다.

"스탈린 전차다!"

"젠장할… 어떡하지?"

지휘관도 죽고 소련군이 코앞까지 몰려오자 친위대도 어찌할 바를 몰라 우왕좌왕했고 그렇게 대다수의 친위대가 연합군인 소련군에게 항복하면서 상황은 종료되었다.

"항복했군… 결국엔."

한스 대위가 조용히 슐츠 중령 곁으로 다가오면서 한마디 하자 때마침 확성 방송을 통해서 독일군 수뇌부로부터의 또 다른 명령이 내려왔다.

[전 독일군 장병들은 들어라! 우린 항복하지 않을 것이다! 최후의 마지막 공세인 작전명 브란덴부르크 작전을 지금부터 개시한다! 모두 최후의 한순간까지

싸워라…!]

"중령님…."

"알고 있다. 아무래도 수뇌부가 제정신이 아닌 듯하군."

"소련군이 의사당 안으로 진입을 시작하고 있습니다. 전쟁이 끝난 겁니다! 보십시오, 중령님."

한스 대위가 잔뜩 흥분한 채로 소리치자 슐츠 중령이 동쪽 방면에서 미국과 영국의 연합군이 이쪽을 향해 오는 것을 발견하고는 짧게 한숨을 쉬었다.

다 끝났다…. 이제 모든 것이 허무해졌다.

"그래…. 끝이로군, 한스 대위…."

타타타탕!

퍼퍼퍽!

하지만 그 말을 끝으로 슐츠 중령은 더 이상 아무런 말도 하지 못했다. 어디선가 날아온 총탄에 한스 대위가 맞아 바닥에 쓰러진 것이다. 슐츠 중령은 그제야 상황을 파악하고는 재빨리 몸을 숙여 한스 대위를 붙잡았다.

"한스 대위!"

"대독일 제국의 영광도 영원히 끝나지 않기를… 자크 하일!"

바로 인근에서 아직도 연기가 피어오르는 MP40 기관단총을 들고 바닥에 엎드려 있던 친위대 장교 1명이 최후의 발악으로 외쳤다. 슐츠 중령은 망설임 없이 권총을 들어 그의 머리를 향해 쐈다.

타앙!

퍼퍽!

발터 22구경 권총에서 발사된 총탄에 머리를 관통당한 장교는 그대로 즉사했다. 그제야 한스 대위가 조용히 하늘을 바라보며 말했다.

"이것 참… 하늘도 어리석기 짝이 없군요, 중령님. 하필이면 이런 상황에 절묘한 타이밍이라니…."

"아무 말 말게나, 한스 대위…."

슐츠 중령이 한스 대위의 손을 잡으며 말하자 한스 대위가 고개를 끄덕이며 말했다.

"중령님, 휘버 상사를 곧 만날 수 있을 듯합니다. 먼저 간 그 친구… 어쩌면 우릴 애타게 기다리고 있는 건지도 모르겠군요."

"그런 말 말게. 자넨 살 수 있어!"

"중령님!"

바로 그때 라켄이 기관단총을 손에 들고 슐츠 중령이 있는 곳을 향해 달려왔다.

"포위되었습니다! 이제 완전히 끝났습니다!"

라켄의 외침에 슐츠 중령이 고개를 들어 주변을 둘러보았다. 이미 주변에는 연합군의 보병들이 서서히 다가오고 있었고 의사당 일대는 완전히 연합군에게 포위된 상황이었다.

"라켄… 총을 내려놓고 미군이 됐든 영국군이 됐든 무조건 항복해라. 우린 뒤로 하고 너라도 살아라."

슐츠 중령의 말에 라켄이 놀란 표정으로 그를 쳐다보더니 소리쳤다.

"싫습니다! 혼자서는 가지 않겠습니다!"

"어쩔 수 없다! 이미 의사당은 연합군에 포위되었고 베른하우저 역시 곧 항복할 것이다! 너라도 살아야 한다!"

"안됩니다! 이대로 끝내시면…"

라켄의 말에 슐츠 중령이 차분하게 말했다.

"라켄, 언제나 기억해라. 혼자가 아닌 뭉쳤을 때 인간은 누구보다 강하다는 사실을. 나는 마지막까지 영웅으로 기억될 것이다! 어서 가라, 어서!"

슐츠 중령의 재촉에 라켄은 조금씩 뒷걸음질 치다가 이내 몸을 돌려 영국군 방향으로 내달렸다. 그러자 슐츠 중령은 이미 숨을 거둔 한스 대위의 곁에 자신의 백엽검 기사 십자장을 떼어 내려 놓고는 조용히 몸을 일으켜 권총을 들어 올렸다.

"전쟁은 끝났다! 남은 독일군은 모두 항복하라! 다시 한번 말한다. 지금이라도 투항하는 자는 살려줄 것이다!"

"나는 마지막까지 영웅이었다. 그리고 지금까지 이 전장을 뒷받쳐온 모두가 영웅이었다…."

마지막 그 순간, 슐츠 중령은 에밀을 떠올렸다. 아직 어린 그 아이를 사지로 내몬 것이 후회스러웠다.

'에밀… 제발 살아라….'

그 생각을 끝으로 슐츠 중령이 권총을 들어 연합군 쪽을 겨누었다.

"전방에 있는 독일군은 무기를 버려라!"

연합군 장교가 소리치자 슐츠 중령은 권총을 겨눈 채 화답했다.

"나는… 마지막까지 최선을 다했다! 이제 남은 것은 역사가 판단할 것이다!"

철컥, 탕! 탕!

그것이 슐츠 중령의 최후이자 마지막 모습이었다. 그는 자신이
바라던 대로 의사당 인근에서 죽었고 자신이 그토록 바라던 대
로 베를린 공방전을 수행했으며 최후까지 의사당 주변을 지켰다.

* * *

크르르르르르르르르르르-

"포이어!"

투콰아앙- 퍼퍼엉-
DOKOOOM!

포탄이 영국의 전차에 명중한다. 슐츠 대위는 쌍안경으로 멀리
영국군 전차대가 포탄에 맞아 불길이 치솟는 것을 확인한 후 곧

바로 티거 323호를 기동했고 앞으로 전진했다.

"나는 나다. 오로지 자신만을 위해 싸우는 고독한 존재… 그것이 바로 나다."

그렇게 중얼거리며 슐츠 대위는 앞으로 전진했다. 불타오르는 전차 사이로 영국군의 마틸다 전차들이 일제 사격을 감행해 온다. 슐츠 중령은 자신의 티거 323호로 그 동안 수많은 전장에서 살아남았고 이번 중동 전선에서도 그럴 계획이었다.

이때가 1998년 9월 중동 전선에서의 회상이었다.

'내가 어렸을 때에 단 한번 친구들과 함께 물건을 훔친 적이 있다. 그런 나에게 아버지는 관대하셨고 덕분에 나는 두 번 다신 그런 일을 하지 않을 수가 있었다. 나는 티거 323호의 전차장, 마리우스 폰 슐츠 중령이다! 내가 가는 길이 곧 정의였고 내가 선택한 길이 곧 나의 인도였다….'

슐츠 중령의 마지막 모습은 불안하거나 흔들림이 없는 진정한 영웅의 모습이었고 그의 323호 티거 역시 중동 전선 때까지만 해도 진정한 호랑이였다. 하지만 지금은 노쇠한 호랑이일 뿐 그래도 달라질건 없었다. 이제 모든 것이 끝났으니까….

인간은 누구나 자신이 원하는 것을 가지고 원하는 것을 얻고자 한다. 하지만 대다수의 인간들은 그 원하는 것을 얻지 못한다. 하지만 슐츠 중령은 그토록 원하던 것을 얻었다.

그것은 바로 진정한 해방이었고 자유였다. 마지막 그 순간, 슐츠 중령은 한 마리 새를 보았다. 그 새는 한동안 주변을 배회하다가 이내 하늘 높이 날아올라 사라졌다.

'행복하구나…. 비록 마지막 순간이지만 말이지. 한스 대위! 휘버 상사! 모두들… 그동안 고마웠다. 모두들… 이젠 안녕히….'

슐츠 중령은 두 눈을 감았다. 그리고 그것을 기점으로 해서 독일 나치는 무너졌고 마침내 새 시대가 도래했다.

9부

패망의 역사

제3 제국의 최후

전쟁은 끝났다.

의사당 안에서만 무려 10일 이상을 버틴 베른하우저 장군은 결국 6월 30일을 기점으로 연합군에 무조건 항복을 선언했고 마침내 길고 길었던 2차 세계 대전은 종식되었다. 베른하우저는 항복 직후 자신의 집무실에서 스스로 권총으로 자결했고 이후 베를린 시가지는 전후 복구 준비로 한창 바빠지는 시기가 왔다.

전쟁이 끝나고 1개월 후 티거 323호의 최후의 포수였던 라켄은 전 동부방위사령관이었던 구스타브 소장과 함께 베를린 중심부에 위치한 공동묘지를 찾았다. 슐츠 중령의 묘비 앞에 선 라켄은 아무 말도 할 수가 없었다.

슐츠 중령의 마지막 모습은 어린 라켄이 감당하기에는 너무도 큰 변화였고 구스타브 소장은 옆에서 조용히 안경을 벗으며 손으로 눈을 훔치며 말했다.

"이보게, 슐츠 중령…. 우리가 왔네. 그곳은 어떤가? 편안한가?

자네 덕분에 나 역시 조금은 마음 편하게 살고 있네. 어쩌면 우리 제국의 패망은 처음부터 결정되어 있던 걸지도 모르지. 우린 너무 늦게 그걸 깨달았네…"

슐츠 중령이 떠난 지도 벌써 한 달이 지났다.

그 사이 독일은 전후 재건을 위해 힘쓰고 있었고 미국과 소련 양국이 상시 진주하여 베를린 전역을 관리 감독했다. 땅에 파묻혀 있던 토치카 판터들 역시 그런 역사의 흐름을 뒤로 한 채 재건 과정에서 땅에서 파헤쳐졌고 소각장으로 운송되었다.

전쟁이 끝났지만 라켄은 여전히 자신이 꿈을 꾸는 것 같았다. 비록 보잘것없는 힘이었지만 라켄은 최선을 다했고 마지막까지 제3 제국의 영광을 지켰다.

"중령님…. 일전에 말씀하셨지요? 흩어지지 말고 뭉쳤을 때 강하다고. 앞으로 저 역시 그렇게 살아가려고 합니다. 부디 그곳에서도 지켜봐 주세요."

슐츠 중령의 묘비 앞에서 라켄은 자신이 가지고 있던 유일한 기사장인 2급 철십자장을 주머니에서 꺼내 묘비 앞에 내려놓았다.

독일은 앞으로 전쟁 이전보다 잘살게 될 것이다. 그리고 또한 나치의 집권 때보다 더 강대한 국가로 번영할 것이다. 슐츠 중령이 했던 그 말을 라켄은 평생을 가슴속에 간직하고 살 것이다. 비록 그는 없지만 남은 자들이 영웅들의 전쟁에서 죽어간 수많은 이름 없는 사람들을 위해 그 뜻을 이어가니까 말이다.

"그만 가지, 라켄. 이제 슬슬 우리도 복구 작업에 들어가야지."

구스타프 소장의 말에 라켄이 고개를 끄덕인 후 몸을 일으켜 뒤로 돌아섰다.

새로운 시대의 서막을 위해서 그리고 영원한 꿈을 향해서 미래를 위해….

'슐츠 중령님, 예전에 말씀하셨죠? 인간은 누구나 자신이 지은 죄의 과거를 기억에서 지운다고. 그건 역시 제3 제국도 마찬가지였나 보네요. 안녕히 가세요, 중령님….'

* * *

이 이야기는 여기서 끝난다.

하지만 앞으로의 인생이 남은 사람들과 라켄의 꿈은 멈추지 않고 계속해서 앞으로 나아갈 것이고 슐츠 중령 역시 멀리서나마 그들을 응원할 것이다.

과거의 역사는 인간의 이기심과 탐욕에 의해 끊임없이 현재에도 되풀이된다. 그리고 마침내 그런 인간의 마지막은 허영과 탐욕으로 얼룩진 역사의 흐름을 만들어낼 뿐 지나간 과거를 뒤로 한 채 그렇게 다시 또 한 번 새롭게 도약할 준비를 한다. 인류의 역사는 그렇게 해서 새롭게 쓰였고 완성되었으니까 말이다.

작가 후기

2020년 7월 23일 마침내 처음으로 집필하던 글 하나가 완성되었습니다.

외전이 본편보다 먼저 완성되었다는 점이 요즘 들어 상당히 신경이 쓰입니다.

『The legend of ace』는 독일 나치의 패망과 함께 주인공인 슐츠 중령의 입장에서 독일의 최후를 묘사한 작품입니다. 이제까지 2차 대전을 다룬 작품들이 수없이 나왔지만, 대부분의 작품이 2차 대전을 일으켰고 또한 수많은 전쟁 범죄를 저지른 독일의 악행만을 수록해 왔습니다. 하지만 저는 이 작품을 통해 주인공인 독일 장교 입장에서 독일의 패망과 최후를 기술함으로써 단순하게 독일이 저지른 전쟁 범죄와 악행에만 중점을 두지 않고 독일군이 마지막까지도 수도를 방어하고 시민들을 지키려 했다는 것을 말하고 싶었습니다.

비록 나치에 대한 잘못된 충성으로 인해 전쟁을 일으켰고 수많은 전쟁 범죄를 저지른 독일이지만 독일 역시 전쟁 기간 동안 수천 명의 사상자가 냈고 다수의 민간인들이 희생되었다는 것을 기억해 주셨으면 합니다.

주인공이 마지막에 전쟁의 끝에서 본 것은 평화를 바라는 열망과 함께 진정한 자유였습니다. 여기서 말하는 자유란 비로소 전쟁의 굴레에서 벗어나 자유롭게 어디든지 갈 수 있는 것을 의미하죠. 슐츠 중령의 마지막 회상 장면은 한 인간이 그동안의 자신의 업보와 과거를 청산하고 비로소 자유를 얻게 되는 과정을 보여 줍니다.

이것은 물론 라켄도 마찬가지겠죠. 소설의 마지막에는 라켄이 자신의 기사장을 슐츠 중령의 묘비 앞에 놓는 장면이 나옵니다. 이는 곧 라켄 역시 자신의 과거를 청산하고 슐츠 중령의 뜻을 이어받아 앞으로 나아가는 것을 의미합니다. 부디 라켄의 앞날에 축복이 있기를….

작가 후기

마지막으로 이 글을 쓰는 데 도움을 준 수많은 2차 대전 관련 글과 베를린 공방전을 다룬 필드 게임인 배틀 필드 시리즈에 감사 드리며, 수많은 전쟁의 역사 속에서 죽어간 이름 없는 영웅들에게 이 글을 바치면서 마치겠습니다. 감사합니다.

2020년 여름
세이쥬 배상